—————— 阅读之前 没有真相

午夜文库

阿加莎·克里斯蒂
侦探小说

阿加莎·克里斯蒂
Agatha Christie (1890—1976)

　　无可争议的侦探小说女王，侦探文学史上最伟大的作家之一。

　　阿加莎·克里斯蒂原名为阿加莎·玛丽·克拉丽莎·米勒，一八九〇年九月十五日生于英国德文郡托基的阿什菲尔德宅邸。她几乎没有接受过正规的教育，但酷爱阅读，尤其痴迷于歇洛克·福尔摩斯的故事。

　　第一次世界大战期间，阿加莎·克里斯蒂成了一名志愿者。战争结束后，她创作了自己的第一部侦探小说《斯泰尔斯庄园奇案》。几经周折，作品于一九二〇年正式出版，由此开启了克里斯蒂辉煌的创作生涯。一九二六年，《罗杰疑案》由哈珀柯林斯出版公司出版。这部作品一举奠定了阿加莎·克里斯蒂在侦探文学领域不可撼动的地位。之后，她又陆续出版了《东方快车谋杀案》《ABC谋杀案》《尼罗河上的惨案》《无人生还》《阳光下的罪恶》等脍炙人口的作品。时至今日，这些作品依然是世界侦探文学宝库里最宝贵的财富。根据她的小说改编而成的舞台剧《捕鼠器》，已经成为世界上公演场次最多的剧目；而在影视改编方面，《东方快车谋杀案》为英格丽·褒曼斩获奥斯卡大奖,《尼罗河上的惨案》更是成为几代人心目中的经典。

阿加莎·克里斯蒂的创作生涯持续了五十余年,总共创作了八十余部侦探小说。她的作品畅销全世界一百多个国家和地区,累计销量已经突破二十亿册。她创造的大侦探波洛和马普尔小姐为读者津津乐道。阿加莎·克里斯蒂是柯南·道尔之后最伟大的侦探小说作家,是侦探文学黄金时代的开创者和集大成者。一九七一年,英国女王授予克里斯蒂爵士称号,以表彰其不朽的贡献。

一九七六年一月十二日,阿加莎·克里斯蒂逝世于英国牛津郡沃灵福德家中,被安葬于牛津郡的圣玛丽教堂墓园,享年八十五岁。

阿加莎·克里斯蒂 侦探作品年表

波洛系列

1920　The Mysterious Affair at Styles《斯泰尔斯庄园奇案》
1923　Murder on the Links《高尔夫球场命案》
1924　Poirot Investigates《首相绑架案》
1926　The Murder of Roger Ackroyd《罗杰疑案》
1927　The Big Four《四魔头》
1928　The Mystery of the Blue Train《蓝色列车之谜》
1932　Peril at End House《悬崖山庄奇案》
1933　Lord Edgware Dies《人性记录》
1934　Murder on the Orient Express《东方快车谋杀案》
1935　Three Act Tragedy《三幕悲剧》
1935　Death in the Clouds《云中命案》
1936　The ABC Murders《ABC谋杀案》
1936　Murder in Mesopotamia《古墓之谜》
1936　Cards on the Table《底牌》
1937　Dumb Witness《沉默的证人》
1937　Death on the Nile《尼罗河上的惨案》
1937　Murder in the Mews《幽巷谋杀案》
1938　Appointment with Death《死亡约会》
1938　Hercule Poirot's Christmas《波洛圣诞探案记》
1940　Sad Cypress《H庄园的午餐》
1940　One, Two, Buckle My Shoe《牙医谋杀案》
1941　Evil Under the Sun《阳光下的罪恶》
1943　Five Little Pigs《五只小猪》
1946　The Hollow《空幻之屋》
1947　The Labours of Hercules《赫尔克里·波洛的丰功伟绩》
1948　Taken at the Flood《顺水推舟》
1952　Mrs. McGinty's Dead《清洁女工之死》
1953　After the Funeral《葬礼之后》
1955　Hickory Dickory Dock《山核桃大街谋杀案》
1956　Dead Man's Folly《弄假成真》
1959　Cat Among the Pigeons《鸽群中的猫》
1960　The Adventure of the Christmas Pudding《雪地上的女尸》

阿加莎·克里斯蒂 侦探作品年表

1963　The Clocks《怪钟疑案》
1966　Third Girl《第三个女郎》
1969　Hallowe'en Party《万圣节前夜的谋杀》
1972　Elephants Can Remember《大象的证词》
1974　Poirot's Early Cases《蒙面女人》
1975　Curtain—Poirot's Last Case《帷幕》

马普尔小姐系列

1930　The Murder at the Vicarage《寓所谜案》
1932　The Thirteen Problems《死亡草》
1942　The Body in the Library《藏书室女尸之谜》
1943　The Moving Finger《魔手》
1950　A Murder is Announced《谋杀启事》
1952　They Do It with Mirrors《借镜杀人》
1953　A Pocket Full of Rye《黑麦奇案》
1957　4.50 from Paddington《命案目睹记》
1962　The Mirror Crack'd from Side to Side《破镜谋杀案》
1964　A Caribbean Mystery《加勒比海之谜》
1965　At Bertram's Hotel《伯特伦旅馆》
1971　Nemesis《复仇女神》
1976　Sleeping Murder《沉睡谋杀案》
1979　Miss Marple's Final Cases《马普尔小姐最后的案件》

其他系列及非系列

1922　The Secret Adversary《暗藏杀机》
1924　The Man in the Brown Suit《褐衣男子》
1925　The Secret of Chimneys《烟囱别墅之谜》
1929　Partners in Crime《犯罪团伙》
1929　The Seven Dials Mystery《七面钟之谜》
1930　The Mysterious Mr. Quin《神秘的奎因先生》
1931　The Sittaford Mystery《斯塔福特疑案》
1933　The Witness for the Prosecution and Other Stories《控方证人》
1934　Why Didn't They Ask Evans?《悬崖上的谋杀》

阿加莎·克里斯蒂 侦探作品年表

1934　The Listerdale Mystery《金色的机遇》
1934　Parker Pyne Investigates《惊险的浪漫》
1939　Murder is Easy《逆我者亡》
1939　And Then There Were None《无人生还》
1941　N or M?《桑苏西来客》
1944　Towards Zero《零点》
1944　Death Comes as the End《死亡终局》
1945　Sparkling Cyanide《闪光的氰化物》
1949　Crooked House《怪屋》
1950　Three Blind Mice and Other Stories《三只瞎老鼠》
1951　They Came to Baghdad《他们来到巴格达》
1954　Destination Unknown《地狱之旅》
1958　Ordeal by Innocence《奉命谋杀》
1961　The Pale Horse《灰马酒店》
1967　Endless Night《长夜》
1968　By the Pricking of My Thumbs《煦阳岭的疑云》
1970　Passenger to Frankfurt《天涯过客》
1973　Postern of Fate《命运之门》
1997　While the Light Lasts《灯火阑珊》.

出版前言

纵观世界侦探文学一百八十余年的历史，如果说有谁已经超脱了这一类型文学的类型化束缚，恐怕我们只能想起两个名字——一个是虚构的人物歇洛克·福尔摩斯，而另一个便是真实的作家阿加莎·克里斯蒂。

阿加莎·克里斯蒂以她个人独特的魅力创造着侦探文学史上无数的传奇：她的创作生涯长达五十余年，一生撰写了八十余部侦探小说，她开创了侦探小说史上最著名的"黄金时代"；她让阅读从贵族走入家庭，渗透到每个人的生活中，她的作品被翻译成一百多种文字，畅销全球一百五十余个国家，作品销量与《圣经》《莎士比亚戏剧集》同列世界畅销书前三名；她的《罗杰疑案》《无人生还》《东方快车谋杀案》《尼罗河上的惨案》都是侦探小说史上的经典，她是侦探小说女王，因在侦探小说领域的独特贡献而被册封为爵士；她是侦探小说的符号和象征。她本身就是传奇。沏一杯红茶，配一张躺椅，在暖暖的阳光下读阿加莎的小说是一种生活方式，是惬意的享受，也是一种态度。

午夜文库成立之初就试图引进阿加莎的作品，但几次都与版权擦肩而过。随着午夜文库的专业化和影响力日益增强，阿加莎·克里斯蒂的版权继承人和哈珀柯林斯出版公司主动要求将版权独家授予新星出版社,并将阿加莎系列侦探小说并入午夜文库。这是对我们长期以来执着于侦探小说出版的褒奖,是对我们的信任与鼓励,更是一种压力和责任。

新版阿加莎·克里斯蒂作品由专业的侦探小说翻译家以最权威的英文版本为底本,全新翻译,并加入双语作品年表和阿加莎·克里斯蒂家族独家授权的照片、手稿等资料,力求全景展现"侦探女王"的风采与魅力。使读者不仅欣赏到作家的巧妙构思、离奇桥段和睿智语言,而且能体味到浓郁的英伦风情。

阿加莎作品的出版是一项系统工程,规模庞大,我们将努力使之臻于完美。或存在疏漏之处,欢迎方家指正。

新星出版社
午夜文库编辑部

Agatha Christie

Over the next few years, we plan to celebrate two very important Agatha Christie anniversaries. In 2015, it is the 125th anniversary of her birth in Torquay, South Devon, England, and in 2020 it will be 100 years after her first book, THE MYSTERIOUS AFFAIR AT STYLES, featuring her famous detective, Hercule Poirot, was published. This is therefore a very appropriate moment to publish a new edition of her works, and I am delighted that HarperCollins has chosen to work with New Star on these new editions. New Star is China's top crime publisher, and has a strong and dedicated editorial staff and a continued passion for Agatha Christie, making them the ideal partner. It is the right time to make these classic books available in modern translations and so to bring Agatha Christie's books anew to her many fans in China, giving them a new reason to re-read these much-loved stories, as well as introducing them to a whole new audience. How delighted Agatha Christie would have been that her stories (as she called them) are still giving so much pleasure to so many people all over the world!

I think there are two very remarkable things about Agatha Christie's stories. The first is that they are so adaptable. It doesn't really matter which language they appear in, the stories and the plots still give the same thrill, still provide the same puzzles, and the characters still have the same attraction. Readers in China will I am sure enjoy Hercule Poirot and Miss Marple just as much as we do in England, and readers in China will still be transfixed by the surprises and horrors of AND THEN THERE WERE NONE, one of the great classics of 20th century detective fiction, as we are here.

Agatha Christie

The second is that the stories give a wonderful picture of England, particularly rural England, at the time Agatha Christie lived. She wrote books from 1920 until 1970 but it is sometimes hard to tell which part of her life each book was written in. Her characters and the life they lived were very much the same. The life we all live is changing very quickly these days but the Agatha Christie world stays the same. Perhaps the Miss Marple stories provide the best example of this, and in some ways, THE BODY IN THE LIBRARY and NEMESIS are quite similar, despite the fact that thirty years elapsed between the time they were written.

Perhaps I might end by mentioning three Agatha Christies (other than the ones mentioned above) which I think demonstrate why she is so popular, even in the twenty-first century. The first is MURDER ON THE ORIENT EXPRESS, one of the most famous with one of the most ingenious and human plots. Read this on one of your long train journeys in China! Next is A MURDER IS ANNOUNCED, a Miss Marple which was her 50th book. It has my favourite murderer in it! And last is ENDLESS NIGHT — a story about evil and how it affects three young people, written at the time when I knew her best, and understood how deeply she cared and sympathised with young people and the world they lived in.

Whichever are your favourites I hope you enjoy these stories that New Star are introducing to you again. I think it is a great publishing event.

Mathew Prichard
Grandson of Agatha Christie
Chairman of Agatha Christie Ltd

致中国读者

(午夜文库版阿加莎·克里斯蒂作品集序)

在未来的几年中,我们将要筹备两个非常重要的关于阿加莎·克里斯蒂的纪念日。二〇一五年是她的一百二十五岁生日——她于一八九〇年出生于英国的托基市,二〇二〇年则是她的处女作《斯泰尔斯庄园奇案》问世一百周年的日子,她笔下最著名的侦探赫尔克里·波洛就是在这本书中首次登场。因此,新星出版社为中国读者们推出全新版本的克里斯蒂作品正是恰逢其时,而且我很高兴哈珀柯林斯选择了新星来出版这一全新版本。新星出版社是中国最好的侦探小说出版机构,拥有强大而且专业的编辑团队,并且对阿加莎·克里斯蒂的作品极有热情,这使得他们成为我们最理想的合作伙伴。如今正是一个良机,可以将这些经典作品重新翻译为更现代、更权威的版本,带给她的中国书迷,让大家有理由重温这些备受喜爱的故事,同时也可以将它们介绍给新的读者。如果阿加莎·克里斯蒂知道她的小故事们(她这样称呼自己的这些作品)仍然能给世界上这么多人带来如此巨大的阅读享受,该有多么高兴啊!

我认为阿加莎·克里斯蒂的作品有两个非常重要的特征。首先它们是非常易于理解的。无论以哪种语言呈现,故事和情节都同样惊险刺激,呈现给读者的谜团都同样精彩,而书中人物的魅力也丝毫不受影响。我完全可以肯定,中国的读者能够像我们英国人一样充分享受赫尔克里·波洛和马普尔小姐带来的乐趣;中国读者也会和我们一样,读到二十世纪最伟大的侦探经典作品——比如《无人生还》——的时候,被震惊和恐惧牢牢钉在原地。

第二个特征是这些故事给我们展开了一幅英格兰的精彩画卷,特别是阿加莎·克里斯蒂那个年代的英国乡村。她的作品写于二十世纪二十年代至七十年代,不过有时候很难说清楚每一本书是在她人生中的哪一段日子里写下的。她笔下的人物,以及他们的生活,多多少少都有些相似。如今,我们的生活瞬息万变,但"阿加莎·克里斯蒂的世界"依旧永恒。也许马普尔小姐的故事提供了最好的范例:《藏书室女尸之谜》与《复仇女神》看起来颇为相似,但实际上它们的创作年代竟然相差了三十年。

最后,我想提三本书,在我心目中(除了上面提过的几本之外)这几本最能说明克里斯蒂为什么能够一直受到大家的喜爱。首先是《东方快车谋杀案》,最著名,也是最机智巧妙、最有人性的一本。当你在中国乘火车长途旅行时,不妨拿出来读读吧!第二本是《谋杀启事》,一个马普尔小姐系列的故事,也是克里斯蒂的第五十本著作。这本书里的诡计是我个人最喜欢的。最后是《长夜》,一个关于邪恶如何影响三个年轻人生活的故事。这本书的写作时间正是我最了解她的时候。我能体会到她对年轻人以及他们生活的世界关心至深。

现在新星出版社重新将这些故事奉献给了读者。无论你最爱的是哪一本,我都希望你能感受到这份快乐。我相信这是出版界的一件盛事。

阿加莎·克里斯蒂外孙

阿加莎·克里斯蒂有限责任公司董事长

马修·普理查德

二〇一三年二月二十日

阿加莎·克里斯蒂侦探作品集 ㉘

烟囱别墅之谜
The Secret of Chimneys

（英）阿加莎·克里斯蒂 著
高喻鑫 译

新星出版社　NEW STAR PRESS

献给我的外甥[1],以纪念康普顿城堡的一则碑铭及在动物园度过的一天。

---
[1] 即姐姐的儿子,小詹姆斯·瓦茨(James Watts Jr)。

目录

1	第一章　安东尼·凯德受雇上岗
11	第二章　苦恼的女人
20	第三章　高层人物的苦恼
27	第四章　迷人的女士
33	第五章　在伦敦的第一夜
45	第六章　温柔的勒索
56	第七章　麦格拉斯先生拒绝了邀请
64	第八章　一个死人
72	第九章　安东尼处理尸体
81	第十章　烟囱别墅
93	第十一章　巴特尔警长的出场
99	第十二章　安东尼讲故事
109	第十三章　美国客人
115	第十四章　政治和金融
124	第十五章　来自法国的陌生人
137	第十六章　教室喝茶
150	第十七章　夜半探险
159	第十八章　第二次夜半探险
171	第十九章　鲜为人知的历史
182	第二十章　巴特尔和安东尼的约定

目录

189	第二十一章 艾萨克斯坦先生的行李箱
200	第二十二章 红色信号
214	第二十三章 玫瑰园的相遇
224	第二十四章 多佛的房子
232	第二十五章 星期二晚上的烟囱别墅
241	第二十六章 十月十三日
247	第二十七章 十月十三日（续）
257	第二十八章 维克多王
261	第二十九章 进一步说明
266	第三十章 安东尼上任新职位
273	第三十一章 一些细节

主要出场人物表

安东尼·凯德	佳色高端旅行团导游
吉米·麦格拉斯	安东尼·凯德的好友
尼古拉四世	赫索斯拉夫最后一任国王
斯泰普提奇伯爵	赫索斯拉夫著名政治家
法拉佳皇后	尼古拉四世的皇后
维克多王	恶名昭著的珠宝大盗
（第九任）卡特汉姆侯爵	烟囱别墅的主人
亨利·卡特汉姆侯爵	第八任卡特汉姆侯爵，第九任卡特汉姆侯爵的哥哥
玛希娅	亨利·卡特汉姆的妻子
班德尔（爱琳·布伦特小姐）	卡特汉姆侯爵的女儿
乔治·罗麦克斯	英国政治家
维吉尼亚·瑞福	年轻貌美的寡妇，乔治·罗麦克斯的表妹
奇弗斯	维吉尼亚·瑞福的管家
比尔·埃弗斯莱	乔治·罗麦克斯的助手
奥斯卡小姐	乔治·罗麦克斯的秘书
赫尔曼·艾萨克斯坦	英国财团代表

迈克尔·奥保罗维其亲王	赫索斯拉夫王位继承者
洛洛普赖特耶奇尔男爵	赫索斯拉夫皇室驻伦敦成员
吉塞普·马纳利	布利茨酒店服务员
包德森先生	包德森·哈吉肯出版社负责人
霍姆斯先生	包德森·哈吉肯出版社职员
巴吉沃西督察	贝星市场警察局督察
卡特赖特医生	当地医生
斯坦尼斯劳伯爵	凶杀案被害者
特雷德韦尔	烟囱别墅管家
赫尔曼·艾萨克斯坦	全英银行集团的代表
巴特尔警长	苏格兰场警长
麦罗斯上校	当地警察局长
包瑞斯·安求克夫	迈克尔亲王贴身男仆
海勒姆·费希	神秘美国人
尼古拉·奥保罗维其亲王	迈克尔亲王的堂弟
安卓西上尉	迈克尔亲王的随从
白兰小姐	烟囱别墅的家庭教师
列蒙先生	巴黎安全局密探

第一章　安东尼·凯德受雇上岗

"乔绅士！"

"吉米·麦格拉斯？"

佳色高端旅行团的七位女士满脸闷闷不乐，三位男士也早已汗流浃背。此时，他们却饶有兴致地观望起来。显然，凯德碰到了一个老朋友。凯德是旅行团的导游，深受游客的欢迎。他身材瘦高，皮肤黝黑，谈吐轻快，在调解矛盾和安抚人心方面很有一套。但他的这个朋友看起来却实在有点奇怪。他和凯德差不多高，却比凯德粗壮很多，也远不及凯德模样英俊。

他就像书上描述的那种酒吧老板。不过这也挺有趣的，毕竟出国游览就是想看看书上描绘的那些特别的事物到底是什么样子。而此时此刻，整个旅行团已经对布拉瓦约①这个地方心生厌倦，这里的太阳晒得人难受，酒店也不舒服。大家无处可去，百无聊赖地等着开车前往马托坡的时刻。好在凯德先生建议看看风景明信片，这里的明信片还真是琳琅满目。

安东尼·凯德和他的朋友朝旁边走开了几步。

"你和一帮女人在这儿干吗呢？"麦格拉斯问，"后宫佳丽

---

① 布拉瓦约，津巴布韦第二大城市。

三千？"

"那哪够啊！"安东尼笑着咧开嘴，"你也不好好看看。"

"我看啦，还在想你这眼光真是不行了。"

"我的眼光一如既往地高。这是佳色高端旅行团，我就是佳色旅行团的地陪。"

"你怎么做这行了？"

"没办法，缺钱呗。但这活儿真是不对我的路数啊。"

吉米呵呵一笑。

"永远不务正业，对吧？"

安东尼完全没把他的话放在心上。

"触底反弹，"安东尼满怀希望地说道，"一般都是这样。"

吉米轻声笑着。

"我只知道，如果有什么麻烦正在酝酿，安东尼·凯德迟早都有份儿。你天生就爱招惹那些事。而且，你像猫一样有九条命，不怕死。什么时候有空我们好好聊聊？"

安东尼叹了一口气。

"我得带这些叽叽咕咕的老母鸡去罗兹墓参观。"

"那就对了，"吉米表示赞许地说，"都是崎岖不平的路，她们回来后身上肯定青一块紫一块的，只会闹着要躺在床上休养。到时候，咱俩就可以出去喝两杯，聊一聊了。"

"好极了，再会！"

安东尼回到旅行团中间，团队中最年轻也是最轻浮的泰勒小姐，立刻就向他展开攻势。

"凯德先生，那是你的老朋友？"

"是啊，泰勒小姐。我青葱岁月时的一个朋友。"

泰勒小姐咯咯地笑出声来。

"他长得挺有意思的。"

"我会把你的话转达给他。"

"啊,凯德先生,你怎么这么坏!一肚子鬼主意!他刚才叫你什么?"

"乔绅士。"

"你叫乔?"

"泰勒小姐,我还以为你知道我叫安东尼呢。"

"去你的。"泰勒小姐撒娇地尖叫起来。

现在,安东尼对这份工作已经得心应手。他的职责除了安排好旅行的必要事宜之外,还包括:对被人冒犯后暴跳如雷的老先生进行细心的安抚,为想买明信片的老妇人安排充足的时间,此外还得和四十岁以下的女客人打情骂俏。最后这个任务比较容易,因为那些女人总是轻易就在他的只言片语里领会到柔情蜜意。

泰勒小姐并没有放过他。

"那他为什么叫你'乔绅士'呢?"

"因为那不是我的名字。"

"那为什么叫你'乔绅士'啊?"

"原因同上。"

"哎呀,凯德先生,"泰勒小姐沮丧地提出抗议,"你别这么说话。爸爸昨天晚上还在说你很有君子风度呢。"

"多谢令尊的夸奖,泰勒小姐。"

"我们都认为你很有风度。"

"过奖了。"

"我说真的呢。"

"善良的心比王冠更宝贵。"安东尼含糊其辞起来,连他自己都不知道说这话是什么意思,他恨不得赶紧到午餐时间。

"我一直觉得这首诗特别美。你懂很多诗吗,凯德先生?"

"必要时我可以背两句'少年站在燃烧的甲板上;除了他,都逃之夭夭。'我会的就这么多,但我还能配上一些动作,'少年站在燃烧的甲板上'呼!呼!(你看,这都是火)'除了他,都逃之夭夭',这时候我得像只小狗似的跑来跑去。"

泰勒发出尖锐的笑声。

"你们看凯德先生!他太好玩儿了!"

"该吃上午茶了。"安东尼的语气变得轻快起来,"这边请。下一条街上有家很棒的咖啡馆。"

"那,"高德可太太用深沉的嗓音问道,"费用含在团费里吧?"

"高德可太太,"安东尼拿出公事公办的态度,说道,"早茶需要自费。"

"真没面子!"

"生活不易。"安东尼一脸和气。

高德可太太的眼睛一亮,露出一副仿佛引爆了地雷的神气,"我早料到这一点了。所以我早上吃早餐的时候,就把茶灌到水壶里了。我一会儿用酒精灯热一下喝就行了。走,老头子!"高德可夫妇得意洋洋地往酒店方向走去,她的后背闪耀着对于自己先见之明沾沾自喜的光芒。

"什么啊!"安东尼喃喃地说,"真是林子大了什么鸟都有啊!"

他带着其余的游客走向咖啡馆。泰勒小姐走在他旁边,依然没有放弃她的追问。

"你和你那个朋友多久没见啦?"

"七年多了。"

"你们是在非洲认识的吗?"

"是的,不过不是在这一带。我第一次看见吉米·麦格拉斯的时候,他被双手反绑,正准备下锅呢。非洲内地有些部落是吃人的,你知道吧?我们到得正是时候。"

"然后呢?"

"然后我们小施惩戒,煮了几个小卒,其余的跑了。"

"哇,凯德先生。你过的是充满冒险的生活!"

"没有没有,平平淡淡。"

当然,在那位女士看来,他的这些话并不可信。

到了晚上大约十点钟,安东尼·凯德才走进吉米·麦格拉斯的房间,吉米正在熟练地摆弄着几个酒瓶调配。

"给我一杯烈酒,詹姆斯①。"凯德带着恳求的语气,"跟你说,我实在需要喝一杯。"

"我也这么想,哥们儿。你的那种工作我无论如何都不会干。"

"那我还能干什么?你要是能告诉我,我立马就换。"

麦格拉斯给自己倒上酒,熟练地一倾酒杯,一饮而尽,然后又把酒杯满上。他慢慢地说:"老兄,你是认真的吗?"

"什么?"

"假如你能找到别的工作,就会辞掉这份工作吗?"

"怎么?你还真有缺人的工作啊?那你怎么不自己把握机

---

① 吉米是詹姆斯的昵称。

会?"

"我把握了,但我不大喜欢,所以才想让给你做。"

安东尼警惕起来。

"有什么不妥吗?就因为他们不让你在主日学校教课吗?"

"你以为会有人找我在主日学校教课?"

"当然了,只要他们不知道你到底什么样。"

"那真是一份好差事,没有一点不妥。"

"难不成在南美?你留心南美很久了。那些小的共和国里总会有要发生革命的。"

麦格拉斯咧着嘴笑了。

"一说革命你就起劲,只要和争斗有关的,你都喜欢。"

"我觉得,在那种环境下,我的才能才会被认可。吉米,我和你说,在革命中,我绝对是香饽饽。那样比老老实实地赚钱谋生强多了。"

"老兄,你以前就说过这些啦。不过,这份工作不是在南美,而是在英国。"

"英国?在外漂泊多年,要荣归故里了吗?他们不会还要向你追讨七年前的债吧?

"不会了吧。那么,对那份工作,我还要不要继续说了?"

"当然啦。关键我不明白为什么你不自己去干呢?"

"告诉你吧,我要去内地很远的地方淘金,安东尼。"

安东尼吹了声口哨,怔怔地看着他。

"从我认识你开始,你永远都是在淘金,吉米。这就是你的弱点,也是你的特殊嗜好。你是我认识的人里,最爱瞎淘金的。"

"这事最后肯定能成,走着瞧。"

"人人都有自己的嗜好。我好争斗,你就好金矿。"

"我从头到尾给你讲讲,你应该知道赫索斯拉夫的事吧?"

听到这里,安东尼猛地抬起头。

"赫索斯拉夫?"他好奇地反问。

"嗯,你都知道吧?"

安东尼稍微踌躇一下,然后慢慢地说:"我知道的就是尽人皆知的那些:它是巴尔干半岛诸国中的一个;主要的河流,不详;主要的山脉,不详,只知道不计其数。首都是埃喀瑞斯特。主要的人口构成是土匪;居民爱好是暗杀国王和闹革命。最后一任国王尼古拉四世大约在七年前遭人暗杀,然后,那个蛮荒之地就变成了一个共和国。总而言之,那是一个很容易发生暴乱的地方,你好像以前说过,赫索斯拉夫已经爆发革命了。"

"我没直接说过。"

安东尼盯着他,有点愤怒,更多的是懊悔。

"这件事你得下点功夫。"安东尼说,"进修一下什么的。要是在东方老王朝的时候,你讲了这样一个故事,早就给你绑住双脚倒挂起来,棒打脚踢,让你受尽苦头了。"

吉米并没有把安东尼的话放在心上,继续他的自说自话。

"那你听说过斯泰普提奇伯爵吗?"

"你终于说到点上了,"安东尼说,"许多人虽然没听过赫索斯拉夫,但肯定都知道斯泰普提奇伯爵。他可是巴尔干半岛的大人物,当代最了不起的政治家,是最大的反派角色,却没被送上绞刑架。在不同的报纸上,他的形象大相径庭,但有一点是必然的,那就是斯泰普提奇伯爵的名字绝对会流传千古。过去二十年来,近东的每一个政治运动和反抗活动,斯泰普提奇伯爵都是真正的幕后主使。他身兼独裁者、爱国者和政治家多重角色。大家只知道他是一个阴谋家;但他究竟是什么样的人,没有人知道。

对了，你怎么会提到他？"

"因为他以前担任过赫索斯拉夫的首相。"

"完全没有可比性，赫索斯拉夫和斯泰普提奇伯爵比起来，简直是九牛一毛。那不过就是他的故乡和工作地。话说回来，我还以为他已经死了。"

"他是死了。大约两个月以前，死在巴黎。我要给你讲的是几年以前发生的事了。"

"你要说的到底是什么事？"

吉米连忙继续说下去："是这样的。四年前，我去过巴黎。有天晚上，我路过一块僻静的街区的时候，正好看见五六个法国流氓在殴打一位老先生，那位老先生看起来还挺体面的。我最恨这种欺负人的事。所以，我就插手了，把那帮流氓打得屁滚尿流。"

"干得好，詹姆斯。"安东尼的语气温和了下来，"我真该见识下那个场面。"

"小意思，"吉米谦虚地说，"那位老先生特别感激。他那天肯定喝了两杯，但还清醒地问我要了名字和地址，说第二天要郑重其事地来向我道谢。我这才发现，原来我救的那个老人正是斯泰普提奇伯爵，他那时正躲在波伊斯河附近。"

安东尼点了点头。

"尼古拉国王被暗杀之后，斯泰普提奇伯爵就去了巴黎定居。后来，有人找他回国当总统。但是，他拒绝了。他表面上拥护君主立宪制，但据说巴尔干半岛上所有的秘密政治行动，他都牵涉其中。斯泰普提奇伯爵，这个人城府太深了。"

"尼古拉四世在选择妻子这方面，品味很独特，是吧？"吉米突然话锋一转。

"嗯。"安东尼说,"他就毁在这件事上,可悲啊!那姑娘就是个巴黎的音乐厅里跑龙套演员的私生子,连贵贱联姻的贱都配不上,尼古拉偏偏就看上她了,她也毫无自知之明地非要做那个皇后。听着像天方夜谭,还真就让他们弄成了。他说她是波帕夫斯基女伯爵还是什么的,还号称她有沙皇罗曼诺夫的血统。他们在埃喀瑞斯特大教堂举行的婚礼,强迫了几个大主教为他们证婚。然后,那野丫头就被加冕成了法拉佳皇后。尼古拉拉拢了几个大臣,他以为这样就万事大吉了,但是他忽略了那些平民百姓。赫索斯拉夫的老百姓都很守旧,他们主张贵族统治,认为国王和皇后都应该是名副其实的贵族。于是,民怨四起,当局则残酷镇压,最终演变成了大起义,群众直捣皇宫,杀死了国王和皇后,宣布成立共和国。然后,就一直是这样了。但我听说局势始终都不太平,他们还暗杀了一两个总统,可能是怕生疏了暗杀的技能吧。言归正传①,你刚才讲到斯泰普提奇伯爵去向你这个救命恩人致谢,然后呢?"

"那件事就讲完了。我回到非洲以后也把那件事忘在了脑后。可是大约两个星期以前,我收到了一个很奇怪的包裹。那个包裹从我途经的地方一路转交过来,不知道已经寄了多久了。我之前在报纸上看到过斯泰普提奇伯爵最近在巴黎去世的消息。呃……那个包裹里装的是他的自传,也可以叫回忆录或者其他什么。还附了一封信,大意是,如果我能在十月十三日或那天之前把这份文稿送到伦敦的一个出版社,我就可以得到一千英镑。"

"一千镑?你是说一千镑吗?吉米。"

"是一千镑,哥们儿。希望这不是骗局。常言说得好,王侯

---

① 原文为法语。

政客之言，万不可信。那么这个东西该怎么办呢？这个包裹一直跟着我转寄过来，不能再耽搁了。可惜我刚刚定好去非洲内陆的行程，这次的机会特别好，不可再得，我心意已决。"

"你这人啊，不可救药。双鸟在林，不如一鸟在手。"

"那如果是骗局怎么办？不管怎么样，我已经定好到开普敦的船票，样样都安排好了。天意啊，你忽然就出现了。"

安东尼站起来，点了一支烟。

"我明白你的意思了，詹姆斯。你按原计划去淘金，我去替你收那一千镑。那么，我有什么好处呢？"

"四分之一，怎么样？"

"按惯例，二百五十镑，免税，对吧？"

"对！"

"好的！我说完了，你可能会恨我，其实一百镑我就肯干了。詹姆斯·麦格拉斯，你这人就是到死也存不住钱。"

"不管怎么样，成交了吗？"

"成交，我同意！那么，佳色旅行团可要一团乱了。"

两人郑重其事地碰了下杯。

第二章　苦恼的女人

"那就这么定了！"安东尼饮尽杯中的酒，然后将杯子放到桌上。"你准备乘哪班船？"

"格兰纳堡号。"

"你是用你的名字预订的吧？那我就用詹姆斯·麦格拉斯的名字咯。护照方面没有问题吧？"

"两个名字都行。虽然咱俩长得完全不像，但在一些明显的外貌特征上还是相同的：六英尺的身高，棕色的头发，蓝色的眼睛；鼻子，普普通通；下巴，普普通通……"

"别搞这么多'普普通通'的论调了。我和你说，当时我去应征佳色旅行团，那也是百里挑一，能胜出绝对是得益于我这英俊的外表和优雅的举止。"

吉米咧着嘴笑。

"你的举止我今天上午领教到了。"

"去你的吧！"

安东尼站起来，在房间里来回踱着步。他眉头微皱，过了几分钟才张口说话：

"吉米，"他说道，"斯泰普提奇伯爵在巴黎去世，为什么把一份文稿寄去伦敦还非要通过非洲？"

吉米茫然地摇摇头。

"我不知道。"

"为什么不好好地包一个小包，邮递过去呢？"

"听起来那样做更合理啊。"

"当然，"安东尼继续说，"我知道国王、皇后，以及政府官员出于礼节，不能用简单直接的方式做事，所以才会出现国王使者一类的角色。中世纪的时候是给人一枚图章指环，作为开门咒，拿着指环就可以通行无阻。'这是国王的指环！请放行！'一般这种情形下，出示的指环都是偷来的。我就不明白，为什么就没有一个聪明点的家伙能换个脑筋，仿造个指环不就行了？或者造上十个八个，每个卖上一百达克特①。中世纪的人真是死脑筋。"

吉米听着直打呵欠。

"我这些关于中世纪的言论，你似乎不感兴趣。我们还是接着聊聊斯泰普提奇伯爵的话题吧。即使是一个外交人物，把一件东西从法国先寄到非洲，再送去英国，也是挺蠢的。如果他仅仅是想让你得到这一千镑，就应该写到遗嘱里。好在咱俩都不是那种高傲到连遗赠都不屑接受的人。斯泰普提奇这人真是疯疯癫癫的。"

"你真这么想吗？"

安东尼皱着眉头，继续在房间里踱来踱去。

"你看过那个东西吗？"他猛然问道。

"什么东西？"

"那部文稿啊。"

---

① 达克特，中世纪时流通于欧洲各国的货币。

"天哪,并没有。我看那玩意儿干吗?"

安东尼笑了。

"我只是纳闷而已。你要知道,有许多麻烦都是由传记啊、启示录一类引起的。一生沉默寡言的人好像尤其喜欢在自己寿终正寝的时候闹出点乱子来,从而感到一种幸灾乐祸的满足。吉米,斯泰普提奇是什么样的一个人?你见过他,也跟他说过话,而且,你对人性看得很准。你觉得他像不像是一个报复心很强的老魔鬼?"

吉米摇摇头。

"这很难说。你看,头一天晚上他喝得烂醉;第二天,他就摇身变成一位高贵的老人,彬彬有礼,把我恭维得无地自容。"

"那他喝醉的时候有没有说过什么特别的话?"

吉米皱起眉头,回想着当时的情形。

"他说他知道光之山钻石在哪儿。"他不确定地说。

"好吧……"安东尼说,"那个尽人皆知,钻石收藏在伦敦塔的陈列室里,对吗?用厚玻璃罩着、铁栏杆护着,还有很多西装革履的人在旁边守着。"

"是啊。"吉米表示赞同。

"斯泰普提奇还说了什么其他类似的事吗?比如,他知道华莱士珍藏在哪个城市之类的。"

吉米摇了摇头。

"呃……"安东尼回了一句,然后他点了一支烟,又来来回回踱起步来。

"你这个粗人大概从来都不看报吧?"过了一会儿,他开口问道。

"是不常看,"麦格拉斯简单地回答,"报上登的东西一般没什么我感兴趣的。"

"好在我比你开化多了。最近报纸上频繁刊登赫索斯拉夫的消息,这可能是个信号,预示着皇权要复辟。"

"尼古拉四世没有子嗣啊,"吉米说,"但是我总觉得奥保罗维其王朝还没灭亡,应该还有年轻的血脉流落在外,比如表兄弟,远房表兄弟,以及远远房表兄弟。"

"所以,找到一个王位继承人并不难?"

"一点也不难。"吉米回答道,"如果哪天他们对共和制度厌倦了,我一点都不觉得奇怪。那些热血硬汉,对于暗杀国王已经习以为常了,再去射杀总统,难免感到不够刺激,毫无挑战。说到国王,我忽然想起老斯泰普提奇那天晚上说过的一句话,他说,他认识那几个袭击他的流氓,他们是维克多王的人。"

"什么?"安东尼猛地转过身来。

麦格拉斯咧着的嘴巴笑得更大了。

"有点兴奋啦?乔绅士?"他故意拖着长音。

"正经点儿,吉米。你说的这事相当重要。"

他走到窗户边,站在那望着窗外。

"维克多王到底是谁啊?"吉米问,"另外一个巴尔干国的王室?"

"不是。"安东尼慢慢地说,"他不是那种王。"

"那他是谁?"

安东尼沉默了片刻,说道:"吉米,他是个骗子,是个恶名昭著、让人匪夷所思的珠宝大盗,而且胆大包天。维克多王是他在巴黎的一个代号。巴黎是他的匪党大本营,他也就是在那里被捕的。但是苦于没找到他重罪的证据,只能以一个小的罪名轻判了他七年。他很快就要出狱了,或者可能现在已经出来了。"

"你觉得斯泰普提奇伯爵和他入狱的事有关系吗？那几个流氓跟踪他会不会就是为了报复？"

"不知道。"安东尼说，"表面上看不像。据我所知，维克多王并没有对赫索斯拉夫王室下过手。但看着又像那么回事，是吧？斯泰普提奇的死，那个回忆录，报上的谣传，所有这些都模棱两可，又挺有意思。另外我还听说，赫索斯拉夫发现了石油。詹姆斯，我有种强烈的预感，他们已经对那个不起眼的小国蠢蠢欲动了。"

"谁？"

"希伯来人，那些坐在办公室里的黄色面孔的金融家们。"

"说了这么多，你到底想做什么呢？"

"把简单的事情复杂化，仅此而已。"

"不是那件事，"安东尼有点失望地说道，"你猜猜，我准备用那两百五十英镑去趟哪里？"

"南美洲？"

"不，我要去赫索斯拉夫，我觉得我可以和那个共和国站在一块儿，搞不好我还能成为那里的总统。"

"你怎么不说你是奥保罗维其的血脉，直接去那儿当个国王呢？"

"不，詹姆斯。国王得做一辈子，总统只要任职四年就行了。对我来说，一个像赫索斯拉夫这样的国家，管四年就挺好的。"

"国王有可能连四年都做不到呢。"吉米插话说道。

"我可能会忍不住挪用一千镑里你的那份。到时候你都把金山搬回来了，一千镑肯定不会放在眼里了。那我就替你投资到赫索斯拉夫的油矿去。你知道吗，詹姆斯？你这个主意简直是越想越觉得妙，你要是不说，我怎么也想不到赫索斯拉夫。到时候我在伦敦待一天，拿到一千镑的战利品，然后就搭乘巴尔干快线出发。"

"你别那么快就走啊。我之前没说，其实，我还想让你帮我办件事。"

安东尼一屁股坐到椅子上，一脸严肃地看着他。

"我一直都觉得还有点什么事，果不其然，全套的来了。"

"绝对没有。就是想让你帮一位女士做点小事。"

"想都别想，我绝对不会掺和你的风流事。"

"不是什么风流事，我都没见过这个女人。听我给你从头到尾讲一讲。"

"要是非得听你念叨长篇大论，我可得再喝一杯。"

男主人赶紧殷勤地遵命照办，然后开始娓娓道来。

"那是我在乌干达发生的事，我在那里救了一个南欧人……"

"詹姆斯，我要是你，我就会写一本书，就叫《我救过的人》。这是我今天晚上听到的第二个故事了。"

"不过这一次，我实在没做什么，只是把他从河里拉出来了，好像大部分南欧人都不会游泳。"

"等会儿，这跟另一件事有关系吗？"

"并没有。不过我忽然想起一件很奇怪的事，虽然我们都叫他佩德罗，那是个荷兰人的名字，但他其实是个赫索斯拉夫人。"

安东尼漠不关心地点点头，"不管叫什么名字，不都是南欧人。"他说道，"接着说吧。"

"那个人可能对我很感激，所以一直像只狗一样跟着我。大约六个月之后，他得热病死了。在断气之前，他叫我过去，在我耳边用几句行话说了个秘密，我当时还以为他说的是金矿，然后他把贴身带着的一个油布包塞到我手里。好吧，我当时也没把那个东西当回事。过了一周,我才打开那个小包。我承认我就是太好奇了,我当然知道按照佩德罗的智商,就算看见金矿也不一定认得出来,但万一要是真的呢?"

"一想到金子,你的心就扑通扑通的了吧,本性难易啊。"安东尼打断他。

"我这辈子都没觉得那么恶心过。金矿?呵呵。对于那种卑鄙小人,那个东西还真可能就是个金矿。你知道那是什么吗?一个女人的信,对,就是一个女人的信,而且是个英国女人。那个贱人居然在勒索一个女人,他竟还不要脸地把那个脏东西给我。"

"你的刚正不阿真让我喜欢,但是,詹姆斯,我告诉你,南欧人永远都是南欧人。他的本意是好的。你救过他的性命,于是他把自己的财路留给了你。"

"那这个东西我可如何是好?烧了?一开始我就是这么想的,但我想到了那个可怜的女人,她并不知道那些信已经毁了,肯定会终日惶恐不安,担心哪天那个南欧人又出现了。"

"我真没想到你想象力这么丰富。"安东尼一边说,一边点了一支烟,"你说得也对,这样一来确实更复杂了,那邮寄给她呢?"

"和所有女人一样,她在大部分信上都没留日期和地址,只有一封信上有一个像是地址的信息,但只有一个名字:烟囱别墅。"

安东尼本来正要吹灭手里的火柴,一下子定住了,直到火燎到手指,手腕一抖,他才回过神来,赶紧把火柴甩掉。

"烟囱别墅?"他说,"简直太离奇了。"

"怎么,你知道那里?"

"亲爱的,那是一栋英国的豪宅,国王和王后经常去那里度周末,外交人士也会在那里聚会。"

"我觉得你去英国比我去要好多了,因为这些事你都知道。"

吉米直白地说,"我这种加拿大穷乡僻壤出来的傻子,只会闹出各种各样的岔子。你是见过世面的人,读过伊顿和哈罗……"

"只有伊顿。"安东尼谦虚地说。

"像你这样的人才能完成任务。你刚才是问我为什么不把这些信寄给她?我觉得那样很危险。据我推测,她丈夫嫉妒心很强。假如他不小心拆了那些信怎么办?也可能那个女人已经死了,因为那些信看起来已经有些年头了。我觉得,唯一妥善的办法就是有人把那些信带到英国,亲自交到她的手里。"

安东尼把烟扔掉,走到他的朋友身边,亲热地拍了拍他的后背。

"你真是个侠义之士,吉米。"他说,"加拿大的僻壤应该以你为荣。要是我碰到这种事,做得肯定连你的一半都不如。"

"那你是同意了?"

"当然。"

麦格拉斯站起来,走到抽屉前面,取出一包信,然后扔到桌上。

"给,你最好先看看。"

"有必要吗?我还是别看了。"

"按照你说的烟囱别墅的情况,她应该只是在那里住过一段时间。我们还是把这些信看一遍,试试能不能找到什么线索,好知道她平时到底住在哪儿。"

"我觉得你说得对。"

他们仔细地把信都看了一遍,但是一无所获。安东尼若有所思地把信拢在一起。

"可怜啊,"他说,"她肯定吓坏了。"

吉米点点头。

"你觉得你能找到她吗?"他担忧地问。

"找不到她我就留在英国不走了。你很关心这个素不相识的女人啊,詹姆斯。"

吉米心事重重地抚摸着信纸上的签名。

"她的名字很好听,"他解释说,"她叫维吉尼亚·瑞福。"

第三章　高层人物的苦恼

"正是如此啊，老兄，正是如此。"卡特汉姆侯爵敷衍地说。

同样的话他已经说过三遍了，每次都抱着希望能以此结束交谈，好赶紧脱身。这里是他入会的一家私人会所：伦敦俱乐部，此时他正站在俱乐部的楼梯上动弹不得，被迫听着乔治·罗麦克斯滔滔不绝的高谈阔论。他实在不喜欢这种感受。

卡特汉姆·爱德华·阿利斯泰尔·布伦特，是卡特汉姆家的第九任侯爵。他个子矮小，穿得破破烂烂，看起来完全没有侯爵的样子。他的眼睛是淡蓝色的，窄长的鼻子显得有些忧郁；行为举止虽然有些呆板，但彬彬有礼。

对卡特汉姆侯爵来说，一生中最大的不幸就是四年前继承了他哥哥第八任侯爵的爵位。前侯爵可是个在全英国家喻户晓的显赫人物。他曾任外务大臣，在大英帝国的国会中举足轻重。他的乡间宅邸，烟囱别墅，素以好客而闻名。他的太太，波瑟公爵的女儿，帮了很大的忙。那里在周末常常举办各种非正式的聚会，推杯换盏中，创造和改变了很多历史。英国的达官显贵，乃至欧洲的达官显贵，可以说没有一人不曾在此盘桓。

这些都很好，第九任卡特汉姆侯爵一想起他的兄长，便肃然起敬，亨利真是把那些事做到了极致。卡特汉姆侯爵只是反对把烟囱别墅当作国家资产，而非一座私人的乡村别墅。他最讨厌的莫过于非政客去谈论政治，因此乔治·罗麦克斯的喋喋不休让他不胜其扰。乔治·罗麦克斯身材健壮，微微有点发福。脸色红润，眼睛有点凸出，全身上下透出一股自以为是的劲头。

"您明白我的意思吗，卡特汉姆？我们根本无法承受任何丑闻，现在的局势非常棘手。"

"始终如此。"卡特汉姆侯爵略带讽刺地说。

"老兄啊，我是当局者清。"

"正是如此，正是如此。"卡特汉姆侯爵又用回了之前的战术。

"如果在赫索斯拉夫的事稍有差池，我们就完了。最重要的就是石油开采权得授予一家英国公司。您一定要留心，好吗？"

"当然，当然。"

"迈克尔·奥保罗维其亲王这周末抵达，在烟囱别墅组织一次狩猎聚会做个幌子，整件事都能搞定了。"

"我本来还计划这个星期要出国呢。"卡特汉姆侯爵说。

"别胡诌了，我亲爱的卡特汉姆！哪有人会在十月上旬出国。"

"我的医生认为我的健康状况很差。"卡特汉姆侯爵一边说，一边充满渴望地看着眼前缓缓驶过的出租车。

但是，他无法脱身，因为罗麦克斯一和谁聊到严肃的话题，就会抓住对方不放，他这种令人不悦的习惯也不是一天两天了。就现在的情形来说，他正紧紧拽着卡特汉姆侯爵的衣领。

"老兄，这件事我就郑重地托付给你了。现在是国家的危难时刻，即将来临的……"

卡特汉姆侯爵不安地扭动着身子。他突然觉得他宁可再办一百次聚会，也不愿听一次乔治·罗麦克斯用他自己讲演稿里的言论在这里絮絮叨叨。根据经验，他知道罗麦克斯至少还得这样不停地再讲二十分钟。

"好的，"他连忙说，"我会办好的，那么你来安排一切吧。"

"没什么需要安排的。烟囱别墅就是最理想的地方，何况它还有那么多的前世今生。到时候我会到修道院去，离那里不到七英里。我就不出席宴会了，不合适。"

"对对，不合适。"卡特汉姆侯爵同意地说，虽然他不知道为什么不合适，他也没兴趣知道。

"不过，要叫上比尔·埃弗斯莱，到时候他可以帮着传递信息。"

"求之不得，"卡特汉姆侯爵略微起了一点兴致，"比尔的射术不错，而且班德尔很喜欢他。"

"射术并不重要，那只是个挡箭牌。"

卡特汉姆侯爵又败下兴来，一副无精打采的样子。

"这样就行了。国王、国王的随从、比尔·埃弗斯莱、赫尔曼·艾萨克斯坦……"

"谁？"

"赫尔曼·艾萨克斯坦。我和你说过的那个财团代表。"

"英国财团？"

"对，怎么了？"

"没事，没事，我就是问问而已。这人的名字挺怪的。"

"对了，还得有一两个外人，好看起来像那么回事。爱琳小姐肯定会注意这个的。得找年轻的、不爱搬弄是非的，又不懂政治的。"

"班德尔肯定会注意到的。"

"我想到一件事。"罗麦克斯忽然想到了什么的样子,"你记得我刚才说的那件事吗?"

"你刚才说了很多事。"

"我指那个不走运的意外状况。"他放低声音,神神秘秘地在侯爵耳边说道,"斯泰普提奇伯爵的回忆录。"

"我觉得你有点大惊小怪了。"卡特汉姆侯爵一边说,一边克制着自己不打呵欠,"人们都喜欢丑闻。我本人也会看一些回忆录,而且看得津津有味。"

"问题不是人们看或者不看,他们都会争先恐后地看,关键是在这个节骨眼上出版这种书会把事情都搞砸,所有事!赫索斯拉夫的民众希望复辟。迈克尔亲王得到了英皇陛下的支持与鼓励,赫索斯拉夫的民众也准备拥戴他。"

"那么,那个准备把石油开采权授予赫尔曼·艾萨克斯坦公司、以得到百万贷款用于继位的人是谁?"

"卡特汉姆,卡特汉姆,"罗麦克斯用一种痛苦的语气在耳边恳求着说,"谨言慎行啊,一定得谨言慎行。"

"那么问题就是……"卡特汉姆侯爵依从着压低了声音,饶有兴致地继续说,"斯泰普提奇伯爵的回忆录提到的一些事会使他们美梦破灭,主要是奥保罗维其家族的暴行劣迹,对吗?到时候国会上就会提出这样的问题:为什么要把现在宽大的民主政体改成守旧过时的专治统治?就因为那些吸人血的资本家的政策措施吗?然后就会出现'打倒政府'这类的呼声……是吗?"

罗麦克斯点点头。

"可能还会更糟,"他吸了一口气接着说,"假设,只是假设,那个不幸的失踪事件又被翻出来,你明白我指的是什么吧?"

卡特汉姆侯爵目不转睛地盯着他。

"我不明白。什么失踪事件？"

"你肯定听过啊，就是他们都在烟囱别墅的时候发生的，亨利非常担忧，他的事业也因为那件事几乎都毁了。"

"这事让我觉得太有意思了，"卡特汉姆侯爵说，"什么人还是什么东西失踪了？"

罗麦克斯向前探了探身子，将嘴巴靠近卡特汉姆的耳朵，卡特汉姆连忙向后退了一步。"哎呀，你别对着我的耳朵嘶嘶地讲话。"

"你听到了吗？"

"嗯，听到了。"卡特汉姆侯爵嫌恶地说，"我想起来了，那时候我确实听到过一些稀奇古怪的风声。我一直很好奇到底是谁干的，那个东西一直没找到吗？"

"没找到。我们当然会极其慎重地处理这件事，决不会走漏半点风声。斯泰普提奇伯爵当时也在场，对这件事虽然不完全了解，但也多少知道一些。我们和他在土耳其的问题上有过几次争执，如果他怀恨在心把那件事公诸于世，想想会引发什么样的丑闻，又会有多么深远的影响。所有人都会说，为什么要把这件事压下来？"

"肯定会这样。"卡特汉姆侯爵兴致勃勃地说。

罗麦克斯的声音提高了几个音调，他竭力控制着自己。

"我得保持冷静。"他喃喃地说，"我得保持冷静。你说，如果他没有恶意，为什么要大费周章地把文稿送到伦敦去？"

"是很奇怪，你确定你说的这些都是真的？"

"绝对是真的。我们在巴黎有情报人员。那份回忆录在他去世的几周前已经被秘密转移了。"

"这样看起来这里面确实有玄机。"卡特汉姆侯爵说，恢复了几分之前的兴致。

"我们发现那些文稿寄给了一个叫吉米,或者叫詹姆斯的人,那个人是个加拿大人,现在在非洲。"

"这事办得很有排场啊。"卡特汉姆侯爵兴高采烈地说。

"詹姆斯·麦格拉斯乘坐格兰纳堡号会在明天抵达,也就是周四。"

"你打算怎么办?"

"我们得立刻找到他,向他解释这件事的严重后果,然后恳请他推迟回忆录的出版时间。至少等一个月再说吧,而且无论如何都得审慎地编辑一下才行。"

"那如果他说'不行,先生!'或者说,'见你的鬼去!'这样的话,那可如何是好?"卡特汉姆侯爵说。

"我就害怕会这样。"罗麦克斯坦白地说,"所以,我突然想到,把他也请到烟囱别墅,可能是一个好办法。他受邀去拜见迈克尔亲王,肯定会受宠若惊。这样一来,对付他就容易多了。"

"我不同意。"卡特汉姆侯爵连忙说,"我和加拿大人完全处不来,尤其还是在非洲住过的加拿大人。"

"也许他是个很好的人,是个可造之材也说不定。"

"我拒绝,罗麦克斯。我坚决反对,你找别人应付他吧。"

"我忽然有个妙计,"罗麦克斯说,"女人!找个女人去对付他,跟他说一点,但不说透。女人可以很有技巧地让他明白现在的形势,又不会激怒他。我声明绝不是赞成女人参政,只是圣斯蒂芬大教堂虽然已经完全成为废墟,但女人在她们自己的领域内还是能起到神奇的作用。你看亨利的妻子就是个典范,她可帮了他不少。玛希娅非常了不起,真是个独一无二又十全十美的政治家的贤内助。"

"你不会是要请玛希娅来参加聚会吧?"卡特汉姆侯爵有气无力地问道,一提到他这个令人可畏的嫂子,他就有点脸色发白。

"不不,你误会了。我只是举例说明女人的影响力。我建议还是找一位年轻、有魅力、美丽和智慧并存的女人。"

"班德尔也不行吧?她什么用处也起不到,她充其量不过是一个激烈的社会主义者。你要是和她说了,她肯定会笑得前仰后合。"

"我没有考虑爱琳小姐。令爱非常可爱,但完全是个孩子。我们需要的是一个有手腕、够冷静、八面玲珑的女孩。我有个完美的备选,我的表妹维吉尼亚。"

"瑞福太太?"卡特汉姆侯爵笑容满面,他开始觉得聚会可能会有趣起来,"这个建议非常好啊,罗麦克斯,她可是全伦敦最有魅力的女人了。"

"对于赫索斯拉夫,她也很了解。你应该记得,她的丈夫在那儿的大使馆工作过。而且,就像你说的,她很有个人魅力。"

"人间尤物。"卡特汉姆喃喃地说。

"那就这么定了。"

罗麦克斯先生终于松开了抓住卡特汉姆侯爵衣领的手,卡特汉姆赶紧趁机逃脱。

"再会!罗麦克斯!你来安排吧,拜托啦。"

卡特汉姆钻进一辆出租车,他对乔治·罗麦克斯真是厌恶到了极点。他那又红又肿的脸、沉重的呼吸声、凸出的严肃的蓝眼睛,都让他不胜其烦。想到周末的聚会,他不禁叹了口气。真是讨厌,非常讨厌!转念他又想到了维吉尼亚·瑞福,心情欢快了一些。

"人间尤物啊,"他自言自语,"人间尤物。"

第四章　迷人的女士

乔治·罗麦克斯直接回到白厅[①]。当他走进那栋奢华的大楼，便响起一阵忙乱的脚步声。他就是在这里处理各种国家事务。

此时比尔·埃弗斯莱正在勤勉地归档各种文件，但窗口的那张大沙发椅上还因为有人刚刚坐过，带着一股残留的温热。

比尔·埃弗斯莱是一个讨人喜欢的年轻人，他看起来二十五岁上下，体格硕大，行动起来有些笨拙，虽然长相难看，但并不令人讨厌，一口牙齿洁白整齐，棕色的眼睛里充满诚恳。

"理查森的报告送来了吗？"

"还没有，我问问他吧。"

"不用了。有电话留言吗？"

"这些事主要是奥斯卡小姐在处理，艾萨克斯坦先生问您明天能不能和他在沙佛伊饭店共进午餐。"

"让奥斯卡小姐看看我的时间表，如果没有其他约会，就叫她回电话答应了。"

"好的，先生。"

[①] 白厅（Whitehall）是英国伦敦市内的一条街。它连接会别墅和唐宁街，在这条街及其附近设有国防部、外交部、内政部、海军部等一些英国政府机关。因此人们用"白厅"作为英国行政部门的代称。

"对了，埃弗斯莱，你也帮我打个电话，查查庞德街四八七号瑞福太太的电话号码。"

"收到。"比尔抓起电话簿，装模作样地顺着人名表一栏看下去，然后砰的一声合上电话簿，走到桌子旁边。他把手放到电话听筒上，好像突然想到了什么似的，迟疑了片刻。

"先生，我忽然想起来，瑞福太太家的电话线路坏了。我刚才给她打过电话。"

乔治·罗麦克斯皱了皱眉。

"烦，"他说，"烦透了。"他轻轻敲着桌子，有点犹豫不决。

"如果有什么重要的事，我可以现在坐出租车去一趟，她这会儿应该在家呢。"

乔治·罗麦克斯思索踌躇了一会儿，比尔在旁边观望地等待着。如果答案是好，他便立刻飞奔出去。

"也许这是最好的办法，"罗麦克斯终于说道，"你坐出租车去一趟，问问瑞福太太今天下午四点钟在不在家，说我有很重要的事要找她面谈。"

"好的，先生。"比尔抓起帽子，迅速离开了。

十分钟后，一辆出租车把他放在了庞德街四八七号。他按响门铃，又重重地叩了叩门环。一个神情严肃的仆人打开门，比尔冲她点了点头，一看就是旧相识了。

"早，奇弗斯，瑞福太太在家吗？"

"她正准备出门。"

"比尔，是你吗？"一个声音顺着楼梯栏杆传下来，"我一听那咣咣的敲门声，就知道是你。上来吧。"

比尔一抬头，看见一张微笑的面孔正向下望着他，那张脸总有一种特别的魔力，能让看到的人，不仅仅是比尔，都会变得语无伦次。他一步两阶地跑上楼梯,紧紧握住维吉尼亚伸出的手。

"嗨,维吉尼亚!"

"你好,比尔!"

吸引力是一种很神奇的东西:世界上有那么多年轻女人,有的比维吉尼亚·瑞福更美丽,即使她们用同样的语气说"你好,比尔",都不会产生什么特别的效果。但就那么简单的几个字由维吉尼亚说出来,比尔便会感到心驰神往。

维吉尼亚刚刚二十七岁,高高的个子,有一副如诗一般完美匀称的苗条身材。她的头发是纯正的古铜色,金黄中透出微绿的色泽。小巧倔强的下巴,可爱的鼻子,一双蓝色的眼睛。每当眼睑微启,便闪耀出深蓝色的光芒,顾盼生姿。她的嘴角总是微微翘起,使得整张嘴表现出一种美妙的、难以形容的"维纳斯的气质",那是一张富于表现力的面孔。她全身散发出活力四射的神气,只要她出现就会是全场的焦点,没人能够忽略她的魅力。

她把比尔拉进小客厅,房间的色调全部为浅紫色、绿色和黄色,看起来就像草地里藏着零零点点的番红花。

"比尔,亲爱的。"维吉尼亚说,"现在外务部的人一定都在思念你吧?没有了你,他们可没法运转吧?"

"我是替柯德斯来给你送信儿。"比尔不敬地对他的上司直呼其名。

"对了,维吉尼亚,如果他问起来,记得和他说你家电话上午坏了。"

"但是没坏呀。"

"我知道,但是我和他说坏了。"

"为什么呀?这个外交辞令有什么故事?"

比尔带着责备的眼神看了她一眼。

"只有这样，我才能过来看看你啊。"

"亲爱的，看我这脑子，你可真好！"

"奇弗斯刚才说你正要出门。"

"是呀，我要去斯隆大街，那新出了一种很好看的臀箍。"

"臀箍？"

"是的，臀——箍——贴身穿的勒在臀部的带子。"

"真不害臊。和一个没有关系的小伙子谈论内衣，这可不太优雅。"

"可是臀部也没什么不雅啊。每个人都有臀部，不过我们这些可怜的女人却得费尽心机装作没有臀部的样子。那个臀箍是红橡皮的，正好箍到膝盖以上，穿上它，走路可费事了。"

"真可怕！"比尔说，"为什么要穿那个呢？"

"因为女人为了自己的身材愿意受苦啊。别聊臀箍了，乔治说了什么？"

"他问你今天下午四点在不在家。"

"不在，我要去拉内拉赫，他为什么要搞这么正式的拜访？他不会是要向我求婚吧？"

"如果他求婚，我觉得也不足为奇。"

"如果真是这样，你就告诉他，我更喜欢男人心血来潮时，出于冲动而向我求婚。"

"像我这样？"

"你不是出于冲动，你是出于习惯。"

"维吉尼亚，你愿意……？"

"行了，行了，比尔，大上午的别闹了。你应该把我当成一个年近中年、充满母爱的人看待。你的情意，我会铭记在心。"

"维吉尼亚，我真的很爱你。"

"我知道，比尔，我知道。我只是喜欢被爱的感觉。我这样是不是很坏？我希望世上的好男人都喜欢我。"

"爱你的人已经够多了。"比尔沮丧地说。

"但我可不希望乔治喜欢我，我想他也不会，他已经娶了他的事业。他还说什么了？"

"只是说他找你有很重要的事情。"

"我越来越感兴趣了，会让乔治觉得重要的事太少了。我不去拉内拉赫了，反正哪天都能去。告诉乔治，四点钟我会乖乖地恭候他的大驾。"

比尔看了看他的腕表。

"好不容易出来一趟，午饭之前回去太亏了。出去吃点东西吧，维吉尼亚。"

"我要出门吃午餐的。"

"没关系，今天就陪我吧，其他的安排都取消。"

"好。"维吉尼亚微笑着对他说。

"维吉尼亚，你真好。你其实还是挺喜欢我的，是不是？比起其他人，还是更喜欢我的吧？"

"比尔，我很喜欢你。如果我非得嫁人不可的话，比如我变成了书里的人物，出来个坏人对我说'你必须得嫁个人，要不我就一点点地折磨你'，那么我肯定选你。我是说真的。我会毫不犹豫地说，'把小比尔赐给我吧！'"

"那……"

"但我不是非嫁人不可，我享受做一个坏寡妇的感觉。"

"嫁给了我，你还可以一如既往啊，可以到处去玩儿，做什么都行，不需要在意我。"

"比尔，你不了解我。我是那种如果结婚就会热情似火的人。"

比尔沉重地叹了口气。

"我觉得我总有一天会自杀。"他沮丧地咕哝着。

"你不会的。你会带着一个漂亮姑娘出去吃饭,就像前天晚上那样。"

埃弗斯莱一时有点摸不着头脑。

"你是说多萝西·柯克帕特里克,在'钩和扣子餐厅'的那个女孩?是的,她确实是个很好的姑娘,中规中矩,和她在一起没什么坏处。"

"当然没有。你高兴我才高兴,只是,别假装肝肠寸断了。"

埃弗斯莱找回了一些自尊。

"维吉尼亚,你一点都不明白。"他严厉地说,"男人……"

"都喜欢一夫多妻!我明白的。有时候我怀疑自己是赞同一妻多夫制的。如果你真爱我,就赶紧带我去吃午饭吧。"

第五章　在伦敦的第一夜

再周密的计划也难免会有瑕疵。乔治·罗麦克斯下错了一步棋，导致他的计划里出现了一个致命缺点，比尔就是这个点。

比尔是个极好的孩子，在板球和高尔夫上都有很高的造诣。他举止优雅，性情随和。可他能得到外务部的职位靠的是人缘，和头脑无关。他也非常适合这份工作，他的工作不需要承担什么责任，也不用动脑，他就像乔治身边的一只小狗。他的任务就是随叫随到，打发一下乔治不想见的人，跑跑腿，总之就是让自己显得有用点。这一切比尔都尽职尽责。乔治不在的时候，比尔就瘫进最大的沙发椅里，舒舒服服地看看体育新闻，这也是个悠久传统。

乔治差遣比尔跑腿惯了，这次也是派比尔去联合堡垒轮船公司的办公室打听格兰纳堡号的抵达时间。和大多数有教养的英国年轻人一样，比尔说话声音和悦，却有些吐字不清。他说出的"格兰纳"（Grananth）三个字的发音，任何一个演讲大师听了都要皱眉，而且不伦不类。轮船公司的办事员听成了"康佛瑞"（Carnfrae）。

办事员说，康佛瑞将在下周四抵达，比尔道谢之后就离开了。乔治·罗麦克斯收到消息后，相应地安排了日程。他对联合堡垒轮船公司的航行班次一无所知，也就认定了吉米·麦格拉斯就在周四到达。

所以，那个星期三上午，就在他把卡特汉姆侯爵扣留在俱乐部台阶上的时候，他还完全不知道格兰纳堡号在前一天下午已经停泊在南汉普顿码头。那天下午两点，安东尼·凯德，这个顶着吉米·麦格拉斯名字的旅客走出船舱，在滑铁卢站叫了辆出租车，思考片刻后，便吩咐司机开往布利茨酒店。

"大可以舒坦舒坦了。"安东尼饶有兴致地望着窗外，自言自语地说道。

自从上次离开伦敦，已经整整十四年了。

他到酒店登记入住之后，便出门沿着河堤散步。再次回到伦敦的心情是非常喜悦的，当然，一切都变样了。黑修士桥那一片以前就是个小餐馆，他和几个朋友经常去那里吃饭。那时候他还是一个社会主义者，总是戴着一条红领巾。当时可真是年轻啊。

他调转方向，开始折回酒店。就在过马路的时候，一个男人撞了他一个满怀，差点让他摔倒。两人站稳后，那个男人一边低声道歉，一边直勾勾地盯着安东尼的脸看。他个头矮小，身材健壮，典型的工人阶级模样，看起来像个外国人。

安东尼往回走的路上，一直在琢磨那个男人探究的目光。实在有些奇怪！或许是他棕褐色的脸庞在苍白的伦敦人中显得有些与众不同吧。他回到房间，一时兴起，走到镜子前面，仔细端详着镜中的自己。他旧时的朋友本来就很少，如果现在碰见那几个人，会有人认得出他吗？他缓缓地摇摇头。

离开伦敦时，他才十八岁，那时候他还是个皮肤白皙、脸庞圆润的少年，带着一副看起来很纯洁的神情。而现在，镜子里的人身材瘦削、肤色黝黑、神情古怪。完全大变样，没人能够认得出他了。

床边的电话响起来,安东尼走过去,拿起话筒。

"你好!"

是值班服务员的声音。

"是吉米·麦格拉斯先生吗?"

"请讲。"

"有位先生说要见您。"

安东尼大吃一惊。

"见我?"

"是的,先生,是一位外国人。"

"他叫什么?"

服务员稍稍一顿,然后回答道:"我让人把他的名片给您送去吧。"

安东尼放下电话,等了几分钟,就听到了敲门声。一个年轻的服务员把盛着名片的托盘送了过来。

安东尼接过名片,看见上面印着"洛洛普赖特耶奇尔男爵"的名字。

他一下子明白刚才打电话的服务员为什么会犹豫了。

他思考片刻,打定了主意。

"让这位先生上来吧。"

"好的,先生。"

几分钟后,洛洛普赖特耶奇尔男爵被领引进了房间。他身材高大,蓄着浓密的扇形胡子,光秃秃的前额显得特别高。

他把脚跟咔哒一并,对安东尼深鞠一躬。"麦格拉斯先生。"

安东尼模仿着对方的动作。"男爵。"然后他拉过一把椅子,"您请坐,我想,之前我应该没有那份荣幸见过您吧?"

"我们没见过。"男爵坐到椅子上,客气地说,"这是我的不幸。"

"也是我的不幸。"安东尼用同样的口吻回答。

"我是来说正经事的。"男爵说,"我今天来是代表驻伦敦的赫索斯拉夫皇室。"

"您绝对是皇室的出色代表。"安东尼低声说。

男爵微微弯腰,向安东尼的奉承表示感谢。

"受之有愧。"男爵生硬地说,"麦格拉斯先生,实不相瞒。我们的复辟事业自从仁慈的尼古拉四世陛下殉国之后搁置到如今,现在时机终于来了。"

"阿门。"安东尼喃喃地说,"您继续说!"

"我们要拥护迈克尔亲王登基,而且英国政府也支持他。"

"好极了。"安东尼说,"谢谢您告诉我这些。"

"一切就绪,但是,你出现了,麻烦就来了。"男爵用凌厉的眼神盯着他。

"男爵先生。"安东尼表示抗议。

"我不是随便说说的,你的出现带来了已故的斯泰普提奇伯爵的回忆录。"他盯着安东尼的眼睛里充满了指责。

"那怎么了?斯泰普提奇伯爵的回忆录和迈克尔亲王有什么关系?"

"它会引起流言蜚语。"

"谁的回忆录都会这样。"安东尼安慰他。

"他知道很多秘密。他只要透露一丁点儿,欧洲可能就会陷入混战。"

"别那么想,"安东尼说,"那怎么可能?"

"对奥保罗维其家族的非议会在外面传开,英国人可是非常民主的。"

"我知道奥保罗维其家族是有那么一些专横,"安东尼说,"这是他们骨子里的东西。但是,在英国人的理念里,巴尔干群岛的国家就应该那样,虽然说不清缘由,但他们确实就是这么想的。"

"你不懂,"男爵说,"你根本不了解,我也不能给你讲。"他叹了一口气。

"您具体在害怕什么?"安东尼问。

"我得看了那个回忆录才知道。"男爵简单地说,"但是肯定会有的,那些外交家就是不懂谨言慎行。功亏一篑。"

"别这样,"安东尼温和地说,"我觉得您太悲观了。那些出版社我知道得多了,他们出书就跟孵蛋似的,至少都得等个一年半载。"

"你这个年轻人啊,要么就是太狡诈,要么就是太单纯。一家周报的报社已经万事俱备,只要回忆录一到,立马就能发表了。"

"啊!"安东尼有些吃惊,"但是你们可以否认啊。"他满怀希望地说。

男爵悲伤地摇摇头。

"不是这样的,不是这样的,你就是胡说呢。我们还是谈谈我们的生意吧。你将得到一千镑,对吧?你看我的消息多灵通。"

"我向皇室的情报部表示敬意。"

"我给你一千五百镑。"

安东尼惊愕地看着他,然后略带感伤地摇摇头。

"恐怕办不到。"他遗憾地说。

"好吧,那我给你两千镑。"

"您在诱惑我,男爵,这实在是令人动心。但是我真的办不到。"

"你要多少?"

"您没理解我的意思。我相信您是个好人,我也明白那部回忆录会坏了你们的大事。但是,我承担了这个任务,就得完成它。您懂吗?我不能反悔。那样的事我做不来。"

男爵认真地听完了他的话,然后连连点头。

"我明白了,这是你作为一个英国人的名誉。"

"我们不会说得那么义正辞严。"安东尼说,"但是,意思差不多。"

男爵站起身来。

"对于英国人的名誉,我必须尊重。"他说,"我们只能试试别的办法了,早安。"

他的脚跟咔嗒一声并拢,深深地鞠了一躬,然后身子挺得笔直,迈步走出房间。

"他是什么意思呢。"安东尼默默地想,"威胁我吗?我可一点都不怕洛利普。不过,这个名字还真是很适合他。以后我就叫他洛利普男爵好了。"

他在房间里来来回回地转了一两圈,拿不定主意下一步该怎么办。今天是十月五日,距离约定的交稿日期还有一周多的时间。安东尼觉得只要在最后一刻送到就好,他可没打算提前送去。实话实说,他现在特别想看看那个回忆录。在船上他就有这样的想法了,但是因为发烧一直精神不济,实在没有心情去辨认那些潦草不清的字迹,因为整篇文稿都是手写的。他从未像此时此刻这样,想看看里面究竟写了什么事值得他们大惊小怪。

他还有另外一个任务。

想到这个,他赶紧拿起电话簿,查找"瑞福"这个姓氏,一共找到了六个"瑞福":爱德华·亨利·瑞福,外科医生,住在哈雷街;杰姆斯瑞福公司,马具商;列诺克斯·瑞福,住在汉普斯特德城市的阿伯特伯瑞别墅;玛丽·瑞福小姐,住址在伊岭;蒂莫西·瑞福太太,住在庞德街四八七号;以及威利·瑞福太太,住在加多甘广场四十二号。除了马具商和玛丽·瑞福小姐之外,剩下的四个都有可能。没有什么证据说那位女士一定住在伦敦啊!他轻轻地摇摇头,合上了电话簿。

"现在只能顺其自然了。"他说,"无心插柳柳成荫嘛。"

这个世界上,像安东尼·凯德这样的人,他们之所以有运气,多少正是因为他们相信运气这个东西。

不到半个小时之后,安东尼就在翻阅画报的时候找到了他想要的。他看到了一张由帕斯公爵夫人编排的一些舞台造型的肖像画。画上的中心人物是一个穿着东方服饰的女人,在她的下面有这样一段题词:

　　蒂莫西·瑞福夫人饰克里奥佩特拉。瑞福夫人婚前系维吉尼亚·高斯朗小姐,埃德巴斯顿爵士之女。

安东尼对着那张画呆呆地看了一会儿,然后慢慢地噘起嘴,仿佛要吹口哨似的。他把那一页撕下来,折好,放进自己的口袋。然后走到楼上,打开手提箱,把那包信件拿了出来。他从口袋里取出折好的画报,把它塞到捆着那包信纸的绳子下面。

突然,他听到背后有声音,猛然转过身去。一个男人正站在门口。那人的长相是那种安东尼以为只有在演喜剧的歌舞团里才会出现的造型。样子凶恶,脑袋又短又宽,嘴巴微微咧开,露出狰狞的笑。

"你在这里做什么?"安东尼问,"谁让你上来的?"

"谁也拦不住我。"那个陌生人说,他的喉音很重,不像是本国人,却说着一口地道的英语。

"又是个外国佬。"安东尼心想。

"出去!听见没有?"他大喊道。

那个男人死死盯着他手里的信件。

"你把我要的东西给我,我就出去。"

"你要什么?"

那男人向他走近了一些。

"斯泰普提奇伯爵的回忆录。"他嘶嘶地说。

"你看起来不像是认真的,"安东尼说,"你就像个舞台上的反派,我很喜欢你的打扮。谁派你来的?洛利普男爵?"

"男爵?"那个男人断断续续刺耳地说出一串字符。

"你说话都是这样的发音?字和字之间的连接听起来像狗叫似的。我怎么就说不出来那样的话呢?可能咱俩喉咙的构成不一样吧。我只能念出洛利普。那么,到底是不是他派你来的?"

但是安东尼的想法得到了激烈的否决,这个不速之客甚至非常直接地表现出自己对这个想法的唾弃。他从口袋里掏出一张纸,扔到桌上。

"自己看,"他说,"看完你就害怕了,该死的英国佬。"

安东尼满心好奇地看了看,但并没有走心地完成对方后半句的指令。那张纸上粗糙地印了个红色的手的图案。

"看着像只手,"他说,"但是,如果你非说这是个北极落日的立体图,我觉得也未尝不可。"

"这是红手党同志会的标志,我是红手党的人。"

"真的吗？"安东尼饶有兴致地看着他，"那你其他的战友也和你一样吗？真不知道优生学会要是看到你们这样会有什么反应。"

那个男人愤怒地吼起来。

"浑蛋，"他说"比狗还贱的浑蛋。给点钱，就恨不得去做君主制的奴隶。把回忆录给我，你就什么事也没有。同志会是讲义气的。"

"这个同志会还真不错。"安东尼说，"但是恐怕他们和你都误解了，白白浪费力气。我收到的指令是把文稿送到出版社，而不是送给你们这个可爱的同志会。"

"呸！"对方大笑一声，"你觉得你能活着走到出版社吗？别做梦了，把东西给我，不然我就开枪了。"

他说着，从口袋里掏出一把手枪，并在空中挥舞了几下。

安东尼·凯德可不是吃素的。他看不惯那些动作比脑子快的人。他可不会白白等着手枪对准自己。几乎就在对方掏枪的那一刻，安东尼迅速向前一步，把枪从对方手里打了出去。这一击之力让那个男人不由自主地转过身去，背对着安东尼。

机不可失！安东尼赶紧对准对手用力地一脚踢过去，对方一下子就从门口飞到了走廊，然后倒在地上。

安东尼跟着走了出来。那个强悍的红手党同志已经吃够苦头，敏捷地站起身，奔下楼梯。

安东尼没有追他，转身回到了自己的房间。

"红手党也不过如此。"他心想，"外表煞有其事，实则不堪一击。这样的蛇鼠一窝是怎么成气候的？不过有一点已经很明显了，这个任务可不像我以为得那么容易。现在，我和皇室还有革命党都对立了，很快民族派和独立自由派的人也会来了。有一件事刻不容缓,今天晚上我就得开始看那些文稿了。"

安东尼看了一眼手表,发现已经快要九点钟了,于是他决定就在房间里先吃饭。他虽然不希望再有什么不速之客,但觉得也得提高警惕。他可不想趁着他在楼下餐厅的时候,有人把他的手提箱偷走了。他打电话要了菜单,点了几个菜和一瓶香贝坦红葡萄酒,服务员带着订单离开了。

在等餐的时候,他把文稿拿了出来,和信件一起放到桌子上。

门响了,服务员走进房间,带了一张小桌子和配餐,安东尼漫步到壁炉台旁,背对着房间,站在镜子前,漫无目的地扫视着自己的房间,然后他发现了一件很奇怪的事。

服务员的眼睛一直直勾勾地盯着那沓文稿。

他一边绕着桌子慢慢移动,一边用余光瞥视着安东尼一动不动的后背。他的手有些发抖,舌头不停舔舐着干燥的嘴唇。安东尼更加留心地观察着他。他个子很高,穿着和所有的服务员一样没有什么异常,脸上的胡须刮得干干净净,表情丰富。安东尼想,他应该是个意大利人,不是法国人。

安东尼突然一个转身,服务员微微愣了一下,便立马装作摆弄盐碟。

"你叫什么?"安东尼唐突地问道。

"我叫吉塞普,先生。"

"意大利人?"

"是的。"

安东尼用意大利语对他说了几句话,对方也对答如流。最后安东尼点点头让他离开了。当他享用着吉塞普为他准备的美食时,他的脑子飞快地旋转起来。

难道是他误会了？吉塞普对那个包裹的兴趣只是出于普通的好奇心？也有可能。但是一想到他那股狂热的兴奋劲，安东尼就把这个想法否决了。他依然有些困惑不解。

"去他的，"安东尼心想，"怎么可能人人都觊觎那该死的回忆录，估计是我得了妄想症。"

吃过晚饭、收拾停当之后，他便开始研读起那本回忆录。但是老伯爵的字迹实在是太难读了，整个过程进展非常缓慢。蜗牛般的速度让他不禁连连打哈欠，读完第四章，他终于放弃了。

到目前为止，那个回忆录都极其无聊，根本连个丑闻的影子都没有。

他把桌上的信件和回忆录的包装袋敛在一起，锁在了手提箱里。然后锁上房门，在门里面顶了把椅子，又从浴室取了个水瓶放在椅子上。

安东尼观察了一圈自己的防御工程，然后得意洋洋地脱下衣服，上床去了。他又看了一会儿回忆录，很快就觉得眼皮发沉。于是把稿件都塞到枕头底下，关了灯，很快就睡着了。

大约睡了四个小时，安东尼忽然被什么东西惊醒了。他也不知道那是什么，可能是声音，也可能只是这么多年冒险生活培养出的危险意识。

他静静地躺了一会儿，试着集中自己的注意力。直到听见若隐若现的沙沙声，他才意识到有个黑影正蹲在窗户前面的手提箱旁边。

安东尼猛地跳下床，飞快地打开灯。那个蹲在手提箱旁边的身影一下子站了起来，正是那个服务员，吉塞普。他手里握着一把细长的刀，朝着安东尼就冲了过来。安东尼这才回过神，看清自己危险的处境。他手无寸铁，而对方却是有备而来。他往旁边一闪，吉塞普扑了个空。两个人抱成一团，在地上厮打起来。安东尼紧紧地抓住吉塞普的右臂，以便推开他的刀，并将他的右臂扭到身后。但那个意大利人的左手却抓住了安东尼的喉咙，掐得他喘不过气来。但是安东尼抓住对方右臂的手一直没有放开。

"咣当"一声，刀子掉在了地上。意大利人一个急转身，摆脱了安东尼的控制。安东尼也爬起身来，冲向门口，想要挡住对方的去路。但是当他看见完好无损的椅子和水瓶时，他一下子明白自己搞错了，但是为时已晚。

吉塞普是从窗户溜进房间的。趁着安东尼跑向门的空当，他冲向阳台，一跃跳进隔壁的阳台，然后穿过隔壁的窗户逃走了。

安东尼知道已经来不及追他，他早就为自己安排好了撤退的路线，贸然追过去只会让自己身处险境。

他走到床边，把手伸到枕头底下，拿出回忆录。真是万幸，没有把它放进箱子里。他走到箱子旁边，往里看了一眼，想要把那些信件取出来。

然后，他低声咒骂了一句。

因为，他发现，那些信件已经不见了。

第六章　温柔的勒索

三点五十五分，维吉尼亚·瑞福准时回到了庞德街的寓所，她之所以这么准时完全是出于正常的好奇心。她自己开的门，但是一走进门厅，奇弗斯就面无表情地叫住了她。

"打扰一下，太太，有个人要见你。"

奇弗斯有些欲言又止，但维吉尼亚却没有留意。

"罗麦克斯先生吗？他在哪儿呢？在休息室吗？"

"不，太太，不是罗麦克斯先生。"奇弗斯的语气里带着淡淡的自责，"我本来不想让他进来的，但是，他说他有很重要的事，与去世的上尉有关。听他这么说，我想你也许会想见他。所以……我就让他去书房里了。"

维吉尼亚站着思索片刻。守寡的这几年，她很少谈到她的丈夫。有的人以为，她表面的云淡风轻的是为了掩饰内心的伤痛；也有人认为恰恰相反，觉得维吉尼亚根本就不在乎蒂姆·瑞福，所以连样子都不愿意做。

"我应该早点说，太太。"奇弗斯接着说，"那个人看起来是个外国人。"

维吉尼亚一听这话，起了一点兴致。她的丈夫曾经在外交部门就职，他们在赫索斯拉夫住过一阵，直到后来发生了轰动的国王与王后被杀事件才回国。这个人可能是个赫索斯拉夫人,也可能是他们的老佣人,现在穷困潦倒了。

"你做得很好,奇弗斯。"她很快地答复他,并赞许地点点头,"你刚才说他现在在哪儿呢?书房吗?"

她轻快地穿过门厅,然后打开了餐厅侧面那个小房间的门。

客人正坐在壁炉旁边的椅子上,看见她进门,站了起来,望着她。维吉尼亚记忆力很好,一眼就断定这个人她从没见过。对面的男人个子很高,皮肤黝黑,身躯柔韧,肯定是个外国人。不过应该不是赫索斯拉夫人,她推测是个意大利人或者西班牙人。

"你找我?"她问道,"我是瑞福太太。"

那人沉默了一两分钟,没有说话,而是慢慢地上下打量着她,好像正在仔仔细细做鉴定似的。这让她立马感觉到了一种隐形的无礼。

"有什么事吗?"她有点不耐烦地说。

"你是瑞福太太?蒂莫西·瑞福太太?"

"是的,我刚才已经说过了。"

"没错。瑞福太太,你肯见我,这样很好。要不然,就像我和你的管家说的那样,我就得找你的丈夫了。"

维吉尼亚不可思议地看着他,强压住了差点要说出口的反驳。她冷冷地说:"那可有点难。"

"我觉得不难,我这人很执着的。不过,还是说重点吧,你认识这个吧?"

他挥舞着手里的东西,维吉尼亚却不太感冒。

"太太,你能告诉我这是什么吗?"

"好像是一封信吧。"维吉尼亚回答,她觉得自己现在要对付的这个人有点精神失常。

"那你看看这信是写给谁的。"那人一边把信递给她,一边意味深长地说。

"我认字,"维吉尼亚和颜悦色地说,"是写给巴黎鱼圆路门牌十五号欧尼尔上尉的。"

对方似乎想在她的脸上找到点什么,却一无所获。

"那你要看看这封信吗?"

维吉尼亚从他手中接过信封,抽出里面的信,刚扫了一眼,就立刻停了下来,把信递回去。

"这是私人信件,我不应该看。"

那人讽刺地笑出声来。

"瑞福太太,你的精彩表演真是堪称完美,令人敬佩。但是,你怎么都否认不了你的签名吧。"

"签名?"

维吉尼亚把信翻过来,不禁大吃一惊。信纸上用秀丽的斜体字写着"维吉尼亚·瑞福"的签名。她强忍着没有惊叫出来,翻过信,认认真真地通读了一遍。然后站在那里沉思了片刻。那封信已经清清楚楚地表明了即将要发生的事情。

"可以了吗,夫人?"那人问道,"那是你的名字吧?"

"哦,是,"维吉尼亚说,"是我的名字。"然后吞下了后半句的"但那不是我的笔迹",笑容满面地对着她的访客。

"要不,"她温柔地说,"我们坐下聊聊吧。"

他有点云里雾里,她的反应让他始料未及。他能感觉到她一点都不害怕。

"首先,我想知道你是怎么找到我的。"

"这很简单。"

他从口袋里掏出一张纸递给她,一看就是从报纸上撕下来的。安东尼·凯德要是看到,肯定会认识。

她把画报还给他,微微皱着眉,想了一下。

"我知道了,"她说,"确实很容易。"

"瑞福太太,你当然明白,除了这封,还有别的信。"

"哎呀,"维吉尼亚说,"我真是太不小心了。"

她很清楚,这个轻松的语调会使他更加不解。她反而觉得有趣极了。

"无论如何,"她对他露出温柔的笑容,说道,"幸亏你来了,把这些信还给我。"

他清了清嗓子,顿了顿说:"我是一个穷人,瑞福太太。"一副兹事体大的样子。

"你这样的人以后一定会去天堂,人家都是这么说。"

"我不能毫无回报地把这些信拿给你。"

"你可能有些误解,这些信本来就是写信人的财产啊。"

"夫人,那是法律。但是在这个国家,你们常说'现实占有,败一胜九'。而且,难道你是准备诉诸法律吗?"

"勒索在法律里可是重罪。"维吉尼亚提醒道。

"得了吧,瑞福太太,我又不傻。这些信我都看了,是一个女人写给情人的情书,可全部都是怕被丈夫发现的心头大患。你是想要我把它们拿给你丈夫吗?"

"你忽略了一种可能性。那些信可有年头了,要是我的丈夫已经去世了呢?"

他自信地摇摇头。

"那样的话,你已经无所畏惧,就不会坐在这和我谈条件了。"

维吉尼亚笑了。

"你要多少钱?"她拿出一副务实的态度。

"给我一千镑,我就把所有的信都还给你。我要得很少了,我并不喜欢这笔生意。"

"就是做梦,我也不会付给你一千镑的。"维吉尼亚坚决地说。

"夫人,我从不讨价还价。一千镑,我就把信全部奉还。"

维吉尼亚想了想。

"给我一点时间考虑考虑。拿出这么一大笔钱,可不容易。"

"那先预付一些,比如五十镑,我可以改天再来。"维吉尼亚抬头看看表,四点过五分,她似乎已经听到了门铃声。

"好,"她匆匆忙忙地说,"你明天再来吧,但是,要比今天晚些,六点钟左右。"

她走到墙边的书桌前,打开一扇抽屉,取出一把零乱的钞票。

"这里大约有四十镑,可以了吧。"

他一把把钱抓在手里。

"现在请你马上离开。"维吉尼亚说。

于是,他乖乖地走出房间。通过门缝,维吉尼亚看见乔治·罗麦克斯已经出现在门厅,奇弗斯正要领着他走上楼梯。大门关上后,维吉尼亚大声地对他说:"过来这边,把茶也端过来,好吗?"

她把房间的两个窗户都打开,乔治·罗麦克斯走了进来,发现她正目光炯炯,笔挺地站在那里,头发被风吹起来。

"我一会儿就关窗,我只是觉得这屋里应该透透气。你在门厅碰到那个勒索者了吗?"

"那个什么?"

"勒索者,乔治,勒——索——者,就是来勒索的人。"

"亲爱的维吉尼亚,你是在开玩笑吧?"

"我是说真的,乔治。"

"但是他来勒索谁啊?"

"我。"

"你做什么了?"

"巧了,我这次还真就什么都没做。那位优秀的绅士把我错认成别人了。"

"报警了吗?"

"没有,你觉得我应该报警吗?"

"这个,"乔治郑重地想了想,"不,不,可能不要吧。你的做法是明智的。这件事可能会把你牵连进去,被人说三道四。或许,你还得出庭做证。"

"要是那样,我还挺喜欢。"维吉尼亚说,"我倒很喜欢被传唤,很想去看看那些法官是不是都爱说老掉牙的烂笑话。那简直太有趣了。前几天我到葡萄藤街去报警说我丢了一枚钻石胸针,在那里我碰到一个很可爱的督察,我从来没见过那么好的人。"

乔治已经对她这些无关痛痒的事习以为常,并没有上心。

"那对这个无赖,你要怎么办?"

"我就让他那么干了。"

"怎么干?"

"勒索我呀。"

乔治的脸上露出极端惊恐的表情,维吉尼亚下意识地咬了咬自己的下嘴唇。

"你是说,你并没有跟他澄清?"

维吉尼亚摇摇头,瞥了他一眼。

"天哪,维吉尼亚,你真是疯了!"

"我就知道你会这么说。"

"但是为什么?你为什么要这么做?"

"很多原因。首先,他勒索我的手法很精妙,我不想破坏一个高明的艺术家的作品;而且,你知道吗?我从来没被人勒索过。"

"我希望没有。"

"我想试试那是什么感觉。"

"我完全不能理解,维吉尼亚。"

"我知道你不理解。"

"你没给他钱吧?"

"给了一点。"维吉尼亚抱歉地说。

"多少?"

"四十镑。"

"维吉尼亚!"

"亲爱的乔治,那只是我一件晚礼服的价钱。新的体验和新的衣服一样带劲,其实,更加带劲。"

乔治只能摇摇头。就在这个时候,奇弗斯端着茶壶出现了。乔治压抑住了心中的愤怒,没有发泄出来。

维吉尼亚一边熟练地拿起厚重的银茶壶倒茶,一边继续之前的话题。

"我还有个更聪明也更好的小心思。都说女人像猫,但是今天下午我却帮了另外一个女人一个大忙,现在这个男人不会再去找另一个维吉尼亚·瑞福了。他以为他已经找到了目标。那个可怜的女人写信的时候肯定是战战兢兢的,他要是去勒索她,简直易如反掌。但现在可没那么容易,他自己却毫不知情。就像书里说的那样,我既问心无愧,他便在股掌之上。乔治,这就是博弈与反博弈。"

乔治听了她的话，仍然摇头。

"我不希望你这样做，"他坚持地说，"我不希望你这样。"

"没事的，乔治。对了，你可不是来和我讨论勒索的。你来是为了什么？喏，正确答案，'来看你'！重音要放在'你'上，然后郑重其事地抓住她的手。但是，如果你刚刚吃了奶油松饼，那就别用手了，用眼睛就行了。"

"我是来看你的。"乔治认真地回答，"看见你独自在家，我很高兴。"

"啊，乔治，我可是没有一点防备。"她一边说话，一边咽下了一颗葡萄干。

"我想你帮我一个忙。维吉尼亚，在我心里，你一直是个魅力十足的人。"

"你呀！"

"而且，充满智慧。"

"真的？还是男人了解我！"

"有一个年轻人明天会到英国来，我想让你去会会他。"

"好呀，乔治，但是得说好了，那得是你的主场。"

"只要你愿意，你就会魅力四射。"

维吉尼亚稍稍歪着头。

"乔治，你知道的，我的'魅力'不是刻意为之。我喜欢别人，别人也喜欢我。但是冷冰冰地要我去迷惑一个陌生人，这个我做不来，真不行。有那种专门蛊惑男人的女人，这种事她们肯定比我强多了。"

"我肯定不会让你做那种事。这个年轻人是个加拿大人，叫麦格拉斯……"

"还是个有苏格兰血统的加拿大人。"她很聪明地推测说。

"他可能并没有和英国上流社会的人士打过交道,所以我想让他见识见识真正的英国淑女的魅力和气质。"

"你是说我?"

"当然。"

"为什么?"

"你说什么?"

"我说为什么?你总不会对每一个造访我国的加拿大人都宣传正统的英国淑女吧。乔治,这究竟有何深意?说得庸俗些,你想得到什么?"

"我不理解你为什么要关心这个,维吉尼亚。"

"在不清楚前因后果的情况下,我为什么要浪费自己一晚上的时间去做那件事呢?"

"你理解问题的方式很特别,所有人都会以为……"

"是吗?快点,乔治,给我说说吧。"

"中欧的某个国家最近局势可能有点紧张。原因并不重要,重要的是,必须得让这位麦格拉斯先生明白,赫索斯拉夫的君主复辟对整个欧洲的和平事业都至关重要。"

"欧洲的和平事业纯属胡扯,"维吉尼亚平静地说,"但是,君主制度,我是双手赞成的,尤其对于赫索斯拉夫那样独特的民族。你在推举一个赫索斯拉夫国王,对不对?是谁?"

乔治并不想回答这个问题,但又不知道怎么绕开。这次的谈话和他预想的完全不一样。他原本以为维吉尼亚会是一个驯服温顺的工具,会心甘情愿地接受他的指示,也不会问任何令他尴尬的问题。但事实完全相反。她似乎决心要打破沙锅问到底,而乔治从不相信女人的谨慎,根本不想让她知道什么。他犯了个错误,维吉尼亚并不是他以为的那种女人。事实上,她还可能引起大麻烦。她刚才讲的那些她和勒索者的交涉，让他有种深深的忧虑。维吉尼亚实在不太靠得住，她完全不知道应该如何严肃地处理正经事。

"迈克尔·奥保罗维其亲王。"维吉尼亚一直在等着他的答案，所以他不得不回答，"别再多问了。"

"乔治，别闹了。报纸上已经流言满天飞了，不是在吹捧奥保罗维其王朝，就是绘声绘色地美化被害的尼古拉四世。他不再是那个娶了个三流女演员的糊涂蛋，而是摇身一变成了圣人和英雄的化身。"

乔治退缩了，他越发确信自己犯了个大错，实在不应该找维吉尼亚帮忙。他必须得赶紧悬崖勒马。

"你说得对，维吉尼亚。"他连忙一边说，一边站起来准备告别，"我不应该让你那么做，但是，我们很着急想让政府了解我们在赫索斯拉夫危机问题上的见解，并和我们达成一致。而且，我觉得麦格拉斯在新闻圈有一定的影响力。我知道你是一个热忱的君主主义者，又对这个国家有很深的了解，所以我才会请你出面。"

"这就是你给我的解释？"

"对，但是我想你并没有兴趣。"

维吉尼亚盯着他看了一秒，然后笑起来。

"乔治，"她说道，"你的谎话真烂。"

"维吉尼亚！"

"烂，烂透了。我要是你，我肯定会编出一套更好的谎话，至少可能让人相信的话。小乔治，放心吧，我会自己把这件事搞清楚的。周末，在烟囱别墅，我总会对麦格拉斯之谜得知一二的吧。"

"烟囱别墅？你要去烟囱别墅吗？"

乔治有点仓皇失措，他本希望赶紧找到卡特汉姆侯爵，让他不要邀请维吉尼亚了。

"班德尔早上打电话和我说了。"

乔治没有放弃最后的努力。

"那个聚会肯定很无聊，"他说，"你肯定不会喜欢的。"

"乔治，你就不能相信我，和我说实话吗？现在还不迟。"

乔治拉起她的手，然后又轻轻地放开了。

"我已经和你说实话了。"他面不改色，冷冷地说。

"这个谎话比刚才的强多了，"维吉尼亚赞许地说，"但也不怎么样。开心点吧，我肯定会去烟囱别墅，而且就像你说的那样，发挥我的魅力。生活一下子变得很有趣啊。先是来了一个勒索者，然后又是为外交事务困扰的乔治。那个漂亮的女人可怜巴巴地哀求他可以相信她，对她开诚布公，你说他会接受吗？不会，他决意隐瞒到底。再见吧，乔治。走之前再好好看我一眼嘛。好了，亲爱的，别不高兴了。"

乔治拖着沉重的脚步一走出大门，维吉尼亚就立刻跑到电话前。

她拨出她要的号码，找到爱琳·布伦特小姐。

"是你吗？班德尔？我明天会到烟囱别墅去。什么？很无聊？不，不会的。班德尔，什么都挡不住我！就这样吧！"

第七章　麦格拉斯先生拒绝了邀请

那些信不见了。

信确实消失了，安东尼只能接受这个事实。他很清楚绝不能在布利茨酒店的走廊里追赶吉塞普，那样不仅追不到，而且还会引起不必要的关注。

他推测，吉塞普误认为那包信是回忆录。等他发现错误时，他很有可能还会再想办法来拿回回忆录。安东尼必须得有所防范。

安东尼忽然想到一个谨慎可行的办法，可以登个广告找回那些信。假如吉塞普是"红手党同志会"派来的人，或者受雇于保皇党——这个可能性似乎更大，这些信对于这两方其实都没用，那么吉塞普应该会欣然地把信物归原主，赚一点钱。安东尼想通之后，就回到床上踏实地睡到大天亮，他想吉塞普还不至于着急到当天晚上就再来一次。

安东尼起床时，已经有了深思熟虑的计划，他吃了顿丰盛的早餐，顺便翻了翻报纸，上面满篇都是在赫索斯拉夫发现油矿的消息。然后他要求和酒店的经理见一面。安东尼·凯德一直有股镇静的韧劲，凭借这种品质，他想要的东西总是能得偿所愿。

酒店的经理是个温文尔雅的法国人，他在办公室接见了安东尼。

"您要见我，麦……麦格拉斯先生？"

"是的。我昨天下午下榻了贵酒店，在房间吃晚餐的时候，有个上菜的服务员叫吉塞普。"他说到这里停住了。

"我们确实有这个服务员。"经理语气平淡地说。

"我当时觉得他的行为有些奇怪，但是并没有多想。后来，夜里，房间里轻轻走动的人声把我弄醒了，我打开灯，看见那个吉塞普在翻我的皮箱。"

经理脸上的漠然一下子消失了。

"我完全没听说这件事，"他叫道，"为什么没人早点告诉我？"

"我们俩搏斗了一会儿，对了，他还带了刀。最后他从窗户跑了。"

"然后您怎么做的，麦格拉斯先生？"

"我检查了一下箱子里的东西。"

"丢了什么吗？"

"一点无关紧要的东西。"安东尼缓缓地说。

经理叹了口气，向后靠到椅背上。

"那就好。"他说，"但是如果您不介意，我可以了解下您对这件事的想法吗？您并没有大吵大嚷，也没有去追那个小偷？"

安东尼耸了耸肩膀。

"刚才说了，丢的不是什么值钱的东西。当然，严格来说，我知道应该报警。"

他停了下来。经理用平静的语气喃喃地说："报警也是理所当然的。"

"无论如何，那个人肯定已经跑了，而且也没丢什么值钱的东西，何必那么麻烦还叫警察呢。"

经理微微一笑。

"我相信您明白,我是一点都不想报警的。从我的角度来说,那是个大麻烦。如果报纸杂志听到了关于我们这种大酒店的风声,不管多小的事,他们都会大做文章。"

"的确如此。"安东尼赞同地说,"我刚才说丢的不是值钱的东西,在某些方面,我确实是实话实说。那东西对小偷来说毫无价值,但对于我,却十分贵重。"

"啊?"

"是一些信件,您懂的。"

经理的脸上浮现出一种只有法国人才有的神情,那是一种超乎常人的判断力。

"我懂。"他低声地说,"非常理解。这确实不是警察该管的事。"

"英雄所见略同。但是,您要理解我有多么迫切地想找回那些信。在我的家乡,人们都习惯于自己的问题自己解决。所以,我希望您提供关于吉塞普的尽可能多的信息。"

"没有问题。"经理迟疑了一下,然后说道,"但是我没有办法马上给您。半个小时之后,您再过来行吗?我会把所有东西都准备好。"

"非常感谢,那样很好。"

半小时后,安东尼又来到经理的办公室。他信守承诺,已经在一页纸上简略地记下了吉塞普·马纳利的相关信息。

"他大约三个月前来到我们这里,是个熟练的、很有经验的服务员。工作十分令人满意。还有,他在英国待了差不多五年了。"

他们俩一起看了看那个意大利人工作过的酒店和餐厅,安东尼发现了一个重要的细节。在这些酒店里,有两家在吉塞普任职期间都发生了重大窃盗案。虽然这两起案子他都没有可疑之处,但是事实已经很明显了。

吉塞普只是一个熟练的酒店毛贼吗?他偷窃安东尼的箱子只是惯犯的职业伎俩吗?只是在安东尼开灯的时候,他正好把那包信拿在手里,为了腾出手,就下意识地揣进兜里了?那样的话,就仅仅是一例普通的盗窃了。

但这样就无法解释前一天晚上他看到放在桌上的信纸时的兴奋劲了。桌上并没有钱,也没有什么值钱的东西,并不会激发一个普通小贼的贪念。肯定不是这样的。安东尼坚信吉塞普是有人派来的。通过经理给的信息,对吉塞普的私生活有了一些了解,这样就可能找到他了。于是,安东尼收好那张纸,站起身来。

"多谢。我想没必要再问吉塞普现在还在不在酒店里了吧。"

经理笑了笑。

"他的床没有人睡过,东西也留下了没有带走。他应该是和您打斗之后直接就逃窜了。我们应该不太可能再见到他了。"

"嗯。实在感谢。目前来看,我还得在这里再住几天。"

"我希望您能成功找到他,虽然不得不承认可能性不大。"

"我总是往最好的地方想。"

安东尼先是询问了几个与吉塞普走得比较近的服务员,但是没有什么收获。然后,他按照之前的计划写了篇广告稿,发给了五家读者最多的报社。正当他准备出门去拜访吉塞普以前工作过的一家餐厅时,电话铃响了。安东尼拿起话筒:"您好,哪位?"

话筒里传来了一副沙哑的嗓音。

"我找麦格拉斯先生。"

"我就是,您是哪位?"

"这里是包德森·哈吉肯出版社。请稍等,我把电话给包德森先生。"

"那家大出版社,"安东尼心想,"他们是着急了吗?没必要啊,还有一周时间呢。"

然后他听到一个热情的声音。

"您好!是麦格拉斯先生吗?"

"请讲。"

"我是包德森·哈吉肯出版社的包德森先生。那包文稿怎么样了?"

"呃,"安东尼说,"您指哪方面?"

"所有。麦格拉斯先生,您刚从南非过来,对这边的情况还不太了解。那包文稿有很多麻烦,还是大麻烦。有时候我都想,要是当初没答应这件事就好了。"

"真的?"

"千真万确。现在我就想着赶紧拿到稿子多复印两三份,这样的话,即使原件毁了,也无大害。"

"我的天!"安东尼说。

"我知道您会觉得挺可笑的。但是您真的不了解目前的形势。现在有人竭力阻止,不想让我们拿到那份文稿。我和您坦诚地说,如果您想自己把稿子拿过来,那么十有八九您都到不了这里。"

"我不信。"安东尼说,"我想做的事,就一定能做到。"

"您面对的是一群很危险的人。一个月前我和您一样也不相信。我告诉您,麦格拉斯先生,现在一群接着一群的人,贿赂、威胁、哄骗,无所不用其极,害得我们焦头烂额。我建议您别自己带稿子过来了,我派一个人去酒店找您,把稿子拿回来。"

"那如果那个人被干掉了呢？"安东尼问。

"那就是我们的责任，与您无关。您只要把东西交给我们的人，他会给您一份书面声明。我们同已故的……呃……作者，您也知道是谁，协议中约定好的，应该付给您的那一千英镑，下周三会以支票的形式给您。但是如果您坚持要先收到钱的话，我可以用我个人的名义开一张等额的支票，让那人带给您。"

安东尼思考了一下，他本打算拖到最后一刻再去交稿的，因为他想先亲自看看里面都说了些什么能让人大惊小怪的事。但是他明白那个出版商说的话很有道理。

"好吧。"他轻轻地叹了一口气，"照您的意思办吧。让您的人过来好了。最好把支票带过来吧，因为我下周三之前也许就离开英国了。"

"一定照办，麦格拉斯先生。我们的人明天早上第一件事就是去您那里。我觉得让我们的人不要从办公室出发比较妥当。我们公司的霍姆斯先生住在伦敦南部，他来上班之前的路上正好去您那里，他会带给您一张收据。我建议今天晚上您最好把一包假的稿子放到旅馆经理的保险箱里，以混淆视听。如果您的敌人得到这个消息，今天晚上就不会突袭您的房间了。"

"好的，我会照做。"安东尼若有所思地挂断了电话。

然后，他继续执行之前被打断的计划，出门去打听那个狡猾的吉塞普的消息。但是一无所获。吉塞普虽然在那个餐厅做过事，但是没人了解他的私生活以及他的社会交往情况。

"小子，我肯定会找到你的，"安东尼咬牙切齿地自言自语，"我一定会找到你，早晚的事。"

他在伦敦的第二个晚上非常平静。第二天早上九点，包德森·哈吉肯出版社的霍姆斯先生被领到楼上。他个子矮小，金发碧眼，不太爱说话。安东尼把稿子交给他，然后收到一张一千英镑的支票。霍姆斯先生把稿子装进自己棕色的小包，向安东尼问过早安就离开了。一切都非常顺利。

"可是，他也许半路上就被害了。"安东尼呆呆地望着窗外，自言自语地说，"我很好奇，非常好奇。"

他把支票装进一个信封，写了几行字附在里头，然后小心封好。吉米在布拉瓦约碰上安东尼的时候，手里还有点钱，所以已经预付了安东尼一大笔钱，而那些钱到现在还原封未动呢。

"办完了一件，还有一件。"安东尼心想，"就目前来说，那件事我是搞砸了，但永不言败！我可以换个身份，去庞德街四八七号看看，探探虚实。"

他收拾好自己的行李，下楼结账，吩咐服务员把行李放上了一辆出租车。在酒店里碰到的服务员，虽然大多没做过什么能增加他在那里舒适感的事，他还是都给了一些小费。出租车马上要出发的时候，一个小男孩从台阶上跑下来，送来了一封信。

"先生，这是刚刚到的，给您的信。"安东尼叹了一口气，又掏出了一先令给了他。出租发出重重的一声轰鸣，猛然一跃，伴随着难听的齿轮摩擦的声音向前开动起来。安东尼拆开了那封信。

那是一个非常奇怪的文件，他读了四遍才弄懂里面在说什么。简单地讲（那封信不是用的简单明了的表达方式，而是使用了政府公函中那种独特的文风），他们以为麦格拉斯先生从南非出发抵达英国的时间是周四。里面隐晦地提到了斯泰普提奇伯爵的回忆录，并且请求他在和乔治·罗麦克斯先生等一些人密聊之前，不要轻举妄动，而且隐隐约约地暗示这些人都是非常重要的大人物。信上明确地邀请他次日、也就是那个星期五，作为卡特汉姆侯爵的上宾莅临烟囱别墅。

这是一种神秘而又隐晦的表达方式，安东尼却很喜欢。

"古老的英国啊，"他满含深情地喃喃自语，"总是得比时代慢半拍，真是遗憾。虽然我一直在找方便的旅馆，但我也不能连蒙带骗住到烟囱别墅去。以安东尼·凯德先生的名字入住，应该不会有人聪明到能发现吧。"

他把头探出窗外，向司机指了几个新的方向，司机轻蔑地哼了一声，表示听到了。

出租车在一个隐蔽的小客栈门口停下了，但是司机却按照大酒店客人的级别向他收了费。

他用安东尼·凯德的名字开好房间，随后走进一间昏暗的写字间。他取出一张印着布利茨大酒店抬头的信纸，匆匆地写了一封信。

他解释自己是在上周二抵达的，并且已经将来信中提到的那个手稿交给了包德森·哈吉肯出版社。很遗憾他无法接受卡特汉姆侯爵的邀请，因为他马上就要离开英国了。最后在信的末尾写下了"吉米·麦格拉斯"的签名。

"现在，"安东尼一边贴着邮票，一边自言自语地说，"该办正事了。吉米·麦格拉斯谢幕，安东尼·凯德正式登场。"

第八章 一个死人

就在同一个周四的下午，维吉尼亚·瑞福正在拉内拉赫打网球。回庞德街的一路上，她一直靠在加长版的豪华轿车里。她预演了一下自己在即将到来的谈话中的角色，微微一笑。当然，那个勒索者也许不会再出现，但是她觉得他会再出现。在之前的接触中，她故意表现得像个头脑简单的傻白甜。那么这次，就打他个出其不意。

轿车停在楼前，她在上台阶之前和司机攀谈了几句。

"沃尔顿，忘了问你，你的夫人怎么样了？"

"好多了，太太。医生说他会在六点半左右替她检查，您一会儿还用车吗？"

维吉尼亚考虑了片刻。

"我周末要出门，我六点四十分要从帕丁顿出发，但是你不用过来了，我叫辆出租车就行。你还是去见见医生比较好。如果医生觉得周末出去玩玩儿对你夫人身体有好处，你就带她出去转转吧。费用算我的。"

司机连连道谢，维吉尼亚不耐烦地点点头，就跑上台阶去了。她在包里摸索着找了一会儿钥匙，才想起来她出门的时候没有带钥匙，便连忙按门铃。

屋里的人没有马上应门，她在等待的时候，一个年轻人走上了台阶。那人衣着简陋，手里拿着一捆宣传册。他抽出一本递给维吉尼亚，上面清晰地印着几个大字"为什么我要报效祖国？"他的左手还拿着一个收钱箱。

"这么烂的诗集，我总不能一天买两本吧？"维吉尼亚恳求地说，"我早上已经买过一本了，真的，人格担保。"

那个年轻人把头向后一仰，哈哈大笑；维吉尼亚也笑了。她顺便打量了他一下，发现他比平时看到的那些失业者要顺眼一些。他黝黑的肤色和硬朗的线条很讨她喜欢，她甚至想要给他提供一份工作。

就在这时，房门打开了，维吉尼亚立马将那个失业者抛之脑后，因为她惊讶地发现开门的人是她的女仆爱丽丝。

"奇弗斯哪儿去了？"她一边走进门厅，一边严厉地问道。

"他已经和其他人一起过去了，太太。"

"什么其他人？过去哪儿了？"

"达切特，那个别墅，您电报里说的，太太。"

"我的电报？"维吉尼亚完全摸不着头脑。

"您不是发了份电报回来吗？没错呀，就在一个小时之前。"

"我从来没发过电报。那上面写了什么？"

"应该还在桌子上呢。"

爱丽丝退了下去，匆忙取过电报，耀武扬威地递给了维吉尼亚。

"这儿呢，太太。"

那封电报是发给奇弗斯的，电文如下："即携仆役前往别墅，准备周末聚会，乘5：49车。"

这份电报看起来没有任何不寻常的地方，和她自己之前临时起意要在滨江别墅举办聚会时发回的电报如出一辙。她经常把一家的仆从都带走,只留下一个老女仆看家。在奇弗斯看来,这份电报再平常不过,而他也只是忠诚地执行了一个好仆人应尽的职责。

"我留下来了。"爱丽丝解释说,"我知道太太需要我收拾行李。"

"这是个愚蠢的恶作剧,"维吉尼亚大喊,生气地把电报扔到地上,"爱丽丝,你明明知道我要去烟囱别墅,我早上刚和你说了。"

"我以为太太改主意了呢。这不是常有的事吗?"

维吉尼亚无言以对,只好苦笑着作罢。此时,她只想知道为什么会有人搞出这个非同寻常的恶作剧。爱丽丝提出了一种假设。

"我的天啊!"她双手合掌地大声喊道,"万一是坏人怎么办呢。先发了份假电报,支走家丁,这样他们就可以实施抢劫了。"

"我觉得很有可能。"维吉尼亚狐疑地说。

"是,是的,太太,肯定是的。每天报纸上都有这样的报道。太太您得马上报警才行,要不等他们来了,抹了我们的脖子,就来不及了。"

"别大惊小怪的,他们又不会在大下午六点就来抹我们的脖子。"

"太太,求您了,我现在就出门去把警察叫来吧。"

"为什么?别傻了,爱丽丝。如果我去烟囱别墅的行李还没备齐,你就赶紧去准备。把那件新的加利奥晚礼服,还有白绉绸的礼服都装上,还有那件黑丝绒的礼服。黑丝绒的那件礼服很适合这种政治性的宴会,对不对?"

"太太穿那件绿色的晚礼服最迷人!"爱丽丝出于自己的职业本能,建议说。

"不要,我不带那件。快点,爱丽丝。我们没有多少时间了。我往达切特发份电报给奇弗斯。一会儿出门的时候,也和巡逻的警察说一声,让他们多留意这边的动静。别再翻白眼了,爱丽丝。现在什么事都还没有你就开始害怕,等到有人忽然从角落里跳出来、用刀逼着你的时候,你可怎么办?"

爱丽丝发出刺耳的尖叫声,然后连忙跑上楼去,一边跑还一边紧张地左右张望。

维吉尼亚对着她的背影做了个鬼脸,然后穿过门厅走向小书房。电话就在书房里,爱丽丝提出报警是个好主意,于是她决定先毫不耽搁地把这件事做了。

她打开书房门,走到电话旁边。刚刚把手放上话筒,就停住了。因为她发现一个男人正坐在大沙发椅里,奇怪地缩成一团。刚才实在太紧张了,她已经把这位等待的客人忘得干干净净。他显然是等她的时候睡着了。

她脸上挂着淘气的微笑,走到椅子边。但是她的笑容一下子消失无踪。

那个男人不是睡着了,而是,死了。

那人的心脏上方有个小指大小的洞,周围渗出暗红的血;他的下巴垂下来,看起来非常可怕;地板上放着一把亮晶晶的小手枪。但是维吉尼亚在发现这一切之前,就已经凭着直觉知道发生了什么。

她呆呆地站在那里,双手紧贴在身子的两侧。一片寂静中,她听见爱丽丝跑下楼梯的声音。

"太太,太太。"

"嗯？怎么了？"

她赶紧走到门口，此时此刻，她全部的本能就是现在无论如何都不能让爱丽丝知道发生了什么事，否则，她会马上歇斯底里起来。她清楚得很，现在最需要做的就是冷静，考虑接下来该怎么办。

"太太，我是不是最好马上把大门的保险链拉上？那些坏人随时都可能来。"

"好，听你的。"

门口响起了链子的哗哗声，然后她听见爱丽丝又跑上楼去，才长舒了一口气。

她看了看椅子里的男人，又看了看电话。她要做的很明确，她知道现在应该立刻报警。

但是她并没有这么做，而是呆呆地站在原地，心里害怕得厉害，脑子里乱成一团。那封假电报！这两件事有关吗？如果当时爱丽丝没有留下会怎么样？她会自己开门进屋（假设她像平时一样带着钥匙），然后房间里只有她和那个被害人，还是之前她有意被其勒索的人？当然她可以解释，但是一想到那个解释，她的心里就更加不安起来。连乔治都觉得不可思议，那其他人会怎么想？还有那些信，虽然不是她写的，但是怎么自证清白呢？她双手紧紧地攥在一起，放在额头前。

"我得想想，"维吉尼亚自言自语地说，"我必须得想想。"是谁让他进来的？肯定不是爱丽丝，因为如果是的话，她肯定进门的时候会立刻和她说。她越想越觉得整件事不可思议。当下，只有一种选择了，就是报警。她伸出手去拿电话，但忽然想到了乔治。她现在需要有人能帮她，这个人可以智力普通，但必须头脑冷静，不仅能从自己的角度看清局势，还能告诉她应该怎么做才

68

是最好的。

她立刻否定了自己的想法，乔治可不行。乔治首先想到的肯定是他自己的地位，他才不会来掺和这种事。

她的表情突然温和了下来。她想到了比尔！于是她立刻打给了比尔。

但是接电话的人告诉她，半个小时之前比尔已经出发前往烟囱别墅了。

"该死！"维吉尼亚用力扔下话筒，大嚷道。和一具死尸共处一室，也没有人可以说话，这实在令人毛骨悚然。

就在这时，大门的门铃响了。

维吉尼亚吓得跳起来，停了一会儿，门铃又响了。

她知道爱丽丝正在楼上收拾行李，听不见门铃声。

维吉尼亚走出门厅，解开保险链，打开爱丽丝锁好的道道门栓。她长叹一口气，然后打开门。门前站着的正是那个年轻的失业者。

维吉尼亚过度紧张的神经一下子松弛下来。

"请进，"她说，"我想也许我可以给你一份工作。"

她把他带进客厅，拉了把椅子给他，然后自己坐在他的对面，仔细上下打量了他一番。

"不好意思，"她说，"你是……我的意思是……"

"我毕业于伊顿和牛津，"年轻人说，"您是想问我这个吗？"

"差不多吧。"维吉尼亚认同地说。

"我之所以会落魄潦倒，完全是因为常规的固定工作实在让我无法坚持。所以，我希望，您给我的工作有所不同。"

她的唇边掠过一丝笑容。

"特别不同寻常。"

"太好了。"年轻人露出满意的神情。

维吉尼亚欣赏地看着他棕色的皮肤和修长的身材。

"你要知道,"她解释道,"我现在处境很为难,我的朋友大都有很高的社会地位。他们都会有所顾虑。"

"我毫无顾虑,所以那就干吧。是什么事?"

"隔壁的房间有个死人。"维吉尼亚说,"他被人杀了,我不知道该怎么办。"

她就像童言无忌一般将这些话脱口而出,而他也是一副泰然自若的神态,这让她对他的好感倍增。他自然得就像这些事对于他已经司空见惯似的。

"好极了。"他的声音里带着一股热情,"我一直想做点非职业侦探的工作。咱们去看看尸体,还是你先和我说说?"

"我先给你讲讲前因后果吧。"她停下来思考片刻,组织了一下语言,然后很平静、简单扼要地对他说:"这个人昨天第一次来我家要见我。他带来了一些信件,都是情书,上面有我的签名。"

"但那些信其实并不是你写的吧?"年轻人平静地说。

维吉尼亚惊讶地看着他。"你怎么知道?"

"我猜的,你继续说。"

"他想勒索我,然后我,不知道你能不能理解,我就随他了。"她带着想被理解的神情望着他。他点点头,使她安心。

"当然了,你想体会一下那是什么感觉。"

"你真是太聪明了。我就是这么想的。"

"我就是普通的聪明,"年轻人谦虚地说,"但是,你要谨慎为好,很少有人能理解这种想法,大部分人都想不到这个。"

"确实如此。我让他今天六点钟再过来。我从拉内拉赫回到家的时候，发现有人发了封假电报，把我所有的仆人都支走了，家里只剩下一个女仆。我走进书房，就发现那个男人被枪杀了。"

"谁让他进来的？"

"不知道，如果是我的女仆做的，她会和我说。"

"她知道这些事吗？"

"我什么都没和她说。"

年轻人点点头，站起身来。

"去看看尸体吧，"他简短地说，"但是我奉劝你一句，最好实话实说。说了一个谎言，就会扯出更多的谎言，然后就是无穷无尽的谎言。"

"你是建议我报警吗？"

"也许这样最好，我们还是先看看那家伙再说。"

维吉尼亚领着他走向房间。在门口的时候，她犹豫了片刻，回头望着他。

"对了，"她说，"你还没有告诉我你的名字。"

"我的名字？我的名字叫安东尼·凯德。"

第九章　安东尼处理尸体

安东尼跟着维吉尼亚走出房间，暗暗感到有些得意。事情转变得出人意料。但是当他俯下身看到椅子里的死人时，他的表情变得凝重起来。

"他的身体还是温的，"他突然说，"他死了还不到半个小时。"

"就在我进门之前？"

"对。"

他笔直地站在那里，眉毛皱成一团。然后他抛出一个问题，让维吉尼亚一时没有想明白他的用意。

"你的女仆肯定没来过这个房间吧？"

"没有。"

"那她知道你来过这里吗？"

"怎么？她知道，我刚才到房门口和她说了几句话。"

"是发现尸体之后的事？"

"是。"

"你什么都没说？"

"我是不是应该和她说会好一点？但我要是说了她会发疯的，她是个法国人，很容易慌乱。我觉得应该找到最好的解决办法。"

安东尼点点头，没有说话。

"你是觉得有点遗憾吗？我感觉你是这个意思。"

"是非常遗憾，瑞福太太。如果你一回到家，就和你的女仆一起发现了这具尸体，事情就简单多了。这个人就肯定是在你回来之前被害的。"

"现在就有人可以说，他是死在我回来之后，我明白你的意思。"

她立刻就领会了他的意思，她的反应让他更加肯定了自己对她的第一印象，从她在台阶上和他说的第一句话起，他就觉得她是一个美丽、勇敢又充满智慧的女人。

维吉尼亚的全部心思都在这个摆在眼前的难题上，所以，根本没对这个陌生人怎么知道她的名字而感到奇怪。

"我在想，为什么爱丽丝没有听到枪声。"她喃喃地说。

安东尼指指敞开的窗户，外面传来路过的车辆发出的吵闹的汽缸声。

"你听，在伦敦，手枪的声音并不太会被注意到。"

维吉尼亚微微发抖，转身望着椅子上的尸体。

"他看起来像个意大利人。"她好奇地说。

"他就是个意大利人，"安东尼说道，"我推测，他是个服务员，闲暇时间玩玩儿勒索。他的名字很有可能是叫吉塞普。"

"天啊！"维吉尼亚大叫，"你是福尔摩斯吗？"

"不，"安东尼惋惜地说，"这只是一个单纯的小把戏，我一会儿会向你和盘托出。你先告诉我，他拿着一些信来找你要钱，你给了吗？"

"嗯。"

"给了多少？"

"四十镑。"

"那就糟了。"安东尼并没表现出任何的惊讶与责怪,"让我看看那封电报。"

维吉尼亚从桌上拿起电报递给他,他一边看,一边脸色变得凝重起来。

"怎么了?"

他把电报递到她面前,一言不发地指着电报上的发信地址。

"巴恩斯,"他说,"你下午就在拉内拉赫,怎么证明不是你本人发的呢?"

维吉尼亚被他吓呆了,她感觉好像有一张网把她越罩越紧。她的心里一直迷迷糊糊感觉有点什么,在他的推动下,她仿佛看清了。

安东尼掏出手帕包住自己的手,然后捡起了地上的手枪。

"罪犯必须要谨小慎微。"他抱歉地说,"你知道的,指纹。"

她看到他的身体突然僵住了,连说话的声音都变了。

"瑞福太太,"他简单直接地问,"你见过这把手枪吗?"

"没有啊。"维吉尼亚不解地回答。

"你确定吗?"

"当然。"

"你自己有手枪吗?"

"没有。"

"以前有过吗?"

"从来没有。"

他目不转睛地注视着她,维吉尼亚也一脸困惑地回看着他。

片刻,他叹了口气,整个人放松下来。

"太奇怪了,"他说,"那你怎么解释这个?"

他把手枪递到她面前,那虽然是个杀人工具,却真是一个小巧精致的玩意儿，看着就像个玩具。枪把上刻着"维吉尼亚"这个名字。

"这不可能！"维吉尼亚大叫道。

她表现出的惊讶无比真实，让安东尼不得不相信。

"坐下吧，"他平静地说，"现在这种情形比一开始更值得研究。首先，我们如何假设？只有两种可能。第一，就是真正写那些信的维吉尼亚。她可能不知道用什么办法一直跟踪他到这里，枪杀了他以后，丢下手枪，偷走信件，然后逃之夭夭。这种可能性很大，是不是？"

"同意。"维吉尼亚不情愿地说。

"另一种可能就有趣多了，不管是谁要害死吉塞普，这个人最主要的是想嫁祸给你。他们可以轻易地在其他地方弄死他，却偏偏要费九牛二虎之力到这里来。不管这些人是谁，他们对你了如指掌。他们知道你在达克特的别墅，知道你平常家里的事务如何安排，还知道你今天下午就在拉内拉赫。这个问题听起来可能有点荒谬，但是瑞福太太，你有仇人吗？"

"当然没有，至少，没有那种仇人。"

"那么，"安东尼说，"我们现在怎么办？只有两条路可走。第一，报警，坦白一切，依靠你无懈可击的社会地位和一向清白的生活让他们相信；第二，由我想个妥善的办法处置这具尸体。当然，我个人倾向选第二个办法，因为我一直想看看自己是否可以巧妙地掩盖罪行。但是我又有些神经质，不想造成流血事件。大体上说，我想第一种是最好的办法。其实，还可以把第一种方法变通一下。还是报警，不过先不要说手枪和勒索信的事，前提是假如那些信还在他身上的话。"

安东尼快速地翻遍那个死人的口袋。"他身上的东西已经都被拿走了，"他宣布道，"什么都没有了。他们还会用那些信件在关键时刻做出不光彩的事。等等，这是什么？衣服里面还有个洞，有东西塞在这里面，几乎已经被掏走了，只留下一点碎纸。"

他一边说话，一边拽出那片碎纸，拿到亮处。维吉尼亚也凑过来一起仔细打量。

"很可惜，其他部分都没了。"他说。

"星期四，十一点四十五分，烟囱别墅。听起来像个约会。"

"烟囱别墅？"维吉尼亚叫出声来，"太奇怪了！"

"为什么奇怪？这种低端的人怎么会去那么高级的地方？"

"我今天晚上要去烟囱别墅，至少，我本来要去那里。"

安东尼转向她。

"什么？你再说一遍。"

"我今天晚上本来是要去烟囱别墅的。"维吉尼亚重复了一遍。

安东尼目不转睛地看着她。

"我开始有点明白了，不一定是对的，但至少是个方向。会不会有人竭力想阻止你过去？"

"我的表兄乔治·罗麦克斯就不想让我去。"维吉尼亚笑着说，"但是，我实在不相信他会杀人。"

安东尼没有笑，他陷入了沉思。

"如果你现在报警，那么今天去烟囱别墅的计划就化作泡影了，甚至明天也去不了。我觉得你应该去那里，这样就会令那些不知名的朋友张皇失措。瑞福太太，你愿意把这件事交给我吗？"

"那就是第二种？"

"是第二种。首先得把你的女仆支出去，你能做到吗？"

"这很容易。"

维吉尼亚走出房间，在门廊里向着楼上叫道："爱丽丝，爱丽丝。"

"太太？"

安东尼听见维吉尼亚急促地对女仆说了几句话，紧接着就是大门打开又关上的声音。然后，维吉尼亚回到了房间。

"她出去了，我让她去买一些特别的香水，告诉她那家商店会一直开到八点。其实当然不是。她不用折回来，直接搭下一班火车，跟我一起走。"

"很好。"安东尼赞许道，"现在我们可以开始处理尸体了。一个很老的套路，但是我还是得问一下，这里有没有大的行李箱？"

"当然有。去地下室随便挑吧。"

地下室里摆放着各种各样的箱子，安东尼在里面选了一个又大又结实的。

"我来弄吧。"他老练地说，"你上楼准备一下。"

维吉尼亚按照他的话上楼去了，她把网球装脱掉，换上淡褐色的旅行装，戴上一顶悦目的橘红色帽子。等她走下楼，发现安东尼已经在门廊里等着她了，身边放着一个捆得严严实实的行李箱。

"我本来想给你讲讲我的故事，"他说，"但是，今天晚上会很忙。现在你要做的是叫一辆出租车，把你的行李都放到车上，还有这个行李箱。坐车到帕丁顿车站，然后把东西寄存到行李房。我会在月台等着，你路过我身边的时候，把行李单丢到地上。我会捡起来还给你，但事实上我会把单子留下来。然后你就到烟囱别墅去，其余的事我会去办。"

"你真是太好了。"维吉尼亚说，"让一个素不相识的人帮我负担处理尸体的事，我真是太抱歉了。"

"我很乐意，"安东尼满不在乎地说，"我有个朋友叫吉米·麦格拉斯,如果他在的话,他就会告诉你,这种事简直太适合我了。"

维吉尼亚看着他。

"你说什么?吉米·麦格拉斯?"

安东尼目光犀利地回望着她。

"对呀,怎么了?你听过他?"

"嗯,就在最近。"她停下来犹豫片刻,然后接着说,"凯德先生,我得和你谈谈。你可以到烟囱别墅来吗?"

"你很快就会见到我,到时候我会告诉你的。现在共谋者一号会从后门偷偷摸摸地出去,而共谋者二号则光明正大地从前门出去乘出租车。"

计划进行得非常顺利。安东尼搭乘另一辆出租车到了月台,并适时地"捡"到行李单。他几天前已经未雨绸缪地买好了一辆破旧的二手莫瑞斯·考雷,他离开月台后去找到了这辆车。

他开车回到帕丁顿,把行李票交给服务员,工作人员便把行李箱从寄物间取出放进了他车子的后备厢,一切妥当之后,安东尼开车离开了。

他现在的目的地是伦敦郊外。他开车经由诺丁山、牧人丛,由金贩道下去,再开过布伦津和杭斯罗,一直开到杭斯罗与斯泰因之间那条绵亘的大路上。这条路车流不断,这样就不会留下脚印或者轮胎印。安东尼找地方停下,然后走下车。他先用泥巴将车牌号码涂抹得无法辨认,然后一直待在路边。直到路两边都听不到车辆的声音,他才打开行李箱,将吉塞普的尸体拽出来,放在马路边的一个转弯里,这样经过的汽车前灯就不会照见尸体了。

他回到车上,开车离开。整个过程只用了一分三十秒,丝毫不差。他打满右转向，沿着伯纳姆树林驶回伦敦。过了一会儿，他又停下车，从容地爬上一棵最大的树。即使对于安东尼来说，这也算是个壮举了。在最高的那根树枝上，他将一个牛皮纸的小包藏匿在接近树干的缝隙里。

"这样处置手枪简直太天才了。"安东尼得意洋洋地想，"大家只会想到搜地面，捞水塘。英国人可没几个会爬树的。"

接着，他回到伦敦和帕丁顿站，把行李箱存在了到达口的另一个行李间。他现在迫切地想吃一顿上好的后腿牛排，多汁的肉排，再加一大份炸薯条。但是他看了眼手表，悲伤地摇了摇头。他把莫瑞斯加满油，又上路了。这一次，他向北开去。

他在烟囱别墅外院旁边的路边停车的时候，刚好是十一点半。他跳出车子，轻而易举地攀过围墙，直奔别墅。之前用的时间比他设想的要长，所以他快步跑起来。夜色中，一个灰色的庞然大物隐约可见，那正是烟囱别墅庄严肃穆的建筑群。远远传来报时的钟声，已经又过了一刻钟。

十一点四十五分，正是纸条上提到的时间。安东尼已经到了别墅前面的平台，他抬头看着眼前的别墅，漆黑一片，一切都是静悄悄的。

"这些政客睡觉可真早。"他自言自语地说。

突然间，一个声音传进他的耳朵，是枪响。

安东尼急忙环视四周，声音是从别墅里传出来的。他等了一会儿，但是依然是死一般的寂静。

他走到一扇落地窗前，据他判断，枪声就是从这个房间传出来的。他试了试把手，发现窗户是锁着的，只好接着试试别的窗户。他一直专注地听着周围的动静，但是，始终是一如既往的寂静。

最后，他开始怀疑那声枪响大概是自己臆想出来的，或者也可能是谁在森林偷猎的枪声。他转身又折回院子，心里隐约感到不满和不安。

　　他回头看着别墅，这时候，二楼的一个房间忽然亮灯了，但一转眼的工夫，又熄了。于是，这个地方又回到了一片黑暗。

第十章　烟囱别墅

现在是上午八点三十分，巴吉沃西督察已经在办公室里就位。他身材高大魁梧，总是表现出一种例行公事的姿态。每当办案紧张时，他的呼吸声都会变得沉重起来。约翰逊是他的随从警员，他是警队的新人，还有一种羽翼未满的不安神情，就像一只孱弱的小鸡仔。

桌上的电话突然响了，督察凶巴巴地接起电话，他一贯都这样。

"对，这里是贝星市场警察局，我是巴吉沃西督察。什么事？"

他的态度产生了一些微妙的变化。官大压一级，他压着约翰逊，自然也有人压着他。

"您请讲，爵爷。麻烦您再说一遍，我刚才没太听清楚。"

接下来一段长时间的停顿，督察一直在静静听着，同时各种复杂的表情划过他一贯毫无表情的脸。最后他简短地说了一句"我马上就办，爵爷"，然后放下了电话。

他转向约翰逊，一副煞有其事的模样。

"是烟囱别墅的爵爷打来的，凶杀案。"

"凶杀案。"约翰逊表现出适宜的震惊，重复了一遍。

"就是凶杀案。"督察满意地说。

"怎么会,这个片区从来没有发生过凶杀案,反正我从来没听说过。哦哦,除了汤姆·皮尔斯枪杀他的爱人那次以外。"

"严格说,那次不能算凶杀案,那次是喝多了。"督察并不赞同。

"他也没有被判绞刑。"约翰逊表示同意,沮丧地说,"但这次是来真的吧?"

"是真的。被枪杀的是爵爷的一个客人,还是个外国人。现场窗子是敞开的,外面有脚印。"

"真可惜是个外国人。"约翰逊有点惋惜。

这样一来,凶杀案就似乎不那么真实,在约翰逊看来,外国人就是很容易遭人枪杀。

"爵爷从没这么焦虑过。"督察接着说,"叫上卡特赖特医生,我们马上出发。希望那些脚印还能保存完好。"

巴吉沃西简直要高兴得忘乎所以。凶杀案!烟囱别墅!巴吉沃西督察主办!警方找到线索,然后是轰动全城的逮捕。升职和荣誉都会接踵而至。

"简直完美。"巴吉沃西督察心里想,"只要伦敦警察厅别插一杠子。"

想到这个,他一下子败下兴来。在这种情况之下,那是极有可能发生的。

他们找到卡特赖特医生,那个年轻人表现出了强烈的兴趣,他的反应和约翰逊如出一辙。

"啊,天哪!"他尖叫起来,"汤姆·皮尔斯事件之后还没有过凶杀案呢。"

他们三个人挤进医生的小汽车,赶紧动身向烟囱别墅出发了。当路过那家名叫"快乐的板球员"的当地小旅馆时,医生留意到有个人正站在店门口。

"是个陌生人。"他说,"长得不错,不知道他来了多长时间了,他在'板球员'门口干吗呢?我从来没见过这个人,肯定是昨天晚上才到的。"

"他不是坐火车来的。"约翰逊说。

他的哥哥是当地的车站搬运工,因此约翰逊对进出的人都了如指掌。

"昨天有谁到这里来是为了去烟囱别墅的?"督察问道。

"爱琳侯爵小姐,她乘坐的是三点四十班次的车次,同行的有两位男士,一位是美国人,一位是年轻的军人。他们两个人都没有带男仆。爵爷和一位外国的先生一起去的,还有那个外国人的男仆。乘坐的是五点四十分的那趟车。这个外国人可能就是被害人。乘坐这班车的还有埃弗斯莱先生。瑞福太太坐的是七点二十五分的车,另外一个秃头、鹰钩鼻、长得像外国人的男士也是这一班。瑞福太太的女仆乘八点五十六分的车到达。"

约翰逊停了下来,喘了口气。

"没有人住在'快乐的板球员'吗?"

约翰逊摇摇头。

"那么他肯定是开车来的。"督察说,"约翰逊,记一下,等回来的时候你去'快乐的板球员'调查一下。我们要了解所有陌生人的情况。那个人皮肤晒得黑黑的,说不定也是个外国人。"

督察睿智地点着头,仿佛在暗示着他属于那种思考问题天衣无缝、极度精明的类型。

车子经过大门,进入了烟囱别墅的院子。关于这个历史古迹,随便翻到哪一本游览指南,里面都会有详细的描述。这个地方在英国的历史古宅中名列第三,参观门票二十一先令。每个星期四,都会有米德灵翰的游客乘坐长途公车来到这里,参观别墅中对外开放的部分。基于这种情况,对于烟囱别墅,这里就不再赘述了。

在门口迎客的是一位白发苍苍的男管家。他举手投足间毫无破绽,仿佛在说:"这里居然会发生命案,我们真是不习惯。但人有旦夕祸福,灾难面前我们必须镇定自若,垂死挣扎中也得表现得一切如常。"

管家说道:"爵爷在等着您呢,这边请。"

他们被带到一间舒适的小屋子,卡特汉姆侯爵正在这里躲避外面的"腥风血雨"。

"爵爷,警察来了,还有卡特赖特医生。"

卡特汉姆侯爵正不安地在房间里踱来踱去。

"啊,督察,你终于来了,谢天谢地。你最近怎么样,卡特赖特医生?这件事太吓人了,真是太吓人了。"

卡特汉姆侯爵发疯一般抓着自己的头发,弄得头发都一根根地立起来。这时的他看起来更加不像一位贵族了。

"尸体在哪儿?"医生简要地问,一副公事公办的样子。

这个开门见山的问题仿佛让卡特汉姆侯爵一下子放松下来,他转身面向卡特赖特医生。

"在议事厅,尸体就是在那里发现的,我让大家都不要破坏现场,我觉得应该这么做。"

"您做得非常好,爵爷。"督察赞许地说。

他掏出记事本和铅笔。

"是谁发现的尸体?是您吗?"

"谢天谢地,不是我。"卡特汉姆侯爵说,"我一般都不会起这么早。是一个女仆发现的尸体。她叫得很厉害,但是我没听见。后来他们过来找我,我才起床下楼的。就是这样。"

"他是您的客人吗?你认得出来吗?"

"是的,督察。"

"他叫什么名字?"

这个极其简单的问题似乎令卡特汉姆很不安,他几次张开嘴,但又闭上了。最后,他有气无力地问:"你是说,你是在问,他叫什么名字吗?"

"是的,爵爷。"

"这个……"卡特汉姆侯爵缓缓地环视了一下房间,仿佛是在汲取灵感似的。"他的名字是,我应该说是,对,就是,斯坦尼斯劳伯爵。"

卡特汉姆侯爵的反应太反常了,督察停下笔,目不转睛地盯着他。这时候,房门忽然响了,才化解了爵爷的尴尬。

一个小女孩开门走进房间,她瘦瘦高高,褐色皮肤,长得很好看,稚气未退的脸上充满倔强。这正是爱琳·布伦特侯爵小姐,大家都叫她班德尔,是卡特汉姆侯爵的大女儿。她对在场的其他人点了点头,直接对她父亲说道:"我找到他了。"

一瞬间,督察以为是那位小姐当场捉到那个凶手,差点冲上前去。但是他马上意识到她并不是这个意思。

卡特汉姆侯爵舒出一口气。

"办得好。他怎么说?"

"他马上就过来,他让我们必须十二分警惕。"

她的父亲烦恼地呼了一声。

"乔治·罗麦克斯就会说这种蠢话。不过,他一来,我就可以放手不管了。"

这个念想似乎让他高兴了些。

"被害人的名字就是斯坦尼斯劳伯爵,对吗?"医生问。

父女二人迅速交换了一个眼神,然后,父亲郑重其事地回答说:

"是的,我刚才已经说了。"

"我之所以再问一次,是因为你刚才似乎并不太确定。"卡特赖特解释说。

卡特汉姆侯爵的眼睛里闪出一道微光,充满责备地看着他。

"我带你们去议事厅。"他的语气变得轻快了些。

他们跟着他走向议事厅,督察走在最后,一边走,一边警惕地朝四周打量,不放过每一个可能有线索的角落,无论是相框还是门后。

卡特汉姆侯爵从口袋里掏出钥匙,打开锁,然后推开门让大家进去。这个房间的墙面用橡木镶嵌,阳台上由三扇落地窗构成。房间里摆放着一张长条形的餐桌和一些橡木柜,还有几把漂亮的古式椅子。墙上挂着已故的卡特汉姆家族成员以及其他人士的肖像。

在房间的左手边,大约门与窗的中间位置,一个男人仰卧在地上,双臂张开。

卡特赖特医生走上前,在尸体旁边跪下来仔细检查。督察走到窗边,依次检查三个窗户。中间的那扇是关着的,但是没有闩上。外面的台阶上有一串通向窗口的脚印,还有一串离开窗口的脚印。

"很清楚了,"督察一边点头一边说道,"但是房间内也应该有脚印才对,硬木地板上的脚印会非常清楚。"

"关于这一点,我想我可以解释清楚。"班德尔插话说,"今天早上女仆擦了一半的地板才发现尸体。她进来的时候，天还是黑的。她直接走到窗户边，拉开窗帘就开始擦地。尸体在屋子的另一边，还被桌子挡住了，她自然没看见。直到她站起身，才从桌子上面看到尸体。"

督察点点头。

"好了，"卡特汉姆侯爵恨不得马上脱身，"督察，这里就交给你们了。需要我的话，你再找我。不过，乔治·罗麦克斯马上就从魏芬修道院赶过来了。具体情况，他了解得比我多。这本来就是他的事，我说不清楚，等他来了自会说明白的。"

还没等对方回答，卡特汉姆侯爵就急不可耐地赶紧逃开了。

"罗麦克斯这个人真要命。"他抱怨道，"把我拖下水。有什么事吗？特雷德韦尔？"

白发的管家一直毕恭毕敬地跟在他身边。

"爵爷，我自作主张，为您把早餐时间提前了，餐厅里已经一切就绪。"

"我现在吃不下。"卡特汉姆侯爵一边说着，一边闷闷不乐地向餐厅走去，"一点儿也吃不下。"

班德尔挽着他的胳膊，两人一同走进餐厅。餐柜上摆着五六个保温食物的厚重的银盘子。

"煎蛋卷，"卡特汉姆侯爵一个个地掀开盖子，"鸡蛋培根、腰子、辣味鸡、黑线鳕、冷火腿、冷雉鸡。没有我爱吃的。特雷德韦尔，去让厨子给我做个荷包蛋，好吗？"

"好的，爵爷。"

特雷德韦尔退下了。卡特汉姆侯爵心不在焉地装了不少腰子和火腿，又倒了一杯咖啡，然后坐到餐桌旁边。班德尔则盛了一盘鸡蛋培根。

"我都要饿死了。"班德尔嘴里已经塞满了食物,"可能是太兴奋了。"

"你倒觉得挺好的。"她父亲抱怨说,"你们年轻人就喜欢刺激。我的身体可吃不消。阿布纳·威利斯医生叮嘱我了,不要担惊受怕。他就是坐在他哈雷街的诊室里说空话。那该死的罗麦克斯让我摊上这种事,我怎么能不担惊受怕?我当时就应该坚持反对。"

卡特汉姆侯爵苦恼地摇摇头,站起身又切了一盘火腿。

"柯德斯[①]这次做得有点让人无语,"班德尔兴冲冲地说,"他在电话里已经前言不搭后语了。等过一两分钟他到了,肯定会喋喋不休地叫我们要谨慎,不要声张。"

卡特汉姆侯爵一想到这个,便闷哼了一声。

"他起来了吗?"他问。

"他说,"班德尔回答,"他早就起床了,从七点开始就一直在口授信件和备忘录。"

"也是了不起,"她的父亲说,"这些搞政治的人,都特别自私。他们的秘书天天起个大早,就是把一堆毫无用处的垃圾念给他们听。如果能颁布法律让他们不许十一点前起床,那简直是利国利民。如果能让他们少胡说八道,我倒觉得挺好。罗麦克斯动不动就和我谈论我的地位,就好像我真有什么了不起的地位似的。时到今日,谁还想当贵族呀?"

"没人啦,"班德尔说道,"还不如开一家生意兴隆的酒馆。"

特雷德韦尔安静地走过来,端来一只盛着两个荷包蛋的小银盘,放在了卡特汉姆侯爵面前。

---

① 指乔治·罗麦克斯。

"这是什么,特雷德韦尔?"卡特汉姆侯爵略带厌恶地看着荷包蛋问。

"荷包蛋,爵爷。"

"我讨厌荷包蛋。"卡特汉姆侯爵暴躁地说,"一点味道都没有,我连看都不想看。把它拿走,特雷德韦尔。"

"是,爵爷。"

特雷德韦尔端着荷包蛋,安静地退下了。

"好在这幢房子里没人起那么早,"卡特汉姆侯爵由衷地说道,"等他们起来了,还得把这个坏消息告诉他们。"他叹了一口气。

"也不知道是谁杀了他,"班德尔说,"又是为了什么?"

"好在,这和我们无关。"卡特汉姆侯爵说,"让警察去费心吧。那个巴吉沃西督察什么也查不出来。我觉得可能是艾萨克斯坦干的。"

"你是说?"

"那个全英银行集团的代表。"

"艾萨克斯坦先生来这里就是为了见他,怎么会杀他呢?"

"那就复杂了,"卡特汉姆侯爵含糊地说,"我忽然想到,如果说艾萨克斯坦起床晚,我一点都不奇怪。他随时都可能出现在我们面前,那是都市人的习惯。不论多有钱的人,都得朝九晚五。"

一阵高速行驶的汽车马达声从敞开的窗子传进来。

"柯德斯。"班德尔大喊。

车子在大门口停下,父女二人将身子探出窗户,向车上的人招手致意。

"这边,老朋友,在这边。"卡特汉姆侯爵一边喊,一边急忙咽下口中的火腿。

乔治可无意从窗户钻进屋,他走进前门。不一会儿,特雷德韦尔把他带进房间,然后立刻退下了。

"吃点早餐吧,"卡特汉姆侯爵和他握握手,"来点腰子?"

乔治可没有什么耐心去管什么腰子。

"简直是灭顶之灾,可怕,可怕啊。"

"可不。要点鳕鱼吗?"

"不,不要。这件事千万不能张扬出去,无论如何都得保密。"

果然被班德尔言中了,乔治开始喋喋不休起来。

"我明白你的感受,"卡特汉姆侯爵同情地说,"吃点鸡蛋培根,或者先吃点鳕鱼吧。"

"完全是意料之外,是次国难。连备选的计划也被人破坏了。"

"别着急,"卡特汉姆侯爵说,"先吃点东西,你现在最需要的是吃点东西,这样才能振作起来。现在还有荷包蛋吗?刚才还有荷包蛋的。"

"我不想吃,"乔治说,"我吃过早饭了,就算没吃我也不想吃。我们得赶紧想想下一步怎么办,你没和别人说吧?"

"没有,只有我、班德尔、警察和卡特赖特。对,还有所有的仆人。"

乔治哼了一声。

"镇定点,"卡特汉姆侯爵温柔地说,"但愿你已经吃过早饭了。你得明白,这件事可没办法保密,尸体必须得处理,还有一堆善后的事。确实是个倒霉事,但是已经发生了。"

乔治突然变得镇定下来。

"你说得对,卡特汉姆。你说已经报警了?他们都不行,我们需要巴特尔。"

"你说战斗①？又是战斗，又是凶杀、暴毙的。"卡特汉姆侯爵一脸狐疑地问道。

"不，不，你误会了。我说的是苏格兰场的巴特尔警长。他是个判断力极强的人，上次那个政党经费的案子，就是他帮我们调查的。"

"那是什么案子？"卡特汉姆侯爵饶有兴趣地问道。

但是乔治的目光已经转向班德尔，她正坐在窗口，身子一半在外面，一半在里面。他忽然想到了这时得谨慎行事，于是站起身来。

"别浪费时间了。我马上去发份电报。"

"你下来，让班德尔去传吧。"

乔治掏出钢笔，飞快地写了几笔，然后把第一份的电报内容递给班德尔，班德尔好奇地看着。

"哎呀！这是什么名字？"她说，"这是什么男爵？"

"洛洛普赖特耶奇尔男爵。"

班德尔眨眨眼。

"明白了，还得送到邮局去。"

乔治没有停下笔，将再次写好的东西交给班德尔，然后对别墅的主人说：

"卡特汉姆，你最好的做法，就是……"

"你讲。"卡特汉姆侯爵忧虑地说。

"就是把一切交给我。"

"没有问题，"卡特汉姆侯爵爽快地回答，"我也是这么想的。

---

① Battle 在英文中既做人名"巴特尔"，又有"战斗"的意思。

警察和卡特赖特医生都在议事厅里,还有……呃……那具尸体。亲爱的罗麦克斯,现在我将烟囱别墅交给你全权处理,所有的事情都由你做主吧。"

"多谢。"乔治说,"如果我有事需要和你商量——"

话还没说完,卡特汉姆侯爵已经无声地溜出门消失了,班德尔狡黠地笑着看着她父亲撤离。

"我这就去发电报。"她说,"你认识去议事厅的路吧?"

"爱琳小姐,谢谢你。"

乔治匆匆地离开了房间。

第十一章　巴特尔警长的出场

卡特汉姆侯爵为了躲开乔治，整个上午都在他的庄园里游荡，直到感觉饥肠辘辘才回来。他以为这时候最糟的情况应该已经结束了。

他从小门悄悄溜进房子，然后又蹑手蹑脚地钻进自己的密室。他还为自己的隐蔽行动洋洋得意，但他想错了。特雷德韦尔可是个眼观六路的角色，他立刻出现在伯爵的房门前。

"打扰了，爵爷。"

"什么事，特雷德韦尔？"

"罗麦克斯着急想见您，让您回来就去书房找他。"

特雷德韦尔巧妙地向他传达：如果卡特汉姆不反对，他可以告诉对方卡特汉姆侯爵还没回来。

卡特汉姆侯爵叹了口气，站起身来。

"迟早都得见。你刚才说是在书房，对吧？"

"是的，爵爷。"

卡特汉姆侯爵又叹了口气，在他宽敞的祖宅里向书房走去。到了书房后，他发现书房的门是锁着的。他转了转门把，然后有人从里面把门锁打开了。门开了一个缝，露出乔治·罗麦克斯的脸。他疑神疑鬼地向外窥探。

直到认出是卡特汉姆，他脸上的神情才变过来。

"啊，卡特汉姆，请进。我们刚才还纳闷，不知道你怎么样了。"

卡特汉姆侯爵一边侧身进入房间，一边略带歉意、含糊地说他到庄园去给佃户做了些修缮房屋之类的事情。除了乔治，房间里还有另外两个人。一个是当地的警察局局长麦罗斯上校；另一个中年男人体格健硕，面无表情，但气宇不凡。

"巴特尔警长半小时之前来的，"乔治说，"他和巴吉沃西督察已经在现场转了一圈，也见过了卡特赖特医生，他现在想和我们了解几件事。"

卡特汉姆侯爵和麦罗斯打过招呼，也向巴特尔警长进行了自我介绍。之后，所有人都落座了。

"巴特尔警长，我也无须多言了，"乔治说，"这件事必须得十二分保密。"

警长随便点点头，他这副从容的态度令卡特汉姆侯爵对他有了一些好感。

"没问题，罗麦克斯先生。但是，对我们就别隐瞒了。听说死者是斯坦尼斯劳伯爵，至少，这里的人都这么称呼他。这个是他的真名吗？"

"不是。"

"那他的真名是什么？"

"赫索斯拉夫的迈克尔亲王。"

巴特尔警长的眼睛微微瞪大了一下，此外，并没有显示出任何异常。

"那我能否问一下，他来这里是为了什么？只是过来玩儿？"

"还有其他目的，关于这个，巴特尔警长，还请严格保密。"

"好的，罗麦克斯先生。"

"还有麦罗斯上校？"

"当然。"

"那么，好吧。迈克尔亲王来这儿是专门为了会见赫尔曼·艾萨克斯坦先生，他们想要探讨一项贷款的条件。"

"什么条件？"

"具体细节我就不知道了，他们还没有谈拢。但是，迈克尔亲王保证一旦登基，就会把艾萨克斯坦先生心心念念的什么采油权给他的公司。还有，基于迈克尔亲王的亲英态度，英国政府准备支持他继位。"

"好吧，"巴特尔警长说，"我不需要继续深究了，迈克尔亲王想要钱，艾萨克斯坦先生想要石油，而英国政府也准备树立权威。我只有一个问题，还有其他人想要那个采油权吗？"

"应该还有一个美国财团也对迈克尔亲王表达过意向。"

"被他拒绝了？"

乔治没有直接回答，而是重复了一遍说：

"迈克尔亲王是亲英派。"

巴特尔警长也没有逼问。

"卡特汉姆侯爵，我理解的昨天的情形是这样的：你在城里见到了迈克尔亲王，然后陪着他来到这里。随行的还有一个赫索斯拉夫男仆，名叫包瑞斯·安求克夫，但他的随从武官安卓西上尉还留在城里。亲王到了之后，说自己特别累，就去为他准备的房间休息。晚饭是仆人送进房间的，他就没有和别墅里其他人见过面，对吗？"

"完全正确。"

"今天早上，一个仆人在大约七点四十五分发现了尸体，卡特赖特医生检查过尸体，发现他是被一把左轮手枪打死的。现场没有找到手枪，别墅里也没有人听到枪声。另外，死者的手表在他倒地时摔坏了，可以判断凶案发生的时间是深夜十一点四十五分。请问，那时候你就寝了吗？"

"我睡得很早，不知道为什么，昨天的晚会不怎么起劲儿，你应该明白我的意思。我们差不多在十点半上楼的。"

"谢谢。卡特汉姆侯爵，现在请你描述下别墅里都住了哪些人。"

"不好意思，我还以为凶手是从外面进来的呢。"

巴特尔警察笑了笑。

"应该是，应该是这样的。但我还是需要知道这间别墅里都有什么人。都是例行公事。"

"好的，有迈克尔亲王和他的男仆，还有赫尔曼·艾萨克斯坦先生，这三个人你都知道了。还有埃弗斯莱先生。"

"他是我部里的员工。"乔治谦逊地说明了一下。

"他也知道迈克尔亲王来这里的真正目的？"

"不，我没说过。"乔治严肃地说，"他肯定会感觉到有什么事，但是我没必要对他推心置腹。"

"明白了。卡特汉姆侯爵，你继续说。"

"我想想，还有海勒姆·费希先生。"

"海勒姆·费希先生是谁？"

"是个美国人，他带了一封卢夏斯·哥特先生的介绍信。你听说过卢夏斯·哥特吧？"

巴特尔警长笑了一下表示赞同。谁会没听过大富豪卢夏斯·哥特的名字呢？

"他特别想看看我收藏的初版集。哥特先生的收藏当然是无与伦比的，但我自己也有些珍品。这位费希先生也是同道中人。罗麦克斯先生建议我周末多请几个人来，让这件事显得自然一些。所以我借机请费希先生来了。别墅里的男士都说完了。至于女士，只有瑞福太太，她应该也带了女仆之类的人吧。还有我的女儿，还有些小孩子，他们的保姆和家庭教师，以及所有的仆人。"

卡特汉姆停了一下，深吸了一口气。

"谢谢。"巴特尔说道，"只是例行公事，不过必须得做。"

"毫无疑问，"乔治吃力地问道，"凶手是从窗户里进来的吧？"

巴特尔警长停顿了一分钟，才慢慢地回答：

"有通往窗口的脚印，也有走下去的脚印。昨天晚上十一点四十分，有辆汽车停在了院子里。"

十二点的时候，一个年轻人开车到达快乐的板球员客栈，在那里开了一间房。他把他的皮靴放在外边让人清理。那双靴子又湿又泥泞，仿佛在院子的草丛里走过一样。"

乔治急切地把身子往前探了探。

"那双靴子不能和那些脚印做个比对吗？"

"比过了。"

"然后呢？"

"完全符合。"

"那就对了，"乔治叫起来，"已经找到凶手了，就是这个年轻人，对了，他叫什么名字？"

"他在旅馆登记的名字是安东尼·凯德。"

"马上对这个安东尼·凯德进行追捕，扣押。"

"不必追捕他。"巴特尔警长说。

"为什么?"

"因为他还住在那里。"

"什么?"

"很奇怪吧?"

麦罗斯上校敏锐地盯着他。

"你在想什么,巴特尔警长?说出来听听。"

"我说了,很奇怪,就这些。他应该赶紧逃走才对,但是他并没有。他留在那里,还制造便利让我们比对脚印。"

"那你怎么想?"

"我不知道,脑子里有点乱。"

"你是觉得——"麦罗斯上校刚刚开头,便被一阵小心翼翼的敲门声打断了。

乔治起身走到门边。特雷德韦尔心里对这样奴颜婢膝的敲门很是不满,他一脸严肃地站在门口,对他的主人说:

"打扰了,爵爷。有位先生想要见您,有很紧要的事,他说和今天早上的惨案有关。"

"他叫什么名字?"巴特尔警长突然问道。

"他的名字是安东尼·凯德,但是他说他的名字对所有人都没有什么特别的意义。"

但是,这个名字似乎对在座的四个人都产生了特别的意义。他们全都站起身来,惊讶不已。

卡特汉姆侯爵咯咯地笑出声来。

"我实在觉得越来越有趣了。特雷德韦尔,请他进来。马上请他进来。"

第十二章　安东尼讲故事

"安东尼·凯德先生。"特雷德韦尔通报说。

"一个乡村旅店的可疑陌生人。"安东尼说。

出于一种对陌生人罕有的直觉,他直接走向卡特汉姆侯爵。同时,他在心里暗暗地总结着另外三个人:一个是伦敦警察厅的人,一个是当地的显要——很可能是警察局局长,另一个几乎要发疯的暴躁的人,应该和政府有关。

"我必须得向您道歉,"安东尼接着之前的话,他依然对卡特汉姆侯爵说,"像这样闯进来。但是,在'快乐狗',还是什么别的名字,就是那家本地的小旅馆,都在说您这里发生了命案。我想我可能有一些相关的线索,所以我就冒昧来了。"

有那么一两分钟,大家都没有说话。巴特尔警长没有说话,因为他经验老道,深知要让其他人先说,他才能抢占先机;麦罗斯上校没有说话,因为他素来沉郁寡言;乔治没有说话,因为他习惯了先听别人的汇报;卡特汉姆没有说话,因为他真的不知道应该说什么。但是,其他三个人的沉默把他架上了场,况且对方本来就是跟自己说话,卡特汉姆侯爵终于不得不开了口:

"这样啊,这样啊。"他紧张地说,"你请……唔……你请坐。"

"谢谢。"安东尼说。

乔治傲慢地清了清嗓子。

"呃……你刚才说你能提供一些线索,是指?"

"我是指,"安东尼说,"昨天晚上十一点四十分左右,我闯进了卡特汉姆侯爵的宅邸(这件事希望侯爵不要见怪),我听到了枪声。不管怎样,我可以替你们确认案发时间。"

他依次环视了其他三个人,他的目光在巴尔特警长身上停留最久,那人面无表情的样子似乎很令他欣赏。

"但是我想这对于你们来说也不是什么新闻。"他温和地加了一句。

"凯德先生,你这句话是什么意思?"巴特尔问道。

"就是这个意思。我早上穿鞋的时候,想到了我的靴子,然后我找靴子的时候发现找不到了。他们告诉我一位好心的年轻警察要走了那双鞋,我就明白是怎么回事了。所以我赶回来,看看还能不能澄清自己的嫌疑。"

"明智之举。"巴特尔警长不动声色地说。

安东尼轻轻眨了眨眼睛。

"我很欣赏你的言简意赅,督察。你是位督察吧?"

卡特汉姆侯爵插话进来,他开始喜欢起安东尼了。

"这位是伦敦警察厅的巴特尔警长,这位是麦罗斯,我们的警察局长,还有罗麦克斯先生。"

安东尼警惕地看着乔治。

"乔治·罗麦克斯先生?"

"是的。"

"罗麦克斯先生,"安东尼说,"我昨天有幸收到了您的一封信。"

乔治盯着他。

"我想不会的。"他冷冷地说。

但是他心想,要是奥斯卡小姐在这就好了。他所有的信都是奥斯卡小姐替他写的,每封信写给谁,信上说了什么,她都滚瓜烂熟。乔治这样的大人物才不会对那些烦人的细节上心呢。

"凯德先生,我觉得,"他提醒说,"你应该先解释一下,昨天晚上十一点四十分的时候,你在这里做什么。"

但他的语气却是在直白地表达"不管你说什么,我们都不会相信"。

"是的,凯德先生,你在做什么?"卡特汉姆侯爵兴趣盎然地问。

"这个,"安东尼有点惋惜,"这个可就说来话长了。"

他掏出烟盒。

"我可以抽烟吗?"

卡特汉姆侯爵点点头,安东尼点了一支烟,准备应付接下来的考验。

他非常清楚自己的危难处境。在短短二十四小时内,他卷进了两场不同的命案。第一场,他难逃其咎,在蓄意遗弃尸体、避开执法人员的目标后,他正好在案发时来到了第二个命案现场。对于一个一心想找乱子的年轻人而言,这真是百年难遇的契机。

"南美的事,"安东尼心里想,"简直和这件事毫无关联。"

对于战术,他已经做出决定。他会说实话,只是要加入一个微小的变动,还有一个巨大的隐瞒。

"事情最早开始于,"安东尼说,"大约三周前。在布拉瓦约。罗麦克斯先生肯定知道那个地方,那是英国的最前哨,就是那种'只有英格兰才知道的英格兰的地方',我和一个叫吉米·麦格拉斯的朋友聊天时。"他一个字一个字地说出那个名字，同时含有深意地望着乔治。乔治非常吃惊，克制着没有叫出声来。

"我们谈话的结论就是因为他自己不能来，由我到英国来替麦格拉斯先生办一件小事。因为订船票时用的是他的名字，所以我就顶着吉米·麦格拉斯的名字上路了。我不知道这样做算不算犯法，警长可以告诉我。必要的话，可能会把我抓进去，判几个月。"

"我们还是继续说吧，先生？"巴特尔警长说，但是他的眼睛轻轻眨了一下。

"到了伦敦之后，我入住了布利茨酒店，还是用的詹姆斯·麦格拉斯的名字。我在伦敦的任务就是把一份手稿交到一个出版社。但是，几乎我一到，就有两个外国政党的代表找到了我。一个代表用的方法合理合法，另一个则完全不然。我都兵来将挡，水来土掩了。但是，我的麻烦并没有结束。那天夜里，酒店的一个服务员破窗而入，想偷我的东西。"

"你并没有报警吧？"巴特尔警长说。

"是的，我没有。什么东西都没丢。但是我把这件事和酒店的经理说了，他可以为我做证，并且告诉你那个服务员是如何在大半夜突然消失的。第二天，出版社的人给我打来电话，建议他们派一个人来我这里取那份文稿，我同意了。所以接下来的那个早上，便照约定的办了。因为我没有得到进一步消息，我想那个文稿他们已经妥收无误。昨天，仍是以詹姆斯·麦格拉斯的名义，我收到了罗麦克斯先生的一封信……"

安东尼停下来。到现在，他开始觉得有意思了。乔治不安地在座位上扭动着身体。

"我有点印象。"他喃喃地说，"应该有很多很多的信件。虽然这个名字不太一样,但是我也不一定会记住。而且,我告诉你,"乔治提高了声音,以彰显他在道德上的坚定立场,"我觉得这种假扮另外一个人的行为是极其不正当的。我认为,毫无疑问,你犯了很严重的罪行。"

"在这封信里,"安东尼不为所动,继续说,"罗麦克斯先生对我手中的那份文稿提了很多建议,并且替卡特汉姆侯爵邀请我来这里赴宴。"

"幸会啊,"那位爵爷说,"迟到总比不到好,对吧?"

乔治对他皱着眉。

巴特尔警长仍然盯着安东尼。

"这就是你昨天晚上出现在这里的解释?"他问。

"当然不是,"安东尼温和地说,"我受邀到别墅来,绝不会在深夜里爬墙、踏草坪,又去看楼下的窗户;我肯定会开车到门前,按响门铃,在门口的脚垫上蹭蹭鞋底,光明正大地走进去。我还是继续往下说,我给罗麦克斯先生回了一封信,解释说那份文稿已经不在我手里了,因此很遗憾无法接受卡特汉姆侯爵的盛意邀请。但我这么做完之后,我想到我忘了一件事。"他停顿了一下,接下来的一刻他如履薄冰,"我得告诉你们,在我和那个服务员吉塞普纠缠的过程中,我从他身上夺下一张小纸片,上面潦草地写着几个字。当时,我没觉得那些字有什么意义,但我还是留着那张纸片。'烟囱别墅'这四个字一下子使我想起那上面的字。我把那张破纸片取出来一看,果然不出我所料。诸位,这就是那张纸片。你们可以自己看看。上面写着'星期四,十一点四十五分,烟囱别墅'。"

巴特尔警长仔细地检查了那张纸片。

"当然,"安东尼接着说,"这个烟囱别墅可能和这座房子毫无关系，但也可能有关系。而且，这个吉塞普就是个小偷、流氓。于是，昨天夜里我就决定开车到这里看看是否一切正常，然后在客栈住一夜，等到第二天早上再拜访卡特汉姆侯爵，请他加强防范，以免有人周末来这里捣乱。"

"不错，"卡特汉姆侯爵鼓励地说，"不错。"

"我到得晚了，时间不够了。所以我就停下车，翻墙进来，又穿过草坪。等我到了平台，整座房子都是黑漆漆的，一点声音都没有。我刚一转身，就听见了一声枪响。我觉得是从房子里传出来的，于是我就往回跑，跨过平台，又试了试窗户。但是窗户都是锁住的，屋里也没有动静。我等了一会儿，整座房子还是像坟墓一样安静，所以我觉得我可能是听错了，也许是偷猎者的枪声。在那个情况下，这样的想法也是很正常的。"

"非常正常。"巴特尔警长毫无表情地说。

"我回到旅馆，过了一夜，今天早上听到了新闻。当然我知道我是一个被怀疑对象，在那样的状况下这是必然的，然后我就过来了，讲了我的故事，希望不会成为替死鬼被戴上手铐。"

大家沉默了片刻，麦罗斯上校侧过头看着巴尔特警长。

"我觉得这个故事很清晰。"他说。

"是的，"巴尔特说，"我想今天上午我们是铐不了人了。"

"还有什么问题吗？巴特尔警长？"

"我想知道一件事。那份文稿是什么？"

他看着乔治，乔治略带不情愿地回答说：

"已故的斯泰普提奇伯爵的回忆录。你懂的……"

"不必多说，"巴特尔说，"我都明白了。"

他转向安东尼说："你知道是谁被枪杀了吗，凯德先生？"

"在'快乐狗酒馆'，他们说是一位不知道是斯坦尼斯劳伯爵，还是什么伯爵的人。"

"告诉他吧。"巴尔特警长对乔治·罗麦克斯简略地说。

很明显乔治并不情愿，却不得不说："在这里化名斯坦尼斯劳伯爵的人，就是赫索斯拉夫的迈克尔亲王。"

安东尼吃惊地吹了一声口哨。

"这可就尴尬了。"他说。

一直密切观察着安东尼的巴特尔警长，低沉地哼了一声，仿佛什么事让他心满意足了似的。他突然站起身来。

"我有一两个问题想问凯德先生，"他宣布，"我可以带他去议事厅吗？"

"当然，当然可以。"卡特汉姆侯爵说，"你要带他去什么地方谈都可以。"

安东尼和巴特尔警长一同走了出去。

尸体已经从悲剧现场移走了。死者躺过的地板上留下了一块黑黑的血迹，除此以外没有任何此处发生过悲剧的痕迹。阳光透过三扇窗子照进房间，把那些老旧的嵌板调衬出柔和的色调。安东尼赞赏地四下望望。

"很典雅。"他说，"什么都比不上古老的英格兰，对不对？"

警长没有接应安东尼的称赞，而是问道："你一开始觉得那声枪响是从这个房间传出去的？"

"我想想。"

安东尼打开窗子，走到平台，抬头看着别墅。

"对，就是这个房间。"他说，"这间屋子是扩建出来的，占据了整个屋角。如果不是这个房间，枪声听起来应该是从左边传过来的。但是那个声音是从我后面传来的，也可以说是右边。就是因为这样，我才会想到偷猎者。你知道的，这个房间在屋侧的最末端。"

他跨过落地窗的门槛,走回房间。好像一下子想到了什么似的,突如其来地问道:"为什么这么问,您不是知道他是在这里被枪杀的吗?"

"啊!"警长说,"我们不可能百分之百地了解所有我们想知道的事。不过,确实,他是在这里遭枪杀的。你刚才说你试过窗户,对吗?"

"对,窗户都从里面闩住了。"

"你试了几扇?"

"三扇都试了。"

"你确定?"

"很确定。为什么这么问?"

"那就有意思了。"警长说道。

"什么有意思?"

"今天早上发现命案的时候,中间的窗子是开着的,我是说,不是闩着的。"

"唷!"安东尼一屁股坐到窗台上,同时掏出香烟盒,"这简直是晴天霹雳,案情就要大逆转了。这样一来,只有两种可能。第一,凶手是别墅里的人,那个人在我离开之后把窗闩打开,好看起来是外人作案。然后,我就顺便成了替死鬼;第二,直截了当地说,就是我在撒谎。我想,您认为是第二个。但是,不瞒您说,您想错了。"

"在我对所有人询问完毕之前,谁也不得离开别墅。"巴特尔警长严肃地说。

安东尼警觉地望着他。

"那么,您认为可能是别墅里的人干的了?您这个想法有多久了?"他问。

巴特尔笑了笑。

"我一直有这样的想法。你在现场留下的痕迹有点太……这样说吧,太明显了。我们一发现你的靴子和脚印吻合,我就开始这样怀疑了。"

"向苏格兰场致敬。"安东尼轻松地说。

但这一刻,就在巴特尔警长明明白白地承认安东尼与这起命案毫无牵涉的时刻,安东尼却更加警戒起来。巴特尔是个非常精明的警官。和他交手,绝不能有半点差池。

"我猜,那就是案发现场吧?"安东尼点着头指向地板上的那个黑印。

"对。"

"凶器是什么?手枪?"

"是,但得等到验尸取出子弹后,才能知道是什么型号的。"

"还没找到?"

"没找到。"

"也没线索?"

"找到了这个。"

巴特尔警长像变魔术似的掏出半张信纸,整个过程中,他一直不露痕迹地密切观察安东尼的反应。

安东尼一眼认出信纸上的图案,毫无惊愕之色。

"啊!又是红手党同志会。如果他们要散发这东西,就该印刷出来。一张张手写,多麻烦啊。这个是在哪儿找到的?"

"尸体下面。你之前见过?"

安东尼把他与那个爱国组织短暂交手的过程详尽地讲给了巴特尔警长。

"那是说，是红手党同志把他干掉的？"

"你认为可能吗？"

"这个倒是符合他们的自我宣传。但是我觉得那些天天把打打杀杀挂在嘴边的人，从不会真的杀人。我认为红手党不一定有这样的胆量。而且，他们的人很有特点，都不适合乔装成乡间别墅的客人。不过，万事皆有可能。"

"没错，没有什么不可能。"

安东尼突然看起来很愉悦的样子。

"我明白他们的诡计了。开着的窗子，脚印的痕迹，乡村旅店里可疑的陌生人。但是，亲爱的警长，我保证，不管我是什么人，我绝对不是红手党在这里的卧底。"

巴特尔警长面露微笑。然后，他亮出最后一张王牌。

"你不反对去看看尸体吧？"他突然问。

"一点也不。"安东尼说。

警长从口袋里掏出一把钥匙，引领着安东尼穿过走廊，在一个房间门口停下脚步，打开门锁。这是一间小小的休息室，尸首停放在桌子上，盖着被单。

等到安东尼走到身边，巴特尔警长才猛然将被单揭开。

安东尼一惊，发出一声短促的惊叹。巴特尔警长的眼睛闪出一道急切的光芒。

"看来你是认识他的，是吗，凯德先生？"他说，竭力不让声音中透露出自己心中的洋洋得意。

"我确实见过他。"安东尼平复了情绪，说道，"但我并不知道他是迈克尔·奥保罗维其亲王。他自称是包德森·哈吉肯出版社的人，名字叫霍姆斯。"

第十三章　美国客人

巴特尔警长自以为是的想法落空了,有点微微的挫败,他灰溜溜地将被单重新蒙上。安东尼两手插在衣袋里站在一旁,想得出了神。

最后他喃喃自语地说:"原来这就是老洛利普所谓'其他办法'。"

"原来谈话时所指的就是这个。"他最后低声地这样说。

"凯德先生,你说什么?"

"没什么,警长。不好意思,我有点走神了。我,应该说我的朋友吉米·麦格拉斯,被人设计用一千镑蒙骗了。"

"一千镑可是一大笔钱。"巴特尔说。

"并不是一千镑的问题。"安东尼说,"虽然一千镑确实不少,但被蒙骗了这件事让我特别生气。我就像只小绵羊一样,乖乖地交出了文稿。我很受伤,警长,非常受伤。"

巴特尔没有说话。

"算了,算了。"安东尼说,"后悔也没用,好在还有时间。我只要在下星期三之前把老斯泰普提奇的回忆录找回来就万事大吉了。"

"我们回议事厅吧,有件事我想和你说一下。"

一回到议事厅，警长便大步走到中间的窗户。

"凯德先生，我一直在想。这个窗户非常紧，会不会你以为它是闩着的，其实只是卡住了。我觉得，我几乎可以断定，你就是弄错了。"

安东尼敏锐地看着他。

"如果我说我非常确定我没有弄错呢？"

"你真的认为你不会弄错？"巴特尔定定地看着他。

"好吧，警长，听您的，也许会吧。"

巴特尔满意地笑了。

"你反应很快。在适当的时机，你不介意这么说吧，比如粗心大意之类的。"

"不介意。我……"

他停了下来，因为巴特尔一下子抓住他的胳膊。警长身体前倾，专注地听着外面的动静。

他做了个手势让安东尼不要出声，然后轻手轻脚地走到门口，一把把门拉开。

一个男人正站在门口，个子很高，黑色的头发梳成整齐的中分，蓝色的眼睛嵌在温和的面庞上，一脸无辜的神情。

"不好意思，两位先生。"他拖着长音说道，一听就是大西洋彼岸的腔调，"是否允许看一下犯罪现场？你们应该是苏格兰场的人吧？"

"我不敢当。"安东尼说，"这位先生是巴特尔警长。"

"真的吗？"那个美国人说，露出很有兴趣的表情，"幸会。我叫海勒姆·费希，来自纽约。"

"你想看什么，费希先生？"巴特尔问。

那个美国人缓步走进房里，饶有兴致地盯着地板上的那个黑印。

"巴特尔先生，我对罪案很有兴趣。我还在我们那里的一个周报投过一篇题为'堕落与罪犯'的稿子。"

他一边说，一边温和地环视着房间，似乎每样东西都没放过。他的眼光在窗子上停留了很久。

"尸体，"巴特尔警长解释了一件不言自喻的事实，"已经移走了。"

"当然，"费希先生说着，又把眼光转移到嵌板的墙壁上。"这个房里有不少杰出的画作。如果我没认错的话，这幅是霍尔拜因[①]的作品，这两幅是凡·戴克[②]的，还有一幅委拉斯凯兹[③]的。我对于画作以及初版书都很感兴趣。承蒙卡特汉姆侯爵的邀请，能来这参观他的初版珍藏。"

他轻轻地叹了一口气。

"看来全都泡汤了。这时候，我们做客人的应该体谅主人，赶紧回城去，才最合适吧？"

"先生，这样恐怕不行。"巴特尔警长说，"验尸之前谁也不能离开。"

"这样啊，那什么时候验尸？"

"明天吧，也可能得等到周一了。我们会安排尸体解剖，和验尸官讨论之后再定。"

"明白了，"费希先生说，"不过，在这种情况之下，这个聚会的气氛可变得阴郁了。"

巴特尔走向门口。

"我们最好先出去，"他说，"这个房间还得锁上。"

---

① 霍尔拜因（约1497-1543），十五世纪德国画家，是文艺复兴时期最著名的画家之一。
② 凡·戴克（1599-1641），佛兰德斯巴洛克画家。
③ 委拉斯凯兹（1599-1660），文艺复兴后西班牙最伟大的作家之一。

等其他两个人走出房间，巴特尔把房门锁上，然后拔出钥匙。

"我猜，"费希说，"你们在找指纹吧？"

"有可能。"警长简洁地说。

"我也认为，昨天晚上那样的天气，闯进别墅的人肯定会在硬木地板上留下脚印。"

"房间里面没有，但是外面有很多。"

"是我的。"安东尼起劲地解释说。

费希先生用天真的眼神扫了他一眼。

"年轻人，"他说，"你吓到我了。"

他们转过拐角，来到大客厅。这间客厅和议事厅一样，也用橡木嵌镶了墙壁，上面还有个宽敞的画廊。这时候，走廊的尽头出现两个人。

"啊，"费希先生说，"我们友善待客的主人来了。"

他对卡特汉姆侯爵的描述实在太滑稽了，安东尼忍不住扭过头，好让别人看不见他在笑。

"和他一起的那位女士，"那个美国人继续说，"我昨天晚上见过，但是名字记不住了。她很聪明，非常聪明。"

卡特汉姆身边的人正是维吉尼亚·瑞福。

安东尼一直知道会有同她碰面的这一幕，但是他却全然不知该如何反应，只好把主动权交给维吉尼亚。虽然他知道她肯定会镇定自若，但他完全不知道她会说出什么样的台词。当然，他很快就会知道了。

"啊，是凯德先生。"维吉尼亚一边说，一边向他伸出双手，"你终于还是来了。"

"亲爱的瑞福太太，没想到凯德先生居然是你的朋友。"卡特汉姆侯爵说。

"一个老朋友了。"维吉尼亚冲安东尼笑笑,眼睛里露出调皮的神情。

"我昨天在伦敦偶然碰到他,和他说了我要到这里来。"

安东尼赶紧给了她一个暗示。

"我跟瑞福太太解释过了,"他说,"邀请函并不是寄给我的,所以我不得不谢绝您的好意。我总不能冒充别人来骗您吧。"

"好啦,好啦,老兄。"卡特汉姆侯爵说,"现在这一切都过去了。我这就派人到板球员客栈去把你的行李取过来。"

"多谢您的盛意,卡特汉姆侯爵,但是……"

"好了,你必须得到烟囱别墅来。那个客栈实在不像话,我是说,住着不舒服。"

"你当然得来呀,凯德先生。"维吉尼亚温柔地说。

安东尼发现当下的情形已经变了,维吉尼亚为他铺了不少路,他已经不再是一个身份不明的陌生人了。她稳固的地位不容置疑,所以她担保的人都会被理所应当地接受。他又想到那把藏在杨树林里的手枪,暗自觉得好笑。

"我会派人把你的行李取过来,"卡特汉姆侯爵对安东尼说,"我想,在这个情况下,我们没法去打猎了。太遗憾了。我也不知道该如何对付艾萨克斯坦,实在是太不幸了。"

卡特汉姆侯爵沮丧地叹口气。

"那就这么定了。"维吉尼亚说,"你现在立刻就可以派上用场了,凯德先生。陪我去湖边转转吧,那离犯罪现场很远,还算平静。卡特汉姆侯爵府上居然摊上了命案,真是不幸啊。但这事就怪乔治,那些人都是他请来的。"

"啊,"卡特汉姆侯爵说,"我真不应该听他的!"

他露出一副强者被队友坑了的神情。

"乔治总是能让人不得不听他的。"维吉尼亚说,"他总是要抓着你,叫你不得脱身。我在想制作一种可拆卸的衣领,申请专利。"

"但愿你能成功啊,"主人咯咯地笑起来,"我很高兴你能来,我需要支持。"

"多谢雅意,卡特汉姆侯爵。"安东尼说,"尤其是对我这样一个可疑人物。但是,我住在这里倒是可以让警长省事些。"

"你指哪方面?先生?"警长问。

"监视我就不会怎么难了。"安东尼轻声地说。

警长的眼睛一闪,安东尼知道他的话正中了他的下怀。

第十四章　政治和金融

除了眼皮不由自主地抽动了一下之外，巴特尔依然保持着不动声色的表情。他虽然对于维吉尼亚认识安东尼感到诧异，但丝毫没有表现出来。他和卡特汉姆侯爵站在一起，看着那两个人走出花园的大门。费希先生也在观望。

"多好的年轻人。"卡特汉姆侯爵说。

"瑞福太太在这儿还遇到了一个老朋友，真是奇妙。"美国人低声说，"他们应该认识很久了吧？"

"看着像，"卡特汉姆侯爵说，"但我从来没听她提到过这个人。对了，巴特尔警长，罗麦克斯先生在找你，他在蓝厅。"

"好的，卡特汉姆侯爵，我这就过去。"

巴特尔很轻松地就找到通往蓝厅的路，对于这座房子，他已经了如指掌了。

"巴特尔警长，你来了。"罗麦克斯说。

他正在地毯上不耐烦地踱来踱去。房间里还有一个大块头男人，正坐在壁炉旁边。那个人身穿一套标准的英式狩猎服，但是，那套衣服在他身上却显得十分别扭。他的脸胖胖的，黄色的面孔，黑眼睛，有种眼镜蛇的神秘感。他的鼻子又大又宽，下巴方正，有种莫名的权威感。

"巴特尔警长，进来吧。"罗麦克斯急躁地说，"顺便把门关上。这位是赫尔曼·艾萨克斯坦先生。"

警长恭敬地点点头。

他知道赫尔曼·艾萨克斯坦先生。虽然这位大财政家坐在那里一语不发，而罗麦克斯走走串串又滔滔不绝，可是，他知道谁才是这个房间里真正有权势的人。

"现在我们可以畅所欲言了，"罗麦克斯说，"在卡特汉姆侯爵和麦罗斯面前，我不敢说太多。你明白吧？这种事千万不能张扬出去。"

"啊，"警长说，"可是，很可惜，这种事总是会不胫而走。"

刹那间，他看到那个胖胖的黄色面孔上出现了一丝笑容，但是那个笑容一下子就消失了。

"你对安东尼·凯德这个年轻人有什么看法？"乔治继续说，"你还是觉得他是无罪的吗？"

巴特尔轻轻地耸了耸肩。

"他的故事很坦诚，有一部分我们也可以证实是真的。从表面上看，他昨晚出现在这里的理由是说得通的。当然我会给南美那边发电报，调查一下他的经历。"

"那么，你是认为他没有同谋的嫌疑了？"

巴特尔举起他又大又方正的手。

"别这么快下结论，我可没那么说。"

"对于这起命案，你怎么看。巴特尔警长？"这是艾萨克斯坦第一次张口。

他的声音深沉厚重，有一种令人信服的力量。早年间也正是这副嗓音，才让当年年纪轻轻的他在董事会中站稳脚跟。

"艾萨克斯坦先生，现在下结论未免太仓促了。我还没有想明白第一个问题。"

"什么问题?"

"和所有命案一样,动机。迈克尔亲王死后,对谁最有利?只有想明白这个,才能解决所有的问题。"

"赫索斯拉夫的革命党……"乔治说道。

巴特尔警长没有对他表现出素有的恭敬,没有理会他的话。

"反正肯定不会是红手党同志会。"

"那么那张印着红手的信纸怎么讲?"

"就是放在那里作为明摆的证据,混淆视听。"

乔治的自尊心有点受伤。"巴特尔,我不明白你为什么这么肯定。"

"罗麦克斯先生,我们对红手党同志会了如指掌。从迈克尔亲王到英国开始,我们就一直紧紧盯着他们。那可是我们警署的基本工作。他们都不可能出现在亲王身边的一英里之内。"

"我同意巴特尔警长的说法。"艾萨克斯坦说道,"我们得换个思路。"

"您知道的,先生。"他的支持让巴特尔很受鼓舞,"我们对这件事还知之甚少。如果我们不知道迈克尔亲王的死令谁获益,那我们就要知道他的死令谁受损。"

"什么意思?"艾萨克斯坦说。他黑色的眼睛更加专注地盯着巴特尔,让巴特尔联想到了连帽眼镜蛇。

"您二位都没有提到赫索斯拉夫的保皇党。恕我冒昧地说,你们进入了思维的盲区。"

"还真是,巴特尔。"乔治吃惊地说。

"你继续说,巴特尔。"艾萨克斯坦说,"盲区这个字眼儿非常恰当。你真是个聪明人。"

"你们得有个国王,而现在,你们失去了一个国王!"他打了声响指,"你们肯定着急再找一个,但那可不容易。我并不想知道你们计划的细节,告诉我个大概就够了。不过,我想,这是笔大买卖吧?"

艾萨克斯坦慢慢地点点头。

"是笔很大的买卖。"

"由此我就想到另一个问题,谁会是赫索斯拉夫王位的接班人呢?"

艾萨克斯坦看着对面的罗麦克斯,罗麦克斯犹豫再三,不大情愿地回答了这个问题。

"大概……我觉得……很有可能,会是尼古拉亲王。"

"哦。"警长说,"尼古拉亲王是谁?"

"是迈克尔亲王的堂弟。"

"啊!"巴特尔说,"我想听听尼古拉亲王的所有情况,尤其是他现在在什么地方。"

"我们知道的也不多,"罗麦克斯说,"他年轻时想法非常乖僻。总是跟社会党和共和党人混在一起,做一些很出格的事。在牛津大学读书的时候胡作非为,被学校开除了。有人说,两年后他就死在刚果了,但也只是传闻。几个月以前到处在流传保皇党策动复辟的消息时,他又出现了。"

"真的?"警长说,"他在哪儿出现的?"

"美国。"

"美国!"

巴特尔转向艾萨克斯坦,言简意赅地问了句:"石油?"

那位大财政家点点头。

"他表达的意思是:作为赫索斯拉夫国王的候选人,他会比迈克尔亲王更得民心，因为他的思想现代开明，而且他早年就赞成民主思想和共和主义的理想。如果美国财团可以支持他，他会用合约授权作为回报。"

听到这里，巴特尔已经将自己不动声色的习惯抛之脑后，吹出一个长长的口哨。

"原来如此，"他喃喃地说，"另一方面，保皇党支持迈克尔亲王。但你们觉得有把握更胜一筹。然后，又发生了这样的事。"

"你该不会以为……"乔治说。

"这是一个大买卖。"警长说，"艾萨克斯坦先生是这样说的。他口中的大买卖，一定是很大的买卖。"

"总会有不择手段的情况。"艾萨克斯坦镇定地说，"现在的情况是华尔街胜出。但是，我们之间还没谈拢。警长，如果你想为你的国家效忠，就请找出杀害迈克尔亲王的凶手。"

"有一件事我觉得非常可疑。"乔治插嘴说，"那个叫安卓西上尉的侍从昨天为什么没和亲王一起来？"

"这个我已经调查过了。"巴特尔说，"情况非常简单。他留在城里是为了去见一位小姐，为迈克尔亲王安排和她下周末的约会。男爵对此事很反对，他认为在目前这个阶段，这种事是不智之举。所以亲王只好偷偷摸摸去做了。他啊，可以说是一个相当放荡的年轻人。"

"恐怕是。"乔治生硬地说，"嗯，恐怕是的。"

"还有一件事我们得留意。"巴特尔有些犹豫地说，"维克多王现在应该在英国呢。"

"维克多王？"罗麦克斯皱着眉，竭力在记忆里搜索这个名字。

"就是那个臭名昭著的法国骗子，先生。法国安全局已经给我们发了警告。"

"哦，"罗麦克斯说，"我想起来了。那个珠宝大盗吧？什么？就是那个……"

巴特尔赶紧向他使了个眼色，他一下子止住了后面的话。艾萨克斯坦在壁炉旁边，心不在焉地皱着眉。他抬起头时，虽然并没有看见那一幕，但还是敏感地体会到了气氛的变化，感受到空气中凝结的紧张感。

"罗麦克斯，找我没别的事了吧？"他问道。

"没有了，谢谢你，老朋友。"

"巴特尔警长，那我现在回伦敦的话会不会给你带来麻烦？"

"恐怕会的，先生，"警长客气地说，"假若您走了，其他人也会要走，那样是绝对不行的。"

"好吧。"大财政家离开了房间，随手带上了门。

"艾萨克斯坦这个人很了不起。"乔治漫不经心地嘀咕了一句。

"是个很有威严的人。"巴特尔警长表示赞同。

乔治又开始来回踱起步来。

"你刚才说的那些害得我好烦。"他开口说道，"维克多王！我还以为他在坐牢呢！"

"几个月前出来了。法国警方本打算跟踪监视他的，但还是被他溜了。这对他来说小菜一碟，他可是世界上最酷的家伙。基于种种原因，他们认为他如今身在英国，于是通知了我们。"

"但是，他在英国干什么呢？"

"这就得你来告诉我了，先生。"巴特尔意味深长地说。

"什么意思？你是认为……当然了，你知道那件事的前因后果。我知道你知道。那时候我还没就职，整件事是已故的卡特汉姆侯爵告诉我的。真是一个史无前例的灾难!"

"光之山钻石。"巴特尔思索着说。

"嘘!"乔治警觉地四下张望,"拜托,别说名字,最好别说。要是非说不可的时候,就用K代替好了。"

巴特尔又变回了面无表情的神态。

"你不是觉得维克多王和这起命案有关吧,巴特尔?"

"不无可能。你回想一下,那位皇家访客当时可能藏匿钻石的地方就只有四个,烟囱别墅就是其中一处。那个……就是K消失的三天后,维克多王就在巴黎被捕了。大家始终希望有一天,能通过他找到那颗钻石。"

"但是,烟囱别墅已经被底朝天地翻了好几遍了。"

"是的。"巴特尔用尖锐的口吻说,"但是,如果不知道在哪里找,只是瞎找也是没用的。现在也只是一种假设,这个维克多王到这里来找那个东西,无意间被迈克尔亲王撞上了。然后就把他打死了。"

"是有这种可能。"乔治说,"很有可能就是这个命案的真相。"

"我觉得没那么高的概率,只是有一定可能性。"

"为什么?"

"从来没有听说维克多王杀过什么人。"巴特尔一脸严肃地说。

"哦,但是他那样的人,一个危险的罪犯……"

巴特尔不满地摇摇头:"罗麦克斯先生,罪犯的行为都有自己的模式,这是很令人惊奇的。但是……"

"怎么?"

"还是问问亲王的仆人好了。我特意把他留到最后。你要是不介意的话，把他叫到这里来吧。"

乔治表示同意之后，警长按响了唤铃。特雷德韦尔应召赶来，收到指令后离开了。

过了一会儿，他便带着一个人回来了。这个人个子很高，有一头金发，凸起的颧骨衬着深陷的蓝眼睛。毫无表情的面孔，几乎和巴特尔不相上下。

"你是包瑞斯·安求克夫？"

"是的。"

"你是迈克尔亲王的贴身仆人？"

"是的。"他英文很好，但带有很明显的外国口音。

"你知道你的主人昨晚被人谋杀了吧？"

那人没有回答，只是吼出了一声野兽似的号叫。乔治吓了一跳，连忙退向窗边。

"你最后一次看见你的主人是在什么地方？"

"殿下十点半就寝。我和平常一样，就睡在他房间旁边的小屋里。他肯定是从另一个门去了楼下的房间，就是走廊上的那个门。我没听见他出去的声音。也许我被人下药了。我是个失职的仆人。我的主人已经醒了，而我却在睡觉。我真该死。"

乔治目不转睛地盯着他，有点出神。

"你对你的主人很有感情？"巴特尔问道，同时密切地关注着对方的一举一动。

包瑞斯的脸痛苦地收缩着。他竭力抑制了两次才开口说话，他的声音因为激动而变得刺耳。

"英国警察，我告诉你，我可以为他去死。现在他死了，而我还活着，如果不能替他报仇，我会死不瞑目，永远不得安宁。我会像猎犬一样找出杀害他的凶手，一旦我找到了……啊！"他两眼冒火地说。

突然,他从上衣里面掏出一把大刀,举到空中不停地挥舞。"我不会马上杀了他,不会的。我会先割下他的鼻子,再砍掉他的耳朵,挖出他的眼睛。然后,再把这把刀刺进他的心脏!"

他一边转身,一边迅速将刀放回原处,离开了房间。乔治紧紧地盯着被关上的门,他那双本来就凸出的眼睛几乎要从眼眶里跳出来了。

"真是纯粹的赫索斯拉夫人。"他喃喃地说。

"野蛮的种族,一帮强盗。"巴特尔警长警觉地站起身来。

"那个人要不就是感情真挚,要不就是最会虚张声势。"他评论说,"如果是前者,一旦那个凶手被他抓到,只能祈求主的保佑了。"

第十五章　来自法国的陌生人

维吉尼亚和安东尼并肩沿着小路一同走向湖边。从房间出来之后,有几分钟,两个人都没有说话。最后还是维吉尼亚咯咯一笑,打破了沉寂。

"嗨,"她说,"是不是很吓人?我现在有好多事想给你讲,也有好多事想知道,但是不知从何说起。首先,"她压低了声音,"你怎么处理的尸体?听起来好恐怖,我从来没想过自己会和犯罪扯上关系。"

"对你来说很新奇吧?"安东尼赞同地说。

"对你来说不是吗?"

"好吧,我确实从来没有处理过尸体。"

"给我讲讲。"

他又踏过了前一天夜里走过的平台。安东尼简单扼要地讲一遍始末,维吉尼亚听得入了神。

"你好聪明。"她听完之后称赞地说,"等我回到帕丁顿车站,就可以把行李箱取走了。唯一的困难就是如果有人问起你昨天傍晚在哪儿的话,你可怎么办?"

"不会的。那具尸体就算被发现,肯定也是昨天深夜或者今天早上的事了。不然的话今天早上的报纸上肯定就会有报道。你想的那些事都是侦探小说的情节,法医可没有那么神,能准确判断出死者的死亡时间。那人确切的死亡时间是模糊不清的。所以,昨晚的不在场证明才重要得多。"

"我知道,卡特汉姆侯爵都和我说了。但是那个警察厅的人已经相信你是清白的了,对吗?"

安东尼没有立刻回答。

"他看来并不像特别警觉的人。"维吉尼亚接着说。

"我不知道,"安东尼缓缓地回答,"我觉得巴特尔警长特别精明,他好像相信我是清白的,但我不太确认。他现在主要是觉得我没有明显的杀人动机。"

"明显的?"维吉尼亚叫道,"可是你有什么原因要去杀害一个素不相识的外国人呢?"

安东尼用尖锐的眼神看了她一眼。

"你以前是不是在赫索斯拉夫待过?"他问道。

"是啊,我跟着我的丈夫在那里的英国大使馆待过两年。"

"正好就是国王和王后被暗杀的前两年。你见过迈克尔·奥保罗维其亲王吗?"

"迈克尔?当然见过。一个小可怜!我记得他还让我不要介意和他身份悬殊,要我嫁给他呢。"

"真的吗?那他说你的丈夫怎么办?"

"他说可以效仿大卫和乌利亚[①]的故事。"

"那你对他的求爱是怎么回应的?"

"这个,"维吉尼亚说,"所有人做事都不得不用点外交手段。我没有直截了当地拒绝可怜的迈克尔,但他还是很受伤,知难而

[①]乌利亚是古代以色列王大卫的战士,是拔示巴的第一任丈夫。以色列王大卫曾与拔示巴通奸,并致使拔示巴怀孕。最终,乌利亚被大卫的阴谋陷害致死,而大卫则迎娶了拔示巴。

退了。为什么对迈克尔这么感兴趣？"

"就是想多了解一点，恕我冒昧。你应该没见到那个遇害者吧？"

"没有。文绉绉地说，他'抵达后即回房休息'。"

"所以你也没看到尸体？"

维吉尼亚饶有兴致地看着他，摇了摇头。

"你觉得你有可能去看看吗？"

"利用高层人物的影响力，也就是卡特汉姆侯爵，我想应该可以。为什么？这算是命令吗？"

"我的天，不是的。"安东尼吃惊地说，"我会那么专横吗？其实只是这样的：斯坦尼斯劳伯爵可能就是赫索斯拉夫的迈克尔亲王。"

维吉尼亚瞪大了眼睛。

"我明白了。"她的脸上突然露出一抹迷人的笑容，"你该不会是以为，迈克尔躲到房间只是因为不想见到我吧？"

"差不多，"安东尼表示承认，"有人想阻止你到烟囱别墅来，如果我想得没错，那么原因就是因为你了解赫索斯拉夫的情形。你没发现这里只有你一个人见过迈克尔亲王吗？"

"你是说那个被杀的受害人是个冒名顶替的？"维吉尼亚突然说。

"只是我突发奇想的一种可能性。如果你能让卡特汉姆侯爵带你去看看尸体，我们就可以立刻弄明白这一点了。"

"他的被害时间是十一点四十五分，"维吉尼亚若有所思地说，"正好是那张纸条上提到的时间，整件事都太不可思议了。"

"你说这个提醒我了，那上面是你房间的窗子吗？就是会议室上面，从那边数第二个？"

"不是。我的房间在另外一边,就是伊丽沙白侧厅那边。怎么了?"

"昨晚上我以为听到枪声之后,往回走的时候,那间房里的灯亮了。"

"好奇怪!不知道那间住的是谁,但是我可以问问班德尔。他们或者也是听到了枪声吧。"

"如果这样的话,他们今天并没有站出来说这事。我听巴特尔警长说,别墅里没有人听到枪声。这是我唯一的线索,不是很可靠,但是我还是打算深究下去。"

"很奇怪,真的。"维吉尼亚思索着说。

他们走到湖边的船库,两人倚在墙边交谈。

"现在我们把整件事捋一捋吧,"安东尼说,"咱们慢悠悠地到湖上划着船说,这样警察厅、美国客人和八卦的女仆,都监听不到。"

"我听卡特汉姆侯爵和我说过一些事,"维吉尼亚说,"但是不多。你先告诉我,你到底是安东尼·凯德,还是吉米·麦格拉斯?"

于是,安东尼把早上刚刚讲过的故事又讲了一遍。但是,有点不同的是,对维吉尼亚说的话不需要改编。从六周前一直讲到他意外地认出那个"霍姆斯先生"为止。

"对了,瑞福太太,"他最后说,"我还没有谢谢你呢,刚才你不惜自己撒谎,说我是你的老朋友。"

"你本来就是我的老朋友啊,"维吉尼亚大声说,"你总不会认为我把尸体推诿给你处置,然后再见面时还假装和你只是泛泛之交吧?我可不是那种人。"她停顿一下,然后继续说,"你知道吗?有一件事让我觉得特别惊讶。原来那部回忆录有着一种我们没有预估到的神秘。"

"你说得对,"安东尼表示赞同,"有一件事,你能告诉我吗?"

"什么事?"

"昨天在庞德街我和你提到吉米·麦格拉斯这个名字的时候,你为什么好像很惊讶?你之前听说过?"

"福尔摩斯大人,我是听说过。乔治,也就是我的表兄乔治·罗麦克斯,有一天来找我,提到了一堆极其愚蠢的事情。他想让我到这儿来,迎合这个麦格拉斯的心意,想办法蛊惑他把回忆录交出来。当然,他没有这么表达。他说了一大堆英国淑女这类没用的话,但是他的意图很明显。也就是可怜的老乔治才能想出这种馊主意。后来,我多问了几句,他就开始用谎话搪塞我。其实他的话连两岁的小孩都骗不过。"

"不管怎么说,他的计划看来已经成功了。"安东尼说,"我来了,也就是他脑中的那个吉米·麦格拉斯,而且你也很合我的心意。"

"但是,对可怜的老乔治来说,没有回忆录啊!现在我有个问题要问你。之前我说那些信不是我写的,你说你知道,你怎么知道这种事?"

"我确实知道。"安东尼笑着说,"我的心理学知识很扎实的。"

"你是说,你对我的品德很有信心,所以……"

安东尼却拼命地摇摇头。

"完全不是这样,我对你的品德一无所知。你可能有情人,也可能会给他写信。但是你肯定不会对勒索的人乖乖就范。真正写那些信的维吉尼亚·瑞福肯定吓傻了,你却一直在顽抗。"

"我很好奇那个真正的'维吉尼亚·瑞福'是谁,我是指她在哪儿。弄得我感觉自己好像有个分身似的。"

安东尼点了一支烟。

"你知道吗？其中有一封信是从烟囱别墅寄出去的。"他最后问道。

"什么？"维吉尼亚着实吓了一跳，"什么时候的信？"

"信上没有日期，但是也很奇怪。"

"我敢确定除了我之外，没有其他的维吉尼亚·瑞福在烟囱别墅做过客，如果有的话，卡特汉姆侯爵或者班德尔一定会给我讲这个姓名的巧合。"

"嗯，太诡异了。瑞福太太，我开始深深怀疑这另外一个维吉尼亚·瑞福了。"

"她神出鬼没的。"维吉尼亚同意地说。

"异常捉摸不定。我觉得写信的人可能是故意用了你的名字。"

"但是为什么呢？"维吉尼亚大声说，"为什么要这样做？"

"这正是问题所在，要去探究的事实在太多了。"

"你觉得是谁杀了迈克尔呢？"维吉尼亚突然问起来，"红手党同志会？"

"也有可能，"安东尼说，语调中带着对他们的不满，"滥杀无辜是他们的本性。"

"那我们就开始干吧。"维吉尼亚说，"我看见卡特汉姆侯爵和班德尔在一起散步。我们要做的第一件事就是弄清楚死者到底是不是迈克尔。"

安东尼把船划到岸边。没多一会儿，他们就同卡特汉姆侯爵和他的女儿聚到一起了。

"午餐延后了。"爵爷沮丧地说。

"我猜是因为巴特尔警长破坏了厨师的心情吧。"

"班德尔,这是我的一个朋友。"维吉尼亚说,"对人家好点。"

班德尔认认真真地端详了安东尼几分钟,仿佛当他不存在似的,然后对维吉尼亚说道:"这些好看的男人,你都是在哪儿找的啊?你是怎样找到的?"她羡慕地说。

"把他送你了,"维吉尼亚慷慨地说,"我要卡特汉姆侯爵。"

她对侯爵笑笑,挽住他的胳膊。两人就一起离开了。

"你会聊天吗?"班德尔问,"还是你有一副硬脾气,不爱说话?"

"聊天?"安东尼说,"我会唠叨,会嘀咕,也会嘟囔,滔滔不绝的那种。有时候,我也会问问题。"

"譬如说,问什么呢?"

"从左数第二间房是谁住?"他一边说,一边指向那个房间。

"好奇怪的问题!"班德尔说,"你这人真好玩儿。我想想,对,那是白兰小姐的房间,就是那个法国的家庭教师。她竭力管教我的两个妹妹,德西和黛西,听起来跟歌词似的。要是再有一个孩子,我觉得就可能会叫德乐西·梅了。但是,母亲因为总是生女孩,不耐烦了。后来她死了,她以为也许会有另一个人可以为父亲生一个嗣子。"

"白兰小姐,"安东尼若有所思地说,"她来了多久了?"

"两个月,她是我们在苏格兰的时候来的。"

"哈!"安东尼说,"我嗅到了一丝背叛的气味。"

"我希望我能闻到午餐的气味,"班德尔说,"凯德先生,要不要叫上警察厅的人和我们一起吃午餐?你是个通世故的人,懂得这种事的礼数。我们家里从来没出过命案。太刺激了。只可惜今天早上你已经洗脱嫌疑了。我一直想碰到一个凶手，亲眼看看是不是和星期日日报上说的一样既和善又有魅力。哎呀，那是什么？"

班德尔口中的"那"是一辆驶向别墅的出租车，车里坐着两位乘客。一位个子很高，光头，黑胡子；另一位个子矮一点，看起来年纪也轻一点，蓄着黑色的小胡子。安东尼一眼认出那个高个子男人。他猜测真正害得他身边的女伴惊叫起来的正是这个人，而不是那辆出租车。

"如果我没猜错，"他说，"那位是我的老朋友，洛洛普赖特耶奇尔男爵。"

"什么男爵？"

"为了顺口，我叫他洛利普。他的本名太拗口了，简直让人动脉硬化。"

"今天早上电话都要被打爆了。"班德尔说，"就是男爵吧！我能预感到他下午肯定会找我，整个上午我都在应付艾萨克斯坦。管什么鬼的政治，让乔治去收拾他的烂摊子吧！凯德，对不起，我不能陪你了。我得去看看我那可怜的爸爸。"

班德尔迅速回到别墅去了。

安东尼对着她的背影瞧了几分钟，然后，若有所思地点了一支烟。这时，他忽然听到一阵偷偷摸摸的声音，那声音听起来离他很近。他正站在船库旁边，而那个声音似乎就是从拐角那里传过来的，听起来好像是有人在徒劳地试图忍住一个喷嚏。

"到底是谁躲在船库后面，"安东尼暗想，"我得去看看。"

说干就干，他一把扔掉刚刚吹灭的火柴，然后蹑手蹑脚地跑过船库的拐角。

那里，有个人正挣扎着爬起身，可见已经在地上跪了很久。

他高高的个子，戴眼镜，穿着一件浅色的外套，蓄着又短又尖的黑胡子，带着点纨绔子弟的习气。年龄在三十岁到四十岁之间。总体来说，外表很体面。

"你在这里干什么？"安东尼问。

他确信那人一定不是卡特汉姆侯爵的客人。

"不好意思。"那个陌生人带着明显的外国口音说道，他的脸上挂着动人的笑容，"我想回快乐板球员客栈去，但是迷路了。先生可否告诉我怎么走？"

"当然。"安东尼说，"但是，你要知道，你不能坐船过去。"

"怎么？"那个陌生人有点茫然失措。

"我是说，"安东尼重复说，同时有意地看向船库，"你不能坐船过去。穿过院子是可以通过，而且还有点距离，可是，这里是私人宅邸，您现在是非法入侵。"

"很抱歉。"陌生人说，"我完全迷路了，我是想到这儿来问路的。"

安东尼很想指出，跪在船库后面问路未免有些奇怪吧，但他还是忍住了。他热心地拽住那个陌生人的胳膊。

"你走这条路，"他说，"就绕着湖边一直走到那条小路上，你肯定能找到的。等走到那条路上之后，向左转，就可以走到村里了。你是住在快乐板球员客栈吗？"

"是的，先生，我今天上午入住的。多谢你好心帮我指路。"

"别客气。"安东尼说，"希望你没有着凉。"

"什么？"那陌生人说。

"跪在潮湿的地上容易着凉，"安东尼解释说，"我刚才好像听到你在打喷嚏。"

"可能吧。"那人承认说。

"果然如此，"安东尼说，"但是，要打喷嚏的时候，可别强忍着。以前有位很有名的医生和我说过，那样做很危险。我倒是不记得有什么危害了，好像是压抑中枢神经或者导致血管硬化之类的。反正，以后别那么干了。早安！"

"早安，也再次感谢你为我指路。"

"第二个乡村客栈来的可疑陌生人了，"安东尼看着那人离开的背影，心里暗想，"对这个人我也心里没谱，看模样像个旅行在外的法国商人。我看他不大像是红手党的同志。他该不会是赫索斯拉夫乱世中的第三个政党吧？第二间窗户里住的正是那个法国家庭教师，而现在又来了一个神秘的法国人，鬼鬼祟祟地偷听。我敢说这里面一定有文章。"

安东尼一边思索，一边走回别墅。和卡特汉姆侯爵在走廊里走了个迎面，他身边还跟着两位新来的客人，一副闷闷不乐的样子。看见安东尼，他的神情明快了一点。

"你在这儿呢。"他说道，"安东尼·凯德先生，给你介绍一下，这位是男爵……唔……唔……和安卓西上尉。"

那位男爵目不转睛地盯着安东尼，脸上的狐疑愈来愈浓重。

"凯德先生？"他生硬地说，"我想不是吧？"

"男爵，请借一步说话。"安东尼说道，"我会将一切解释清楚。"

男爵鞠了一躬，于是另外两个人便一同走下平台。

"男爵，"安东尼说，"首先我必须请求您的宽恕，我滥用了英国绅士的荣誉，用一个假名来到这个国家。同您会面时，我自称为詹姆斯·麦格拉斯先生。但是您应该明白，这样的欺骗无关痛痒。您一定对莎士比亚的作品了然于心，他也曾经说过玫瑰的术语无关紧要，对吧？现在就是一样的状况，您希望见到的只是那个拥有回忆录的人，而我恰恰就是那个人。而且您也很明白，现在那份回忆录已经不在我手里了。巧妙的把戏啊，真是非常巧妙。是谁想到的主意呢？是您还是您的首长？"

"这是亲王自己的主意。而且，他不允许别人插手，坚决要自己执行。"

"他干得很漂亮，"安东尼赞许地说，"我一直以为他就是个英国人。"

"亲王受过一位英国老师的教导。这是赫索斯拉夫的惯例。"男爵解释说。

"他对付文稿的手法，就是职业惯窃也不过如此。"安东尼说，"恕我冒昧，请问，那些文稿现在怎么样了？"

"君子协定，不可告诉别人。"男爵说。

"男爵，您言重了。"安东尼咕哝着说，"我一辈子被称为君子的次数都没有最近这四十八小时多。"

"我可以告诉你的是，我猜那个东西已经被烧掉了。"

"这只是您的猜测，并没有确实的依据，我说得对吗？"

"亲王一直自己保留着那份文稿。他的目的就是看过之后，便付之一炬。"

"我明白。"安东尼说，"不过，那份文稿可不是用半个小时就能读完的通俗文学。"

"我的首长已经为国捐躯，在他的遗物中并未发现文稿。很明显，就是已经烧掉了。"

"嗯！"安东尼说，"说不准。"

他沉默了一两分钟，然后接着说道："男爵，我问这些问题是因为我自己牵连在这起命案之中，这个，您应该已经知道了。我必须得自证清白，才能洗脱嫌疑。"

"当然,"男爵说,"为了你的名誉,应该如此。"

"可不,"安东尼说,"您说得太对了,可现在我还不得章法。接着说,只有找到真凶我才能洗脱嫌疑,所以我必须得了解所有事实。这份文稿至关重要,我觉得凶手作案的动机可能就是为了得到文稿。男爵,请您告诉我,这个想法牵强吗?"

男爵迟疑了片刻,最后小心翼翼地问道:"你看过那份文稿吗?"

"我想,我的问题已经有答案了。"安东尼微笑着说。

"现在,男爵,还有一件事。我明确地告知您,我仍然打算下周三,也就是十月十三日,把文稿交给出版社。"

男爵目不转睛地看着他。

"文稿可不在你手里。"

"我说的是下周三。今天是周五,我还有五天时间拿回文稿。"

"如果文稿已经烧了呢?"

"我并不这么认为,而且我有充足的理由。"

他们一边说着,一边绕过平台的拐角。一个高大的身影朝着他们走过来,安东尼饶有兴致地看着对方,他从来没见过高大的赫尔曼·艾萨克斯坦先生。

"哎,男爵," 艾萨克斯坦一边挥着点着的雪茄,一边说,"这事太糟了,非常糟。"

"老朋友,艾萨克斯坦先生,确实是!"男爵说,"我们庄严的别墅如今已成为废墟了。"

安东尼机智地趁机脱身,留下两人继续伤春悲秋,转身沿着平台往回走。

突然,他停下脚步。远处,从紫杉篱笆中心,一缕烟盘旋升起。

"篱笆的中心肯定是片空地,"安东尼心想,"我以前听到过这样的事。"

他迅速地左右张望。卡特汉姆侯爵正和安卓西上尉在走廊的另一头,背对着他。

安东尼弯下身,从紫杉丛中间钻进去。

他猜得很对。那个紫杉篱笆实际上并不是一片,而是两片,中间由一条狭窄的小路分开。

入口大约在路中央,在房屋的侧面。这并不是什么神秘的事,但是,几乎没人会想到里面有条小路,因为紫杉篱笆从前边看起来并无异样。

安东尼沿着那条窄狭的小路望下去。大约在半路,一个人正仰靠在柳条椅上,椅子的扶手上放着一支抽了一半的雪茄,那位先生看来已经睡着了。

"啊!"安东尼暗想,"原来,海勒姆·费希先生喜欢待在树荫里。"

第十六章　教室喝茶

安东尼回到平台，此时他心里最强烈的感受就是只有湖中心才是密谈唯一安全的地方。

屋里传出响亮的隆隆的鸣锣声，特雷德韦尔从侧门走出来，庄严地对侯爵说道：

"爵爷，午宴已经备好。"

"啊，"卡特汉姆侯爵稍稍提起了点兴致，"吃午餐吧。"

这时候，突然从房屋里跑出来两个兴高采烈的小女孩，她们一个十二岁，一个十岁。虽然班德尔说过她们的名字是德西和黛西，但大家都叫她们咯咯和烁烁。她们吱喳乱叫地跳着一种战舞，直到班德尔出现才让她们安静下来。

"老师哪儿去了？"她问道。

"她有偏头疼，偏头疼呀偏头疼！"烁烁大声地吟唱起来。

"哇！"咯咯也跟着叫起来。

卡特汉姆侯爵已经将大部分的客人都请进屋子，现在他一只手拉住安东尼的胳膊。

"到我书房来。"他低声说，"那儿有些特别的东西。"

卡特汉姆侯爵从大厅溜进他书房的避难所，偷偷摸摸的样子一点都不像别墅的主人，反而像个小偷。然后，他打开橱柜，拿出几个酒瓶。

"一和外国人说话我就口渴。"他带有歉意地解释道,"也不知道为什么。"

这时候响起了敲门声,维吉尼亚探进头来。

"有我的鸡尾酒吗?"她问。

"当然有,"卡特汉姆侯爵热情地说,"快进来。"

接下来的几分钟,大家都在推杯换盏、把酒言欢。

"我刚才就差这一口,"卡特汉姆侯爵叹口气,把酒杯放回桌上,"就像刚才说的,我发现和外国人聊天特别累,可能是因为他们太客气了。走,去吃午饭吧。"

他带着大家到了餐厅,维吉尼亚拉住安东尼的胳膊,把他稍稍向后拽了下。

"我今天做了件大事,"她低声地说,"我让卡特汉姆侯爵带我去看尸体了。"

"怎么样?"安东尼急切地问。

他的想法对错与否,即见分晓。

维吉尼亚摇摇头。

"你猜错了,"她小声说,"那就是迈克尔亲王,没错。"

"哦。"安东尼感到非常失望。

"家庭教师的偏头疼犯了。"他大声地说,语气中带着不悦。

"那和这件事有什么关系吗?"

"也许没有,但我还是想见见她。你知道吗,我已经发现住在从头数第二个房间里的人就是她,也就是昨天晚上我看见亮灯的那间。"

"有点意思。"

"也许确实没什么关系,但是,我还是想在天黑之前见见她。"

午餐大家吃得都有点煎熬。即使班德尔表现得兴致勃勃、左右逢源，也无法调节这个混杂的大宴会的氛围。男爵和安卓西表现得端端正正、一本正经，仿佛是在陵墓里进餐似的；卡特汉姆侯爵也是毫无生气，郁郁寡欢。

比尔·埃弗斯莱总是垂涎地打量着维吉尼亚；乔治自知身份尴尬，吃力地跟男爵和艾萨克斯坦先生攀谈。

咯咯和烁烁沉浸在家里出了乱子的快乐里，必须不断加以管束。海勒姆·费希先生则慢慢地咀嚼着食物，不时用自己惯有的慢吞吞的语调说出几句寡然无味的话。巴特尔警长完全不见踪影，没有人知道他的状况。

"谢天谢地，总算吃完了。"离开饭桌时，班德尔喃喃地对安东尼说，"乔治准备下午把外国代表团带到修道院去讨论国家大事了。"

"那样的话气氛还能缓和一些。"安东尼赞许地说。

"那个美国人我倒无所谓，"班德尔继续说，"他可以和父亲找个幽静的地方畅谈珍版书。"说曹操曹操到，费希先生正朝着他们走过来。"费希先生，我正在为您安排一个清净的下午呢。"

那个美国人对她深鞠一躬。

"你太体贴了，爱琳小姐。"

"费希先生已经度过了一个清净的上午。"安东尼说。

费希先生迅速地瞥了他一眼。

"你是看到我在那儿躲清净了？有时候，对于一个喜欢幽静的人来说，唯一座右铭就是'远离疯狂的群众'。"班德尔已经走开了，只剩下那个美国人和安东尼，于是，那个美国人放低声音接着说："我猜，这次的骚动有不少隐情吧？"

"可不。"安东尼说。

"那个秃顶的家伙也和这个家族有关系吧?"

"应该是。"

"这些中欧国家太乱了,"费希先生说,"有传言说被害人是一个亲王。这是真的吗?"

"他是以斯坦尼斯劳伯爵的名义住在这里的。"安东尼含糊其辞地说。

费希先生未置可否,只是神秘地叫了一声:"我的天!"

然后他便沉默下来,过了片刻,他才开口。

"你们那个警长,叫巴特尔还是什么的,是个高手吗?"

"苏格兰场是这么认为的。"安东尼冷冷地说。

"我觉得他有点保守,"费希先生说,"没什么干劲,他最大的措施就是不允许任何人离开这个房子,这有什么意义呢?"

他一边说,一边犀利地瞄了安东尼一眼。

"你要明白,所有人都要参加明天上午的验尸。"

"就是为了这个?就没有其他的办法了?不用说,卡特汉姆侯爵的客人都有嫌疑咯?"

"亲爱的费希先生!"

"作为一个在这里的异乡人,我实在有些不安。不过,我想起来,凶手应该是从外面进来的。现场发现窗户是没有上锁的,是吧?"

"对。"安东尼说话的时候两眼一直望着前方。

费希先生叹了一口气,过了一会儿,忧伤地说:"年轻人,你知道水是怎么挖出来的吗?"

"怎么挖?"

"用抽水泵,但那是非常辛苦的工作!我看见远处我们友善待客的主人离大家而去的身影了,我得去找他谈谈。"

费希先生从容地走开了,班德尔又飘然而归。

"费希这个人很有趣,是吗?"她说。

"是的。"

"现在找维吉尼亚没什么用。"班德尔突然说道。

"我没在找她。"

"你在找。我不清楚她是怎么做到的,应该不是因为她的话,我甚至觉得不是因为她的样貌。但是,哎,她每次都能办成。不管怎么说,她现在有别的事在身。她让我好好招待你,我也是这么打算的,如果需要的话,不惜采用强迫的方式。"

"不需要强迫,"安东尼安慰她,"但是,如果对您来说在哪里都一样的话,我更希望您能在湖上招待我,在船上。"

"这主意不错。"班德尔思索之后回答。

于是他们一起漫步来到湖边。

"在谈正事之前,我还有一个问题想问你,"安东尼一边轻轻地划着船桨,一边说道,"先苦后甜嘛。"

"这次你想打听谁的房间呢?"班德尔不耐烦地问。

"这次不问房间了,我想知道你的法国家庭教师是在哪儿找的?"

"你简直走火入魔了,"班德尔说,"在一家中介公司找的,我一年付她一百英镑,她的教名是珍纳维叶。你还想知道什么?"

"那就聊聊中介公司给的资料吧,"安东尼说,"她的履历怎么样?"

"很精彩!她在某某伯爵夫人家里住了十年。"

"某某是?"

"法国迪纳尔城，布瑞杜列堡，布瑞杜列伯爵夫人。"

"你并没有见过那位伯爵夫人吧？是写信联络的？"

"没错。"

"嗯？"安东尼说。

"你让我很纳闷，"班德尔说，"非常纳闷。这是谈情说爱呢？还是调查凶案？"

"或许是我蠢透了，不说这个了。"

"不说了。"他漫不经心地说，因为他已经得到了他想要的信息。

"凯德先生，你怀疑谁？我觉得最不可能的是维吉尼亚。或许，可能是比尔？"

"你觉得呢？"

"一个贵族成员秘密加入红手党，立马就会造成轰动。"

安东尼哈哈大笑。虽然班德尔那双锐利的灰眼睛中透露出来的洞察力让他有点害怕，但是他挺喜欢班德尔。

"你一定以这里为傲。"他向远方的烟囱别墅挥了挥手，突然说道。

班德尔眯着眼睛，把头歪向一侧。

"是的，它具有某种意义，不过我们都已经习以为常了。我们也不常在这边，这儿实在太无聊了。整个夏天，我们在伦敦住一阵之后会去考斯和杜维，然后再去苏格兰。烟囱别墅已经用防尘布罩了五个月了，每周都会有人把防尘布打开，再用公共汽车载满游客带过来，那些游客打着哈欠听着特雷德韦尔喋喋不休地介绍：'诸位的右手边是第四任卡特汉姆侯爵夫人的画像，由约书亚·雷诺兹爵士所作，……'然后，游览团里的幽默分子爱德或是白特什么的就会用手肘碰碰他的女朋友说，'喏！格拉迪斯，他们还真有两幅值点钱的画呢。'再然后,他们就去再看一些画,一边打着呵欠,一边拖着脚步,时时盼着回家的时刻。"

"但据大家说,这里还有过一两次名垂青史的事件吧。"

"是听乔治说的吧,"班德尔一针见血地说,"就是他总在说这样的话。"

安东尼用手肘撑起身子,目不转睛地看着岸边。

"我看到船库旁边有个悲伤的人,难道又是一个可疑的陌生人?要不然,就是府上请的客人?"

班德尔从红垫子上抬起头来。

"是比尔。"她说。

"他好像在找什么。"

"他可能在找我。"班德尔无精打采地说。

"那我们是应该赶紧往相反的方向划吗?"

"完全正确,但是应该说得更热情些。"

"被你指正后,我得加倍努力。"

"不必,"班德尔说,"我有我的骄傲。把我送到那个小傻瓜那儿吧,总得有人关照他呀。维吉尼亚肯定已经躲开了。虽然匪夷所思,但也许哪天我就想嫁给乔治了呢,所以我得练习做一个'著名的政坛女主人'。"

安东尼顺从地将船划到岸边。

"那么,我该怎么办呢?"他抱怨道,"我可不想做个不受欢迎的第三者。前面那是孩子们吗?"

"是呀,当心,可别被她们困住。"

"我很喜欢孩子,"安东尼说,"我可以教她们一些安静点的好玩的益智游戏。"

"可别说我没警告你。"

把班德尔交给悲伤的比尔之后,安东尼便溜达到孩子们身边,孩子们各种各样的尖叫打破了午后的宁静,他的到来受到了孩子们的鼓掌欢呼。

"你会扮演印第安人吗?"咯咯尖声问。

"我演得可好了。"安东尼说,"你应该听听被人剥头皮时的叫声,是这样的。"于是他演示给孩子们看。

"还不赖,"烁烁勉强地说,"再学学剥头皮的人怎么叫。"

安东尼顺从地发出令人毛骨悚然的狂叫。顷刻间,印第安人的游戏就玩得如火如荼了。

大约过了一小时,安东尼擦了擦额头的汗,才鼓起勇气询问家庭教师偏头疼的症状怎么样了。令他高兴的是,已经完全康复了。孩子们都很喜欢他,于是热切地邀请他一起去教室喝茶。

"你一会儿给我们讲讲那个你看到的吊死的人是什么样子。"咯咯迫切地要求。

"你说你还把那条吊人的绳子带回来了?"烁烁问。

"就在我的行李箱里,"安东尼严肃地说,"我可以给你们每人一小段。"

烁烁立刻发出印第安人式满意的狂叫。

"我们得回去洗澡了,"咯咯愁眉苦脸地说,"你一会儿会来喝茶的,对不对?你不会忘了吧?"

安东尼郑重其事地保证,他一定会风雨无阻地去赴约。

两个孩子心满意足地回到别墅去了。安东尼站在那里看着她们的背影,这时他发现一个男人离开小灌木林的另一侧,匆匆穿过院子,那人正是他今天上午碰到的那个黑胡子的陌生人。他正在犹豫要不要去跟着他,这时候,费希先生突然从前面的树丛中穿出来。看到安东尼,他露出了些许吃惊的神情。

"一个清静的下午,费希先生?"安东尼问。

"是呀,多谢。"然而,费希先生并不像平常那样平静。

他脸色发红,气喘吁吁的,好像刚刚跑过。他掏出手表,看了看时间。

"我想,"他轻轻地说,"现在应该是你们英国人吃下午茶的时间。"

费希先生"啪"的一声把表盖合起来,从容地向别墅走去。安东尼正站在那里沉思,猛一回神,突然惊讶地发现巴特尔警长就站在他身旁。他完全没有听见巴特尔走过来的声音,他就像从天而降似的。

"你是从哪儿蹦出来的?"安东尼恼怒地问道。

巴特尔微微一歪头,示意身后的那片小灌木丛。

"今天下午那地方很受欢迎呀。"安东尼说。

"你走神了,凯德先生。"

"是的,你知道我刚才在做什么吗,巴特尔警长?我在想怎么把二、一、五、三这几个数字凑成四,但是办不到。巴特尔警长,实在办不到。"

"确实很难。"警长赞同地说。

"但我正要找你,巴特尔警长,我想离开,可以吗?"

一向坚持自我的巴特尔警长并没有表现出激动或意外,他的答复简洁而务实,

"先生,这取决于你要去哪儿了。"

"明人不说暗话,我也实实在在地告诉你。我想去法国迪纳尔城,到布瑞杜列伯爵夫人的城堡去一趟,可以吗?"

"你想什么时候去?"

"明天验尸之后,我会在周日晚上之前回来。"

"知道了。"巴特尔警长坚定地回答。

"那么，可以吗？"

"只要你去的是你说的地方，而且会直接回来，我没意见。"

"你这人真难得。你要么就是特别喜欢我，要么就是特别深不可测。你是哪一种？"

巴特尔警长微微笑了一下，没有说话。

"好了，好了。"安东尼说，"我想你一定会小心防范。谨慎的司法公仆会跟踪我的行迹。就这么办吧。但是我真想知道这到底是怎么回事。"

"我不明白你的意思，凯德先生。"

"那份回忆录是所有麻烦的症结所在。那仅仅只是一部回忆录吗？或者你另有锦囊妙计？"

巴特尔警长还是笑了笑。

"你这么想。凯德先生，我会予你方便，是因为我对你印象不错。我希望在这个案子里，你可以配合我。非职业侦探和职业侦探，完美搭配。一个了解案情，一个经验丰富。"

"好啊，"安东尼慢慢地说，"坦白说，我一直想尝试解密凶杀案。"

"那你对这个案子有什么想法吗？"

"很多，"安东尼说，"但大多还是疑问。"

"比如呢？"

"迈克尔亲王遇害后，谁会继承他的遗志？我觉得这个问题很重要。"

巴特尔警长脸上出现扭曲的笑容。

"我刚才还在琢磨你有没有想到这个。迈克尔亲王的堂弟尼古拉·奥保罗维其亲王是下一个王位继承人。"

"那他现在在哪儿?"安东尼转过身点燃一支烟,"别说你不知道,说了我也不信。"

"我们有理由相信他现在人在美国。无论怎样,他直到最近一直在那里,在为他的想法筹资。"

安东尼吃惊得吹了一声口哨。

"我明白了,"安东尼说,"迈克尔亲王得到了英国的支持,尼古拉得到了美国的支持。这两个国家的财团都想得到开油权。保皇党选中了迈克尔做他们的候选人,现在,他们得另谋出路了,一定对艾萨克斯坦的公司和乔治·罗麦克斯咬牙切齿。现在华尔街肯定一片欢欣鼓舞。我说得对吗?"

"差不多。"巴特尔警长说。

"嗯!"安东尼说,"我敢打包票,知道你刚才在树丛那儿做什么呢。"

警长笑了笑,没有说话。

"国际政治真是令人神往,"安东尼说,"但是恐怕我得告辞了,我在教室那边还有事。"

他轻快地向别墅大步走去。向一本正经的特雷德韦尔询问后,他找到了教室的方位。他敲门而入,孩子们尖叫着欢迎他。

咯咯和烁烁马上冲到他身边,得意洋洋地把他带到老师面前。

安东尼第一次感到疑虑不安。白兰小姐是一位身材矮小的中年妇女,脸色焦黄,黑白相间的头发,还有一圈毛绒绒的小胡子。

她实在一点都不符合著名的海外冒险家的形象。

"我想,"安东尼心想,"我真是被自己蠢哭了。别管了,现在只能撑到底了。"

他对那位老师极尽友好,而她显然也很高兴,难得有一个漂亮的年轻人来到她的教室。这一餐吃得非常愉快。

但是那天晚上,回到房间一个人安静下来,他却连连摇起头来。

"我错了,"他自言自语,"又错了。莫名其妙,我总是摸不清事情的脉络。"

他在房间里踱来踱去,突然停住了脚步。

"究竟是什么……"安东尼正要说。

这时,房门被轻轻推开了。一个男人溜进房间,恭恭敬敬地站在门口。

他个子很高,金发白肤,体格健壮。有着赫索斯拉夫人的高颧骨,和一双梦幻又狂热的眼睛。

"你是谁?"安东尼盯着他问。

那人用纯正的英语回答说:"我是包瑞斯·安求克夫。"

"迈克尔亲王的贴身仆人?"

"是的,那是我以前侍奉的主人。现在他死了,我来侍奉您。"

"多谢好意,"安东尼说,"但是,我不需要。"

"您现在就是我的主人了,我会忠心地服侍您。"

"是,但,你看,我这,我不需要仆人。我负担不起。"

包瑞斯·安求克夫看着他,带着一丝轻蔑。

"我不要钱,我以前侍奉我的主人,现在我会终身侍奉您。"

他向前一步,单膝跪地,抓住安东尼的手放在自己的额头上。

然后快速地起身,像来时一样猝不及防地离开了房间。

安东尼盯着他的背影,满脸惊诧。

"太诡异了,"他暗想,"像忠犬一样的人。这群人的想法太奇怪了。"

他站起身,来回踱着步。

"依然是这样,"他喃喃自语,"很尴尬……太尴尬了……特别是现在。"

第十七章　夜半探险

验尸在第二天一早进行,整个过程完全不像小说里写得那样毛骨悚然。令乔治·罗麦克斯满意的是,所有令人遐想的细节都被严格保密。为了让过程不至于太无聊,在警察局长的协同下,巴特尔警长和验尸官精简了检验的环节。

验尸程序一结束,安东尼就不声不响地离开了烟囱别墅。

他的离开是比尔·埃弗斯莱这一天最大的快事。乔治·罗麦克斯总是担忧信息泄露,会影响他部门的名誉,近来特别挑剔。奥斯卡小姐和比尔一直左右伺候,奥斯卡小姐主要负责重要的和有意思的工作,而比尔就是跑跑腿、送信、发电报、花个把小时听乔治翻来覆去地讲话。

周六晚上,他上床休息时已经筋疲力尽。乔治压榨了他的全部时间,他整天都没有机会和维吉尼亚说话,这让他觉得受到了虐待,很受伤。幸亏那个殖民者已经离开了。但不管怎样,他已经霸占了维吉尼亚太多的社交时间。当然如果乔治·罗麦克斯再继续这样愚弄他的话……比尔带着满腔的怨恨睡着了。在梦里,他找到了安慰,因为他梦见了维吉尼亚。

这是一个英雄救美的梦。梦里,他在被燃烧木头的包围中扮演了一个勇敢救助者的角色。他抱着不省人事的维吉尼亚从最高层跑下来,把她放到草地上,然后跑开去寻找一盒三明治。那盒三明治非常重要,他必须得找到。乔治找到了,却不肯让给比尔,反而对他口授电报。他俩待在教堂的法衣室,维吉尼亚随时都可能过来嫁给他。有件可怕的事!他身上穿的还是睡衣,他必须得马上回家换一身合适的衣服才行。他冲出门跑到车上,可车却启动不了。油箱里没有油!他感到非常绝望。后来,一辆通用的公共汽车开过来,维吉尼亚从车上下来,却挽着一个秃头男爵的胳膊。她穿着一身雅致的灰色长裙,特别漂亮。她走到他身边,调皮地摇着他的肩膀。"比尔,"她说,"醒醒,比尔。"她摇得更使劲了,"比尔,"她说,"醒醒,喂,醒醒啊!"

比尔头晕目眩地醒过来了。他此时正在烟囱别墅他的房间里。

他还没完全从梦中清醒过来。

维吉尼亚正俯身看着他,摇着他重复着同样的字眼。

"醒醒,比尔。醒醒啊!比尔!"

"维尼吉亚!"比尔坐了起来,"怎么啦?"

维吉尼亚松了一口气。

"谢天谢地,我还以为你醒不过来了呢,我一直在摇你,你现在清醒了吗?"

"应该醒了。"比尔没有把握地说。

"你这大块头,"维吉尼亚说,"摇你可费事了,我的胳膊都酸了!"

"别损我了,"比尔的自尊心颇受伤害,"恕我直言,维吉尼亚,你这样的行为可不合适,一点儿也不像是一个纯洁的年轻寡妇所为。"

"别傻了,比尔。发生了一些事。"

"什么事？"

"很奇怪的事，就在议事厅里。我好像听到'砰'的一声关门声，所以下来看看。然后我看到那里面有光。我顺着走廊悄悄走过去，从门缝往里瞄了几眼。虽然看不太清，但是让我感觉特别奇怪，所以我想看得更清楚点。后来我突然想到，我得找个可靠强壮的男人给我壮壮胆。在我的心里，你就是最可靠、最强壮的。所以，我就过来了，想悄悄地把你叫醒。没想到叫了你那么久。"

"我明白了。"比尔说，"现在要我做什么？起来去对付那些夜贼吗？"

维吉尼亚皱了皱眉。

"我也不知道他们是不是夜贼。比尔，真的非常诡异。别再浪费时间多说了，快起来。"

比尔乖乖下床。

"等我穿上靴子，我穿那双肥大的、带铁钉的靴子。不管我多么高大强壮，都不准备光着脚去对付那些残酷的夜贼。"

"我喜欢你这套睡衣，"维吉尼亚含糊地说，"艳丽而不俗气。"

"既然说到这个话题，"比尔一边够着第二只靴子，一边说道，"我喜欢你穿的那个，那种绿色很好看。这种衣服叫什么？不算睡衣吧？"

"是家居服。"维吉尼亚说，"看你生活得这么无欲无求，我真高兴。"

"我才没有呢。"比尔生气地说。

"你不实事求是。你人真好，比尔，我很喜欢你。等明天早上，十点左右，我甚至可能会亲吻你。那个时间比较安全，不会有不合适的感情冲动。"

"我一直认为这种事都是一时兴起。"比尔说。

"我们还有其他重要的事呢。"维吉尼亚说,"如果你不用戴防毒面具,穿锁子甲的话,我们可以出发了吗?"

"走吧。"比尔说。

他套上一件红色的缎子睡袍,抓起一根拨火棍。

"这可是传统的武器。"他说。

"走吧,"维吉尼亚说,"别弄出声。"

他们蹑手蹑脚地走出房间,经过走廊,然后走下宽阔的双排楼梯。到了楼梯底下,维吉尼亚皱了皱眉。

"你的那双靴子就不能完全不出声吗?"

"毕竟是铁钉啊,"比尔说,"我尽力了。"

"得把靴子脱掉。"维吉尼亚坚定地说。

比尔抱怨了一声。

"你可以提着,我就想去看看议事厅里究竟怎么回事。比尔,神神秘秘的实在很可怕。那些夜贼为什么要拆解那副盔甲呢?"

"这个,可能是整个的不好带吧,所以才卸成一块块的,然后整齐地码到箱子里。"

维吉尼亚并不满意地摇摇头。

"那他们偷一副陈旧的盔甲干吗?烟囱别墅里宝藏那么多,拿个容易带的宝贝,不好吗?"

比尔摇摇头。

"他们有几个人?"他问,同时将手里的拨火棍握得更紧了。

"看不清楚,你知道钥匙孔有多小,而且他们只有一个手电筒。"

"我倒希望这时候他们已经走了。"比尔满怀希望地说。

他坐在楼梯最底下的台阶，脱掉靴子。然后一手拿着靴子，悄悄地沿着走廊往议事厅走去。维吉尼亚紧紧地跟在他身后。他们在那个巨大的橡木门前停下来。房间里静悄悄的。维吉尼亚按了按比尔的胳膊，他点点头。钥匙洞里出现一道亮光，然后转瞬即逝。

比尔跪在地上，将眼睛对着钥匙孔往里窥探。他的所见极其不清楚，里面的大剧很明显是在房间左边上演的，完全在他的视线范围之外。

从房间里时不时被压低的叮当声可以判断，入侵的小偷还在倒腾那个穿盔甲的塑像。比尔记得房间里有两座这样的塑像，就在霍尔拜因画像下面的墙边。显然，手电筒的光只照向他们进行的工作，房间内的其他地方都是一片漆黑。有一次，一个人影在比尔的视线里掠过，但光线太暗，实在分辨不清楚，连男女都看不清。过了片刻，那个人影又掠过他的视线，然后又响起了压低的叮当声。不久，另一阵声响传过来，那是微弱的、指节敲打木头上的声音。

比尔突然起身。

"怎么了？"维吉尼亚问。

"没事，总这样不行，什么都看不清，根本猜不到他们在干什么。我得进去和他们周旋周旋。"

他穿上靴子，站起身。

"维吉尼亚，你听着。我会尽量轻地打开门，你知道房间里灯的开关在哪儿吗？"

"嗯，就在门旁边。"

"我觉得里面不超过两个人，也可能只有一个。等我进了房间，听到我喊'开'的时候，你就把灯打开。明白了吗？"

"完全明白。"

"不要叫，也别晕倒之类的。我不会让任何人伤害你。"

"你就是我的英雄。"维吉尼亚低声说。

比尔猜疑地在黑暗中瞄了一眼她的神情。他听到一个模糊的声音，不知道是哽咽还是笑声。然后，他紧紧地握住那根拨火棍，站起身来。他感觉自己已经准备就绪。

他轻轻扭开门把手，打开门，向里推。比尔感觉到维吉尼亚紧紧跟在他身后，他们一同悄无声息地走进会议室。

在房间的另一边，手电筒的光正打在那幅霍尔拜因画像上，在画像前面是一个男人的轮廓。他正站在椅子上，轻轻地敲打着墙上的嵌板。对方背对着他们，只能现出一个很大的黑影。他们还看到了什么不得而知，因为就在这时，比尔靴子上的铁钉踩在硬木地板上，发出轧轧的声音。那个男人突然转过身来，把那个大手电筒直接照向他们，突然的强光把他们照得眼花了。

比尔丝毫没有迟疑。

"开！"他向维吉尼亚大吼一声，便扑向那个男人。维吉尼亚按照指令去按开了电灯的开关。

本该亮起的大吊灯却没有反应。只听见"啪"的一声响起了开关声，房间里却仍然一片漆黑。

维吉尼亚听见比尔放声大骂，然后房间里充斥着喘息和混战的声音。手电筒掉到地上，也灭了。黑暗之中，不断传来持续的打斗声，但维吉尼亚完全不知道是谁占了上风，也不知道是谁在打斗。除了那个敲嵌板的人以外，还有没有其他人呢？也许。但是他们瞥见的也只是一瞬间的情形。

维吉尼亚一头雾水，她也不知道要做什么。她不敢加入搏斗，那样可能会给比尔添乱。她唯一的办法就是在门口等着，这样就没有人能从这里逃跑了。同时,她违背了比尔明确的指令,不停地大喊救命。

她听到楼上房间的门开了,前厅和大楼梯那的灯也亮了。只要比尔能押住那个人,等到后援就好了。

就在这时,房间里发出最后一阵可怕的骚动声。他们撞到了一个穿盔甲的人像,那个人像倒在地上,发出震耳欲聋的噪声。维吉尼亚模模糊糊地看到一个人影往窗口跑去,同时听到比尔一边咒骂、一边从碎片中挣扎着爬起来的声音。她这才第一次离开岗位,拼命追着那个人冲到窗口。但是,窗户早就打开了,入侵者并不需要停留去摸索开窗。他一跃而出,冲下平台,跑过别墅的转角。维吉尼亚追在他身后,她年轻体壮,紧随着目标绕过廊台的转角。

但是,就在这个节骨眼儿上,她和一个从小侧门出现的人撞了个满怀。那人正是海勒姆·费希先生。

"咦!是位女士,"他吃惊地叫出来,"哦,不好意思,瑞福太太!我把你误认为是逃走的歹人了。"

"他刚跑过这里。"维吉尼亚气喘吁吁地大喊。

"还能追到他吗?"

话虽如此,她很清楚已经晚了。那个男人这时候已经跑出院子,而且那个晚上连月亮都没有。她只好向着议事厅走去,费希先生跟在她身边,用单调的腔调安抚她的情绪,表现出经验丰富的样子给她讲着窃盗一般有什么样的习惯。

此刻,卡特汉姆侯爵、班德尔和一群惊恐的仆人都站在了议事厅的门口。

"究竟是怎么回事?"班德尔问,"有盗贼吗?维吉尼亚,你和费希先生在干吗?午夜散步吗?"

维吉尼亚把晚上的经过讲了一遍。

"太刺激了!"班德尔说,"凶杀案和窃盗案都挤在同一个周末,实在不常见吧。这房间的灯怎么了?别的灯都好好的。"

谜底很快就解开了。原来,房间里的电灯泡被人卸了下来,在墙边摆了一排。特雷德韦尔虽然穿着便装,依然保持着一本正经的威严。他爬上小梯子将灯泡装好,让这个狼藉的房间重见光明。

"如果我没说错,"卡特汉姆侯爵四下打量,悲伤地说,"这个房间最近成为暴力活动的中心了。"

他的话有些道理,这个房间里能打翻的东西都被打翻了。地板上尽是散落的椅子碎片、破碎的瓷器和盔甲片。

"他们有几个人?"班德尔问,"斗争似乎很激烈。"

"我想,只有一个。"维吉尼亚说,但是她也有点犹豫,的确只有一个人,就是那个男人,从窗口逃走了。但是,追赶他的时候,她模糊地感觉好像近处什么地方有一阵沙沙的声音。如果是这样,那么另外一个人可能是从门口跑掉了。当然,那一阵沙沙声也许只是她自己的想象。

比尔突然出现在窗口,他已经上气不接下气,喘得厉害。

"该死!"他愤怒地大叫,"被他跑了,我把周围都找遍了,连个影儿都没有。"

"振作点,比尔。"维吉尼亚说,"下一次运气会更好。"

"那么,"卡特汉姆侯爵说,"我们现在要怎么办?回去睡觉?大半夜的,找巴吉沃西督察也不方便。特雷德韦尔,你知道现在必须得处理的事。你来处理一下,好吗?"

"好的,爵爷。"

卡特汉姆侯爵舒了一口气,准备回房。

"艾萨克斯坦那个家伙倒睡得挺沉。"他有点嫉妒地说,"还以为闹得这么厉害,肯定会把他吵醒然后下楼呢。"他看了眼对面的费希先生,加了一句,"咦,你还有工夫穿得整整齐齐呢?"

"嗯,我匆忙穿了几件衣服。"那个美国人承认说。

"真明智。"卡特汉姆侯爵说,"穿着睡衣,太冷了。"

他打了个呵欠。大家全都无精打采的,回房间去休息了。

第十八章　第二次夜半探险

翌日午后，当安东尼踏下火车，第一个看到的人就是巴特尔警长。见到对方，他的脸上立刻露出笑容。

"我如约回来了。"他说，"你来这儿是为了确认这件事的吗？"

巴特尔警长摇摇头。

"凯德先生，我一点都不担心那个。我只是碰巧要去伦敦，仅此而已。"

"巴特尔警长，你总是令人信服。"

"你是这么认为的吗？"

"不，我认为你是个深沉的人，非常深沉。静水流深之类的说法对你很适合。你打算去伦敦？"

"嗯。"

"为什么？"

巴特尔警长没有回答。

"你这人很健谈。"安东尼说，"这就是我喜欢你的地方。"

巴特尔眼神中闪现了一种深邃的光芒。

"你那边怎么样了？"他问道，"进展如何？"

"一无所获。这是第二次了，结果证明我的猜测大错特错。

很令人苦恼啊。"

"方便问问,你的猜测是什么吗?"

"我怀疑那个法国家庭教师。第一,按照上乘侦探小说里的真经,她这种最不像有嫌疑的人往往嫌疑最大;第二,案发那晚,她房间里的灯亮过。"

"听起来并不怎么有说服力。"

"你说得对,确实是这样。但是我发现只有她到这里的时间很短,此外我还发现了另外一个可疑的法国人在这一带窥探。那个法国人的情况,你应该都了解吧?"

"你是说那位住在快乐的板球员客栈、自称谢烈的人吗?他是个卖丝绸的旅行推销员。"

"原来如此,他那人怎么样?苏格兰场对此是什么态度?"

"他的行动很可疑。"警长面无表情地说。

"我觉得是非常可疑。根据事实推理,别墅里的法国家庭教师,别墅外的法国人,我觉得他们应该是一伙的。于是,我匆忙赶去会见那位和白兰小姐同住了十年的夫人。我本以为那位夫人应该从没听说过白兰小姐这个人,但是我错了。白兰小姐这个人是货真价实的。"

巴特尔点点头。

"我必须承认,"安东尼说,"一和她说上话,我就不安地意识到我找错对象了。她看起来完全就是家庭教师的气质。"

巴特尔再次点点头。

"凯德先生,同样的道理,你不能总是凭这些判断。尤其是女人,可以用化妆实现很多事。我见过一个很漂亮的女人,把她头发的颜色变一下,脸上涂得蜡黄,眼皮抹成微红色,加上最有效的一招,换一身寒酸的衣裳。结果百分之九十之前见过她的人都认不出她了。男人就没有这样的优势。你可以弄弄眉毛,当然也可以换副假牙改变整个面部。但是,还有耳朵。耳朵上有很多独特的特征。"

"别这么卖命地看我的耳朵,巴特尔警长。"安东尼抱怨地说,"你这样让我很紧张。"

"我不是在谈论假胡子和油彩,"巴特尔警长继续说道,"那些都是纸上谈兵。几乎没有男人能伪装到无法识别。事实上,据我所知,只有一个男人是乔装的天才——维克多王。凯德先生听说过维克多王吗?"

巴特尔这话问得非常突然,令人完全没有防备,安东尼的话已经到嘴边了,差点没有忍住。

"维克多王?"他思索了一下,"我好像在哪儿听过这个名字。"

"他是世上最有名的珠宝大盗之一。他的父亲是爱尔兰人,母亲是法国人。他至少会说五门语言。他坐过牢,不过几个月前已经出狱了。"

"真的?那他现在在哪儿?"

"凯德先生,这也是我们想知道的问题。"

"案情越来越复杂了,"安东尼轻松地说,"他应该不会出现在这里吧。我觉得他对政治回忆录并没有什么兴趣,他只在意珠宝。"

"很难说,"巴特尔警长说道,"据我们所知,他可能已经在这里了。"

"伪装成第二个仆人吗?太了不起了。你可以通过耳朵认出他来,那你可很厉害了!"

"你就喜欢开玩笑。顺便还有一件事。你对斯坦尼斯的那件怪事怎么看？"

"斯坦尼斯？"安东尼说，"斯坦尼斯发生了什么事？"

"星期六的报纸上刊登了，我还以为你看过了呢。马路旁边发现了一具外国男人的尸体，是被人枪杀的。当然，今天的报纸上也登了。"

"我的确看到过这则报道。"安东尼漫不经心地说。

"很明显，不是自杀。"

"不是。没有发现凶器，那个男人身份不明。"

"你似乎很感兴趣。"安东尼笑着说。

"应该和迈克尔亲王的死没有关系吧？"

他的手很稳健，眼神也很坚定。但他总觉得警长在留心观察他，难道是他的错觉吗？

"这样的事最近好像层出不穷。"巴特尔说，"但是，我觉得应该没什么关系。"

这时候，开往伦敦的火车已经隆隆进站。巴特尔转过身去，招手叫来一个行李搬运工。安东尼稍稍松了一口气。

他惴惴不安，若有所思地逛过院子。他特意选择的路径就是那个不幸的周二夜里他跑去别墅的路。他一边往里走，一边抬头看着别墅的窗户。绞尽脑汁地回想那天亮起灯光的那间屋子。是否能够确定就是从尽头数的第二间呢？

在这个过程中，他有一个发现。别墅的屋角是有一个角度的，在那个屋角上面有一个更靠后的窗户。站在某一个角度上，这间应该是第一间，那么议事厅上面的那个房间就是第二间。但是，如果向右移动几码，议事厅上面的那个房间就变成最边上的了。看不见刚才的第一间窗户，于是议事厅上面的两个房间看起来就是第一间和第二间。他那天晚上看见有灯光亮起来的时候，到底是站在什么位置呢？

安东尼发现这个问题很难确认，只要一码左右的距离，情况就会迥然不同。但有一点是非常清楚的：他描述的亮灯房间是从尽头数第二间，可能是错了。也有可能是第三间。

那么现在第三间是谁在住呢？安东尼决定得尽快查明这一点。他运气不错。他走进大厅时，特雷德韦尔刚刚把那个大银茶壶放到茶盘上。没有其他人在。

"你好，特雷德韦尔。"安东尼说，"和你打听一点事。西边从头数的第三间房是谁的？就是议事厅上面的那间。"

特雷德韦尔想了一会儿。

"是那位美国客人的，费希先生。"

"哦，是吗？谢谢你。"

"不用客气，先生。"

特雷德韦尔正准备离开，忽然停住了。第一个透露消息的欲望可以使傲慢武断的人也变得通人情起来。

"您应该已经听说了昨天晚上的事吧，先生？"

"一点也没有，"安东尼说，"昨天晚上发生了什么？"

"盗窃未遂。"

"真的吗？有东西被偷了吗？"

"没有。先生。那些夜贼在议事厅里拆解盔甲人像时，被突袭了，然后落荒而逃。不幸的是，他们逃脱了。"

"太诡异了。"安东尼说，"又是议事厅。他们是闯进来的吗？"

"他们应该是破窗而入。"

看到对方对自己提供的信息燃起了兴趣，特雷德韦尔心满意足地转身准备离开，但忽然停了下来，进行了一次庄重的道歉。

"先生,请您原谅。我刚刚没有听见您进来,也不知道您就在我身后。"

刚刚差点被撞到的艾萨克斯坦先生,友善地摆摆手。

"不要紧,特雷德韦尔。没事。"

特雷德韦尔一脸不屑地退下了。艾萨克斯坦走过来,坐进一把安乐椅。

"你好,凯德,你回来了。听说昨晚的那场戏了吗?"

"嗯,"安东尼说,"真是个刺激的周末。"

"我猜昨天晚上是当地人的杰作。"艾萨克斯坦先生说,"看起来手法既拙劣又业余。"

"这一带有人搜集盔甲吗?"安东尼说,"那群盗贼选这样的东西真是很奇怪。"

"非常奇怪,"艾萨克斯坦先生表示赞同,他停顿了一下,然后慢慢地说,"这里的整体形势非常不幸。"

他的语调里几乎含有威吓的意味。

"我不太理解您的意思。"安东尼说。

"为什么我们要被他们困在这里?昨天已经验过尸了,亲王的尸首明天就会运到伦敦,并宣布死因是心脏衰竭。可是,还是谁也不许离开这里。关于这件事,罗麦克斯知道的还没有我多。他让我去问巴特尔警长。"

"巴特尔警长自有打算。"安东尼若有所思地说,"不让任何人离开,似乎是他计划的关键所在。"

"但是,恕我直言,凯德先生,您已经离开了。"

"我只是绑着线的风筝。他们也一直都在跟踪我,我根本没有机会处理手枪之类的东西。"

"啊,手枪,"艾萨克斯坦先生思索着说,"凶器到现在还没找到吧?"

"还没有。"

"可能路过湖边的时候就扔到湖里了。"

"很有可能。"

"巴特尔警长呢?今天下午我都没看见他。"

"他去伦敦了,我在车站碰到他了。"

"去伦敦了?真的吗?他说了什么时候回来吗?"

"据我了解,明天一早回。"

维吉尼亚和卡特汉姆侯爵、费希先生一起走进来,她冲安东尼微微一笑,表示欢迎。

"你回来了,凯德先生。听说我们昨天晚上的那场惊险了吗?"

"凯德先生,那实在是,"海勒姆·费希说,"真是惊险刺激的一夜。我还把瑞福太太错认为是歹徒了,你听说了吗?"

"那么,"安东尼说,"真正的歹徒呢?"

"跑掉了。"费希先生惋惜地说。

"你来倒茶吧。"卡特汉姆伯爵对维吉尼亚说,"也不知道班德尔跑哪儿去了。"

维吉尼亚执行了任务,然后,她走到安东尼身边坐下来。

"喝完茶去船库。"她低声说,"我和比尔有很多事要和你说。"

然后,她若无其事地加入到轻松愉快的交谈中。

船库会面如约而至。

维吉尼亚和比尔兴奋地带来他们的消息。

三人一致觉得湖中心是秘密会谈唯一安全的地方。于是他们一边将船划远,一边把昨晚的惊险历程讲给安东尼。比尔显得有点闷闷不乐,他并不喜欢维吉尼亚执意要把这个殖民家扯进来的想法。

"太奇怪了,"安东尼听完前因后果后说道,"你怎么看?"他问维吉尼亚。

"我觉得他们在找什么东西,"她毫不迟疑地回答,"盗贼的想法总是很可笑。"

"很明显,他们是觉得盔甲里藏了什么东西。但为什么要敲嵌板呢?这个举动看起来更像是在寻找秘密楼梯之类的机关。"

"我知道,烟囱别墅里有一个教士的小屋。"维吉尼亚说,"而且,我也觉得这里会有秘密楼梯,可以问问卡特汉姆侯爵。我想知道的就是他们到底在找什么。"

"不可能是那个回忆录,"安东尼说,"那是一个包裹,肯定是个小物件。"

"我觉得乔治应该知道。"维吉尼亚说,"不知道我能不能从他那里套出话来,我一直都觉得这一切背后肯定大有文章。"

"你说当时只有一个人,"安东尼继续说,"但是,也可能还有一个,因为你觉得当你冲到窗口时,仿佛听到有人向门口跑去。"

"那声音很小,"维吉尼亚说,"也可能只是我的臆想。"

"有这种可能。但如果不是你的臆想,那么第二个人必定就是别墅里的人。我在想……"

"你在想什么?"维吉尼亚问。

"费希先生听到楼下有人呼救时竟然衣着整齐。"

"必有玄机。"维吉尼亚赞同地说,"还有艾萨克斯坦,他一直都在睡觉,也很可疑。他不可能睡得那么沉吧?"

"还有那个叫包瑞斯的家伙,"比尔说,"他看起来就是个恶棍。我是说迈克尔的仆人。"

"烟囱别墅里尽是可疑的人物,"维吉尼亚说,"我想其他人也一样在怀疑我们。要是巴特尔警长没去伦敦就好了,他这么做真是不明智。顺便告诉你,凯德先生。我有好几次都看见那个样子奇奇怪怪的法国人在院子里窥探。"

"太令人不解了。"安东尼承认说,"我到外面乱找一气,毫无收获,简直被自己蠢哭了。我以为,这件事的症结所在就是这个疑问:昨天晚上那些人找到他们想要的东西了吗?"

"如果没有呢?"维吉尼亚问道,"其实,我确信他们没有。"

"这样的话,我觉得他们还会卷土重来。他们知道,或者他们很快就会知道,巴特尔警长去了伦敦。他们会抓住机会,今晚再来。"

"你真的这么认为?"

"这是个机会。现在,我们三个成立一个工作小组。我和埃弗斯莱会谨慎地藏在议事厅——"

"那我呢?"维吉尼亚打断他,"你们是要把我踢出局吗?"

"听我说,维吉尼亚。"比尔说,"这是男人的事……"

"别傻了,比尔。这件事我是有份儿的,你可不要弄错了。工作小组今晚就开始进入警备状态。"

于是三人敲定了方案和计划的细节。等到大家都回房休息了,工作小组成员一个接一个地出动下楼,他们都带着手电筒,安东尼的口袋里还装了把手枪。

虽然安东尼说了那些人今晚还会再次作案,但是他觉得他们不会从外面闯进来。他认为维吉尼亚的猜测是对的,前一天晚上在黑暗中有人从她身旁经过。他站在一棵古橡树的树荫里,眼睛紧紧盯着大门,而不是窗户。维吉尼亚蹲在墙边一个盔甲人像的背后，比尔守在窗边。

时间一分一秒地过去，显得特别冗长。时钟报了一点钟，然后一点半，两点，两点半。安东尼感到浑身僵硬。他开始觉得可能是自己想错了。今天晚上不会再有人来了。

突然他身子一挺，全身的毛孔都警觉起来。他听到外面的平台上有脚步声，接着又没了。接着，窗外发出沙沙的摩擦声。突然间，声音停止，窗户被推开了。一个男人爬过窗台溜进房间。他一动不动地站了半刻，同时四下窥探，仿佛也在听着声音。过了一两分钟，似乎觉得时机成熟，他便打开带来的手电筒，快速向室内环照，不过显然没有看到什么不寻常的现象，三个人屏息以待。

他走到前一天晚上已经检查过的嵌板前面，这时，比尔产生了一种可怕的念头，他想打喷嚏！前一夜在充满露水的院子里狂奔让他着了凉，今天一天都在不断打喷嚏。现在又来了，喷嚏这东西可是什么都挡不住的。

他竭力忍着，按住上嘴唇，用力咽气，仰头看着天花板。最后不得不抓住鼻子用力猛捏。但一切都是徒劳，喷嚏还是打出来了。

竭力压抑的喷嚏声十分微弱，但在这间死寂的房间里却显得声音大得惊人。

那个陌生人跳着转过身来，安东尼立即行动，他把手电筒打开，纵身扑向对方。立刻，两人便在地上扭作一团。

"开灯！"安东尼大叫。

维吉尼亚一直在开关旁待命，这一次，灯晃眼地亮起来。安东尼正压在那人身上，比尔俯身帮忙。

"是时候了，"安东尼说，"朋友，让我们看看你是谁。"

他把对方转过来，正是在快乐的板球员客栈的那个衣着整洁、黑胡子的陌生人。

"真是好极了。"忽然传来一句赞赏的话。

他们都惊讶地抬起头，巴特尔警长高大的身躯正伫立在敞开的房门口。

"巴特尔警长，我还以为你去伦敦了呢。"安东尼说。

警长的眼睛一亮。

"真的吗？先生？"他说，"我觉得让大家以为我去伦敦了这样比较好。"

"确实如此。"安东尼一边看着躺在地上的对手，一边赞同地说。

出乎意料，对方的脸上竟微露笑容。

"诸位，可以让我起来了吗？"他问道，"你们是三对一。"

安东尼伸出手，把他拉起来，那个陌生人整理了下衣服，拉起衣领，目光犀利地打量着巴特尔。

"给各位添麻烦了，"他说，"不过，请问你是苏格兰场的代表吗？"

"是的。"巴特尔说。

"那么，我会把我的证明文件呈递给您。"他抱歉地笑笑，"早这样就好了。"

他从口袋里掏出一些文件，递给警察厅的探长。同时，他把衣领翻转过来，出示那里别着的东西。

巴特尔警长惊愕地感叹了一声，他翻阅了一下那些文件，然后躬身将文件返还。

"先生，刚才那么粗暴地对待您，非常抱歉。"他说，"但是，您这也是自找麻烦。"

他注意到其他人的惊讶之色，笑了起来。

"这是我们翘首以盼的一位同僚，"他说，"巴黎安全局的密探，列蒙先生。"

第十九章　鲜为人知的历史

所有人都面面相觑地看着这位法国侦探，他则面露笑容地回望着他们。

"是的，"他说，"确实是这样。"

大家都沉默下来，梳理紊乱的思绪。然后，维吉尼亚转身对巴特尔警长说："你知道我在想什么吗？巴特尔警长？"

"什么？"

"你是不是该让我们明白点什么了。"

"让你们明白？我没理解你的意思。"

"巴特尔警长，你非常理解我的意思。大概是罗麦克斯先生让你守口如瓶，乔治是这样的人。但是，您开诚布公总要比我们误打误撞去识破那些秘密好吧，那样可能会有意想不到的危害。列蒙先生，你同意我的说法吗？"

"夫人，我完全赞同。"

"你不能永远把事情捂着不说，"巴特尔说，"我早就和罗麦克斯先生这样说过。埃弗斯莱先生是罗麦克斯先生的秘书，让他了解他该了解的事情无可厚非。凯德先生，不管他乐意不乐意，都已经卷进来了，他也有权知道自己的处境。但是……"

巴特尔警长迟疑了一下。

"我明白，"维吉尼亚说，"女人容易轻举妄动，乔治经常这样说。"

列蒙一直全神贯注地端详着维吉尼亚，这时他转身对伦敦警察厅的人说："我刚才听你称呼这位夫人为瑞福太太？"

"那是我的姓氏。"维吉尼亚说。

"你的先生曾在外交部门工作，是吗？就在赫索斯拉夫国王夫妇遭人暗杀之前，你同他一起在那个国家吧？"

"是的。"

列蒙转过身去。

"夫人有权了解整件事，她是间接相关人。而且，"他轻轻眨了下眼睛，"在外交圈里，夫人谨言慎行的作风声名在外。"

"承蒙大家的厚爱，"维吉尼亚笑着说，"很高兴我没有被踢出局。"

"大家吃些茶点吧？"安东尼说，"我们在哪儿开会？在这儿吗？"

"那有劳了。"巴特尔说道，"我觉得天亮之前最好不要离开这个房间，等了解了整个事情之后，你们就会明白我为什么会这么说。"

"那我去找点吃的。"安东尼说。

比尔和他一起出去，回来的时候，两人各端着一个盘子，上面摆放有玻璃杯、苏打水瓶和其他食物。

扩大了的工作小组成员们围着窗子角落里的橡木长桌，舒舒服服地坐好。

"当然，大家都明白，"巴特尔说，"今天在这里说的所有事都要严格保密，千万不可泄露。我一直都明白，这些事总有一天是要说出来的。像罗麦克斯先生那样，所有事都闭口不提，那样带来的风险其实是无法预料的。这件事的起因刚好是在七年前，那时候在搞好多所谓'重建'活动，尤其在近东。在英国也有不少这样的秘密行动，都是由那位老先生——斯泰普提奇伯爵在幕后操纵。巴尔干群岛的国家在这里面都有利害关系，英国境内也有很多他们的皇室人物。我就不详述了，不过有样东西不见了，只有一种可能才能让这件难以置信的事情说得通，那就是：窃盗者是一个皇室人物，并且是个一流的行家。列蒙先生给大家说说为什么这么说吧。"

那个法国人礼貌地鞠了一躬，然后接着讲了下去。

"你们在英国可能没有听说过我们那位著名的不可思议的维克多王。没人知道他的本名，但是他胆量过人，熟谙五种语言，而且乔装的本事当世无双。虽然他的父亲不是个英国人就是个爱尔兰人，但是他本人主要在巴黎工作。也就是在那里，差不多八年以前，他化名欧尼尔上尉，实施了一连串胆大包天的盗窃案。"

维吉尼亚发出一声微弱的惊叹，列蒙先生热切地扫了她一眼。

"我能理解夫人有些激动，很快你们也会明白。我们法国安全局怀疑这个欧尼尔上尉就是维克多王，但是还没有足够的证据。当时一同在巴黎的还有一个聪明的年轻演员昂舍列·茉莉，是白热歌舞团的成员。我们曾一度怀疑她是维克多王的共犯，但也是没有证据。"

"差不多那个时候，巴黎都在准备赫索斯拉夫王尼古拉四世的来访。我们安全局方面收到特别指示，要采取措施确保尼古拉王陛下的安全，尤其提醒我们监视一个自称红手党的革命组织的行动。现在看来，很确定的是，红手党的人找过昂舍列·茉莉，给了她一大笔钱，让她去勾引年轻的陛下，好把他诱骗到他们策划的地点。昂舍列·茉莉收了钱,接受了任务。

"但是那位小姐可比他们想得要聪明多了,野心也更大。她成功地蛊惑了尼古拉王,让他如痴如狂地爱上了她,还送了她许多珠宝。就在这时,她起了一个念头,她不要做尼古拉的情妇,而要当皇后!结果大家都知道了,她成功了。在赫索斯拉夫人民那里,她被包装成法拉佳·波帕夫斯基伯爵小姐的身份,是罗曼诺夫贵族的旁系,最后,成为赫索斯拉夫的法拉佳皇后。一个巴黎的小小女演员混到这个地位很不错了!我总是听说这个角色她演得相当成功,但是这成功却不长久。她的背叛让红手党非常愤怒,曾经两次试图要了她的命。最后,他们煽动了全国民众,发起革命,国王与皇后双双遇难。民众为了表达对出身低微的皇后的愤怒,他们的尸体被肢解到面目全非,然后又被找了回来。

"从现在的所有情形来看,应该可以确定法拉佳皇后仍然和她的盟友维克多王有联系。很可能之前那个大胆的计划一直都是他的主意。现在知道的是,她在赫索斯拉夫皇宫也一直用密文和他保持联系。为了安全起见,所有信都是用英文写的,并且冒用了当时在大使馆的一位英国外交官太太的签名。即使询问时,那位太太否认,也不会有人相信,因为,那些信是一个自知有错的女人写给自己情夫的。她用的就是您的名字,瑞福太太。"

"我知道。"维吉尼亚说。她的脸红一阵白一阵的,"原来那些信是这么回事!我还一直纳闷儿呢。"

"好卑鄙的手段。"比尔愤愤地说。

"那些信的收件地址是欧尼尔上尉在巴黎的住址,之后发现的一件奇怪的事才让那些信的主要目的昭然大白。国王与皇后遭人暗杀之后,皇室的许多珠宝都落到暴动群众手中,被运送到了巴黎。后来发现其中百分之九十都被人掉了包。诸位注意,赫索斯拉夫宫里的宝石有些是非常名贵的。可见，昂舍列·茉莉在做了皇后以后仍在重操旧业。

"你们现在就知道我们在这件事上的进展了。尼古拉四世和法拉佳皇后来访英国，也成为时任外务大臣、已故的卡特汉姆侯爵的座上宾。赫索斯拉夫虽然是个小国，但是也不可忽略，法拉佳皇后自然也被邀请到了烟囱别墅。当时的客人中有一个皇室贵族同时也是专业窃贼。毫无疑问，那个制作精良可以鱼目混珠的赝品，只可能出于维克多王之手。此外，整个计划胆大包天，一看就是维克多王的杰作。"

"然后呢？"维吉尼亚问道。

"封锁消息。"巴特尔警长简洁地说。

"直到今天也没有公开。我们私下做了所有能做的，比你们想象的多得多，有许多事都是你们想象不到的。我们也用了不少叹为观止的方法。我能告诉你们的是，赫索斯拉夫皇后并没有把那件珠宝带出英国。是的，皇后陛下把它藏在了一个地方，但是到底在哪里，我们一直都没有找到。但我觉得，"巴特尔警长环视一周，"可能就在这个房间里。"

安东尼跳了起来。

"什么？这么多年了还在这里？"他难以置信地大叫起来。

"不可能。"

"先生，你对当时的特殊情况并不了解。"那个法国人迅速地回答，"就在那两周后，赫索斯拉夫的革命就爆发了，国王和皇后遇难。同时，欧尼尔上尉在巴黎被捕，并因为一个小案子被判了刑。我们本希望在他家里找到那些密信，但似乎已经被赫索斯拉夫的密使偷走了。那人革命前在赫索斯拉夫出现过，然后就人间蒸发了。"

"他可能跑到国外去了。"安东尼若有所思地说。

"可能是去了非洲，但那个包裹肯定是在他手里，那对于他来说可是个金矿。很奇怪，不知道是怎么回事。那人好像叫佩德罗还是什么的。"

他看见巴特尔警长面无表情地瞥了他一眼，笑了笑。

"巴特尔，我真不是千里眼。"他说，"虽然听起来像那么回事。我一会儿会开诚布公地坦白。"

"有一件事你还没讲，"维吉尼亚说，"这些和回忆录有什么关系？它肯定和这些有关联，对吧？"

"夫人真是心直口快。"列蒙赞许地说。

"是的，确实有关联。在那个时候，斯泰普提奇伯爵也在烟囱别墅里。"

"所以他可能知情？"

"肯定。"

"当然，"巴特尔说，"如果他在那本珍贵的回忆录里把这件事和盘托出，那麻烦就大了。尤其整件事被掩盖了这么久。"

安东尼点了一支烟。

"回忆录里不可能有那个宝石藏匿地的线索吧？"他问。

"不太可能。"巴特尔决然地说，"他不会接近皇后的，他对那桩婚姻竭力反对。她不可能对他推心置腹。"

"我一点都没有这个意思，"安东尼说，"但是据说他是个狡猾的老家伙，他可能趁她不备，发现了她藏匿珠宝的地方。那样的话，你觉得他会怎么做？"

"以不变应万变。"巴特尔思索片刻，说道。

"我同意，"那个法国人说，"那时候很棘手。匿名返还珠宝困难重重。同时，知晓它的下落会让他掌握很大的权力，那个奇怪的老男人一直热衷于权力。他不仅可以将皇后掌控于股掌之中，还可以有随时谈判的武器。他所掌握的秘密可不止这一件，他收集秘密就像有的人收集罕见的瓷片一样热衷。据说他生前有一两次都跟人鼓吹过，等他高兴的时候就把他知道的那些事都公之于众；至少有一次，他宣布，他会在自己的回忆录中掀起腥风血雨。所以说……"那个法国人冷笑了一下，"大家都想得到那本回忆录。我们的秘密警察原打算把它夺过来，但是伯爵临终前得到消息，提前转移了。"

"虽然这么说，但还是没有理由就推断他知道这个秘密。"巴特尔说。

"不好意思，"安东尼平静地说，"这是他的原话。"

"什么？"

两个侦探不可置信地盯着他。

"麦格拉斯把文稿交给我、让我带到英国来的时候，他对我讲了他那次和斯泰普提奇伯爵相遇的情形。在巴黎，麦格拉斯冒险从一群流氓手中救下了他。插播一件小事，他那时候喝多了，借着酒劲说了两件有趣的事：一件的大意就是他知道光之山钻石的下落，这句话我朋友都没怎么在意；另一件就是那群袭击他的流氓是维克多王的人。这两件事放在一起，就值得琢磨了。"

"天啊，"巴特尔警长叫起来，"是得琢磨琢磨！这样一来，甚至迈克尔亲王的命案也意义不同了。"

"维克多王从不害命。"那个法国人提醒他。

"如果他在找珠宝的时候被意外发现了呢？"

"那么，他现在人在英国？"安东尼突然问。

"你说了他几个月之前被释放了，你们没有跟踪他吗？"

法国侦探的脸上露出有些愧疚的笑容。

"我们试着跟踪了,但他经验老道,立刻就逃脱了。当然,我们以为他会直接奔赴英国,但是并没有,他去了……你觉得会是哪里?"

"哪里?"安东尼说。

他目不转睛地盯着那个法国侦探,手里却漫不经心地摆弄着一盒火柴。

"美国,美利坚。"

"什么?"

安东尼的语气中充满惊愕。

"是的。你觉得他这次会叫什么名字?他在那里又会做点什么?赫索斯拉夫的尼古拉亲王。"

火柴盒从安东尼的手中掉到地上,巴特尔的惊讶也和他不分上下。

"不可能!"

"就是这样。早上你们就会看到新闻了。这是一起最大的欺诈案!大家都知道,尼古拉王子据谣传几年前死于刚果。这位老兄,维克多王,抓住了这个机会,因为这种死亡很难证实。他复活了尼古拉亲王,借用这个身份,利用所谓采油权骗走了一大笔美金。但是一次意外的疏忽暴露了他的身份,于是他匆忙离开了那个国家。这次,他就到英国来了。这就是我到这里来的原因。他迟早会到烟囱别墅来的,我的意思是,如果他还没来的话!"

"你认为?"

"我认为迈克尔亲王遇害的那晚,他就在这里,昨天晚上又来了。"

"是再试一次?"巴特尔说。

"是。"

"一直让我不安的,"巴特尔继续说,"就是纳闷列蒙先生在这边发生了什么事。巴黎方面说他已经在配合我的工作了,但是不知道为什么他始终没有出现。"

"我必须道歉,"列蒙说,"我是在凶案发生的第二天早上到的,我当时马上想到如果不以你的同僚身份现身,而是从非正式的立场来调查,也是可行的。那样的话破案的可能性很大,当然,那样我也会成为可疑的对象,但是对我的计划也有一定的帮助,因为这样,我跟踪的人就会放下戒心。最近两天,我确实看到了很多有意思的事。"

"但是,"比尔说,"昨夜到底发生了什么?"

"恐怕,"列蒙先生说,"我害得你没少折腾。"

"我当时追的人原来是你?"

"是的,我把当时的情况再复述一遍。迈克尔亲王在这个房间里遇害,所以我觉得这肯定和那个秘密有关,于是过来这里看看情况。我站在外面的平台上,很快就发现这间屋里有人走动,还不时能看到手电筒的光。我试了试中间的那个窗户,发现没有锁。我不知道是因为那个人之前是从那扇窗户进来的,还是他有意不锁窗户,等到被人发现的时候可以作为托词。我轻轻地把窗户推开,溜进了房里。我一步一步摸索着,终于找到了一个能够看见对方的活动、又不可能让人发现的地方。我看不清楚那个人,他背对着我,手电筒的光能映出他的轮廓,所以我只能看个大概。但是,他的行动让我非常纳闷,他一边把那两个盔甲人像拆开,一边一片一片地检查。等他发现那里面并没有他想要的东西后,他便开始敲画像下面的嵌板。我不知道他接着还要干什么,因为他被打断了。你突然闯了进来……"他看了比尔一眼。

"我们是好心办了坏事。"维吉尼亚思索着说。

"夫人，确实是这样的。那人立刻关了手电筒。我还不想暴露身份，所以就从窗户跳了出去。黑暗中我和两个人撞到了一块儿，一头栽倒在地上。我又立刻爬起来，从窗口逃出去。埃弗斯莱先生把我当成那个偷袭的人，追了过来。"

"是我先追你的，"维吉尼亚说，"比尔在我后面。"

"另外，那个家伙很聪明，他一动不动地站在那里，乘机从门口溜走了，不知道他有没有碰到那些来援助的人。"

"即使那样也不算什么事。"列蒙说，"他只要跑在最前面就行了。"

"你真的认为这个像亚森·罗平[①]一样的人物，现在就混在别墅的人里面吗？"比尔问，他的眼睛闪着光。

"为什么不可能？"列蒙说，"他可以完美地冒充成一个仆人，也许，他可能就是迈克尔亲王的那个忠仆，包瑞斯·安求克夫呢。"

"那家伙看着就很奇怪。"比尔赞同地说。

但是，安东尼笑了起来。

"他可不值得你这么操心，列蒙。"他温和地说。

法国侦探也笑了。

"凯德先生，他已经被你收成贴身男仆了，是吧？"巴特尔警长问道。

"巴特尔警长，真是佩服你，什么都逃不过你的眼睛。但实事求是，是他来找我的，可不是我找他。"

"我倒要问问，那是为什么，凯德先生？"

"我不知道，"安东尼轻快地说，"可能他品味奇怪，就喜欢

[①] 亚森·罗平，法国侦探小说家莫里斯·勒布朗（1864—1941）笔下的著名侠盗、冒险家及侦探。

我这张脸；或许，他认为我害死了他的主人，想要接近我来报仇。"

他站起身，走到窗边，拉开窗帘。

"天亮了。"他说，同时轻轻地打了个呵欠，"现在不会有什么刺激的事了。"

列蒙也站起身来。

"我要告辞了，"他说道，"今天晚一点我们也许会再见面。"

他文雅地向维吉尼亚鞠了一躬，然后从落地窗走了出去。

"去睡觉吧，"维吉尼亚打着呵欠说，"亢奋好半天了。走吧，比尔，乖乖去睡觉吧。恐怕起不来吃早餐了。"

安东尼站在窗口，目送着列蒙先生离开。

"你大概不相信，"巴特尔站在他的身后，"但那个人就是法国最聪明的侦探。"

"我相信，"安东尼若有所思地说，"我非常相信。"

"唔，"巴特尔说，"他说得对，今天晚上的兴奋事已经过去了。对了，还记得我和你说过斯坦尼斯附近发现的那个死者吗？"

"记得，怎么了？"

"没什么，身份已经确认了，好像叫吉塞普·马纳利，是布利茨大酒店的服务员。很奇怪吧？"

第二十章　巴特尔和安东尼的约定

安东尼没有说话,继续望着窗外。巴特尔警长对着他一动不动的背影望了一会儿。

"好了,晚安。"他最后说,然后走向门口。

安东尼转过身来。

"等一下,巴特尔警长。"

巴特尔闻言停住了脚步。安东尼离开窗边,掏出一支烟点着,抽了两口,开口说道:"你似乎对斯坦尼斯的这件事很感兴趣。"

"不至于,我只是觉得很奇怪而已。"

"你觉得那是案发现场,还是尸体是被移过去的?"

"我觉得,死者是在别的地方遇害,事后用车运送过去的。"

"和我想的一样。"安东尼说。

探长注意到了他话语中的重音,敏锐地看着他。

"你有什么想法?你知道是谁运送的尸体?"

"我知道,"安东尼说,"是我。"

对方毫无波澜的反应让安东尼有些恼火。

"巴特尔警长,不得不承认,你真是对什么都能处之泰然。"

"不露声色,是我学到的一条处世原则,我发现非常好用。"

"这一点你一直做得非常出色,"安东尼说,"我从没有见过你发脾气。好了,你想听听那件事的来龙去脉吗?"

"愿闻其详。"

安东尼拉过两把椅子,两人坐了下来。然后,安东尼把上个周四夜里的事一五一十地讲了一遍。

巴特尔一直冷静地听着,等安东尼讲完,他的眼里闪现出一丝悠远的光芒。

"你知道吗?"他说,"总有一天,你会惹祸上身的。"

"你的意思是,我又一次逃脱了拘押之灾?"

"宽大处理,我们信奉多行不义。"巴特尔警长说。

"表达真是巧妙,"安东尼说,"看破又不说破。"

"我一直想不通的就是,"巴特尔说,"你为什么会现在把这件事说出来。"

"怎么解释呢。"安东尼说,"巴特尔警长,我现在已经高度认可了你的能力。在紧要的节骨眼儿上,你的表现一直很优秀,就像今天晚上这样。我觉得,如果我有所保留,会严重妨碍你的发挥。你理应了解所有情况。我已经把我能做的都做了,但现在情况还是一团糟。在今天晚上以前,我不说,是为了保护瑞福太太。但是现在已经证明了那些信与她完全无关,那么她和我同谋就是无稽之谈。我一开始替她出的主意可能实在不妥,但当时她说她就是一时心血来潮,所以给了那个人钱让他不要公开,我就是相信她。"

"陪审团可不会相信的,"巴特尔说,"他们从来没有什么想象力。"

"那你就这么轻易地相信了?"安东尼好奇地望着他。

"凯德先生,你知道的,我的工作都是跟那些所谓上层阶级打交道。大多数人总是会揣摩别人的想法，但是两种人不会，流浪汉和贵族。他们想到什么就做什么，从来不在乎别人对他们的看法。我说的不是那些游手好闲、只喜欢参加派对的富家子，而是那些与生俱来就不把别人放在眼里的人。在我看来，那些上层阶级的人都是一个模子，他们无畏、诚实，有的时候却极度愚蠢。"

"很有趣的演讲，我觉得以后你也应该写一部回忆录，也很值得一读呢。"

警长听了他的建议笑了，但没有说话。

"我想问你一个问题，"安东尼继续说，"你是不是认为我和斯坦尼斯的那件事有关联？从你的态度来看，我能感觉到你有这个想法。"

"不错，我有这种预感，但并没有什么明确的证据。凯德先生，你做得很漂亮，一丝不苟。"

"很高兴听你这么说。"安东尼说，"我有一种感觉，自从见到你，你就总给我设一些小陷阱。总体而言，我都能不入套，但还是能感受到强大的压力。"

巴特尔倔强地笑了笑。

"这就是钓大鱼的办法：先纵，任由他去折腾，他的精力总有耗尽的时候，到最后，就擒到了。"

"你是个令人愉快的家伙，巴特尔。我想知道，那你打算什么时候擒我呢？"

"多行，"巴特尔引用之前的话，"多行不义。"

"同时，"安东尼说，"我还是个非职业的助手？"

"的确如此。"

"是你这个福尔摩斯的华生？"

"侦探小说大多都是胡说八道，"巴特尔面无表情地说，"不过读起来很有意思。"然后又补充了一句，"有的时候也是有用的。"

"怎么个有用法？"安东尼好奇地问。

"会让读者普遍觉得警察都是蠢货。这样碰到一个业余水平的犯罪时，比如命案之类，就有用了。"

安东尼默默地看了他几分钟，巴特尔一动不动地坐在那里，偶尔眨眨眼，平静的脸上什么表情都没有。过了一会儿，他站了起来。

"这个时间去睡觉也没什么用了。"他说，"等爵爷一起床，我就得去找他聊聊。现在所有人想走就可以走了，但如果爵爷可以以个人的名义邀请客人留下来，我会感激不尽。先生，你要是不反对的话，请接受他的邀请，还有瑞福太太。"

"你找到那把手枪了吗？"安东尼突然问。

"你是指打死迈克尔亲王的那把手枪吗？还没有。不过，肯定就在别墅里面，或者别墅的院子里。我从你这儿得到了一个灵感，还派了几个人去翻过鸟窝。如果能拿到那把手枪，这个案子就有些眉目了。还有那捆信。你说过里面有一封信的抬头是'烟囱别墅'对吧？那一定是他写的最后一封信，里面肯定会提到如何找到钻石。"

"对于吉塞普的死，你有什么想法？"

"他是一个惯偷，应该是被维克多王或者红手党人找到，然后被雇用了。如果维克多王和红手党人联手而为，也不足为奇。红手党组织有钱有势，但是智慧不足。吉塞普的任务是偷那本回忆录，他们不可能知道那些信也在你手中。顺便提一下，那也真是个奇怪的巧合。"

"我知道。"安东尼说,"一想到这个,我就觉得真挺不可思议的。"

"吉塞普拿到的居然是那些信件,他起初很懊丧。后来看到那张信笺剪下来的片断,就想到去勒索那位太太的好点子。当然,他根本没意识到那些信真正的价值。红手党的同志发现了他的所作所为,以为他是有意背叛了他们,就弄死了他。他们热衷于处决叛徒,这可是个对他们充满吸引力的独特要素。我不明白的就是那把刻有'维吉尼亚'的手枪。这么巧妙的处理绝对不是红手党人能想得出的。一般情况下,为了让其他人引以为戒,他们就喜欢四处张贴他们的红手标记。我看应该是维克多王在这里插了一手,可是,他的动机是什么呢,我不明白。看样子似乎是想故意嫁祸给瑞福太太,但那样做并没有特殊的意义。"

"我有过一个想法,"安东尼说,"但是并没有按计划产生预期的效果。"

他把维吉尼亚认出迈克尔的事对巴特尔和盘托出,警长点了点头。

"就是迈克尔无疑。对了,那位老男爵对你很欣赏,一说到你就眉飞色舞的。"

"他真是好人,"安东尼说,"很感激他能这么评价我,尤其在我已经切切实实地告诉他我会竭尽全力在下星期三前找到回忆录的情况下。"

"那可不是个容易事。"巴特尔说。

"嗯,你也这么想?我猜维克多王他们那伙人已经拿到那些信了。"

巴特尔点点头。

"那天在庞德街从吉塞普手中把信抢走,完全是谋划已久的事。他们已经拿到了，还破译了密码，所以他们知道要在哪里找。"

两人正要走出房间。

"在这里？"安东尼猛然回头。

"不错，就在这里。但是他们还没有找到，所以他们还会冒险再来。"

"我猜，"安东尼说，"你那机灵的脑袋里已经想出计划了吧？"

巴特尔没有回答，露出一副特别迟钝、智力平平的模样。然后，他慢慢地眨眨眼。

"要我帮忙吗？"安东尼问。

"是的，还要另外一个人帮忙。"

"谁？"

"瑞福太太。你应该发现了，她是一个特别会骗人的女人。"

"我早就发现了。"安东尼说。

他看了一眼手表。

"巴特尔，我同意你的说法。去湖里泡泡，再吃一顿丰盛的早餐，比去睡觉有意义多了。"

他轻快地跑回楼上的房间，一边吹着口哨，一边把夜间穿的衣服脱掉。然后拿出晨袍和浴巾。

突然，他在梳妆台前停住了，目不转睛地盯着静静放在镜子前面的一个东西。

一时间，他简直不敢相信自己的眼睛，他把那件东西拿起来，仔细检查。是的，没错。

就是那捆签着维吉尼亚·瑞福名字的信件，原封未动，一件不少。

安东尼拿着那些信，一屁股坐进椅子里。

"我脑子不够用了，"他喃喃自语地说，"这座别墅里发生的事我一点儿也不明白，这些信怎么会像变戏法似的回来了呢？是谁放到我的梳妆台上的？为什么？"

对于这些关键性的问题，他实在找不出满意的答案。

第二十一章　艾萨克斯坦先生的行李箱

早上十点,卡特汉姆侯爵和他的女儿正在吃早餐,班德尔看起来心事重重。

"父亲。"她终于开口说。

卡特汉姆侯爵正专心致志地读着《泰晤士报》,并没有说话。

"父亲。"班德尔用更尖锐的声音又叫了一声。

卡特汉姆侯爵正在兴趣盎然地细读即将举行珍版书拍卖的消息,被她一叫,才心不在焉地抬起头来。

"啊?"他说,"你说话了吗?"

"是的,刚才在那儿吃早餐的那个人是谁呀?"

她用头示意了一下那个明显有人坐过的座位。除了那里,其余的座位都是空着的。

"啊,他叫什么名字来着?"

"胖艾奇?"

班德尔和她的父亲默契十足,听起来一头雾水的话,两个人立马就能心领神会。

"对,就是那个名字。"

"我看见你早饭之前和那个警长在说话。"

卡特汉姆侯爵叹了一口气。

"是啊,他在前厅拉住了我。在我看来,早餐之前的时间是神圣不可侵犯的。我得出国去了,这里压力太大了。"

班德尔唐突地打断了他的话。

"他说了什么?"

"说所有人想走的话就可以走了。"

"哦,"班德尔说,"那挺好,这正是您想要的。"

"我知道。但是他还没说完呀。他接着又说,他还是希望我可以邀请所有人留下来。"

"我没明白。"班德尔皱着眉头说。

"就是这么混乱,这么矛盾,"卡特汉姆侯爵抱怨道,"还非得在早餐之前说。"

"那您怎么说的?"

"我当然表示同意了。和这群人争论没什么好处,尤其是在早餐之前。"卡特汉姆侯爵又回到了他最不满的问题上。

"那您现在邀请谁了?"

"凯德,他今天起得很早。他要留下,我也没意见。虽然我不太了解他,但是我挺喜欢他,非常喜欢。"

"维吉尼亚也是。"班德尔一边说,一边用叉子在餐桌上画了一个图案。

"啊?"

"我也是。但是似乎没什么意义。"

"我还邀请了艾萨克斯坦。"卡特汉姆侯爵继续说。

"然后呢?"

"好在他要回伦敦去。对了,别忘了叫他们准备车送他去赶十点五十的火车。"

"好的。"

"现在，我只要再把费希甩掉就好了。"卡特汉姆侯爵说，精神为之一振。

"我还以为您喜欢和他谈论您那些发霉的旧书呢。"

"我是喜欢，是喜欢啊。确切地说，我是前几天很喜欢。但是，当你发现只有你一个人在滔滔不绝地讲话时，就会觉得很无聊了。费希是有兴趣。但是他从不主动发表意见。"

"那也比总是听着人家说强吧，"班德尔说，"像乔治·罗麦克斯那样。"

卡特汉姆侯爵一想到这个，便觉得不寒而栗。

"乔治倒是很擅长在台上演讲，"班德尔说，"虽然我知道他都是在说废话，但我还为他鼓过掌。不管怎么说，我是个社会主义者。"

"我知道，亲爱的，我知道。"卡特汉姆侯爵连忙说。

"好啦，"班德尔说，"不在家里讨论政治了，在私底下发表演说，那是乔治才爱干的事。国会应该通过一个议案，革除这种习惯。"

"说得对。"卡特汉姆侯爵说。

"那维吉尼亚呢？"班德尔问，"您邀请她留下了吗？"

"巴特尔说了要邀请所有人。"

"他说得很坚定！你和她说让她做我继母的事了吗？"

"我觉得说了也没用，"卡特汉姆侯爵悲伤地说，"虽然她昨晚还叫了我声亲爱的。但性格温和的年轻女人就是这点最不好。她们什么都能说，但是，说了也不能代表什么。"

"可不是，"班德尔赞同地说，"要是她踹你一脚或者咬你一口，反而可能更有戏。"

"你们现在这些年轻人，谈个恋爱都不会正正经经的。"卡特汉姆侯爵哀怨地说。

"都是从'酋长'里面学的。"班德尔说,"遗弃爱情,对她若即若离,诸如此类。"

"'酋长'是什么?"卡特汉姆侯爵简短地问,"是首诗吗?"

班德尔怜悯地看了他一眼,然后站起身,吻了吻他的头顶。

"亲爱的父亲。"她说完,便轻快地从落地窗走了出去。

卡特汉姆侯爵接着研究那个珍版书售卖处的消息了。

过了一会儿,海勒姆·费希先生突然和卡特汉姆侯爵打了一声招呼,简直吓了他一跳。他总是这样,走路不声不响的。

"早上好,卡特汉姆侯爵。"

"早,"卡特汉姆侯爵说,"早上好,今天是个好天。"

"天气宜人。"费希先生说。

他给自己倒了杯咖啡,顺便拿了一片白吐司作为早饭。

"我听说禁令已经解除了,这是真的吗?"过了片刻,他又问道,"是说我们可以自由离开了吗?"

"嗯……是的。"卡特汉姆侯爵说,"其实,我希望,我的意思是,"他顺从了自己的内心说,"假若你能多留几天,我会觉得非常高兴。"

"有什么原因吗?"

"这次聚会实在不怎么样,"卡特汉姆侯爵连忙说,"非常糟。如果你想赶紧离开,我也完全理解。"

"卡特汉姆侯爵,我不是那个意思。不可否认,所有发生的一切都很不幸。但是,英国的乡村生活对我很有吸引力,历史上的伟人都在这样的乡村宅邸里住过。我对这些环境的研究很有兴趣,这些在我们美国完全没有。我很乐意接受你的盛情留下来。"

"好。"卡特汉姆侯爵说。"那就这样说定了。老兄,我非常高兴,非常开心。"

他勉强打起精神装出一副殷勤的态度,低声和费希先生说他得去找下警官,然后便逃出了那个房间。

在客厅,他看到了正在走下楼梯的维吉尼亚。

"要我陪你去用早餐吗?"卡特汉姆侯爵温柔地问。

"我在床上吃过了,谢谢你,我今天早上特别困。"她打了个哈欠。

"是睡得不好吗?"

"也不算,其实睡得还挺好的,卡特汉姆侯爵。"她把手放进他的臂弯,紧紧地挽着他,"我在这里很开心,能请我过来玩儿,你真是太好了,亲爱的。"

"那就再玩儿几天吧,好吗?巴特尔警长撤销了禁令,但是我特别希望你能留下。班德尔也是。"

"当然好啦。你这样挽留我,真是贴心啊。"

"嗯!"卡特汉姆侯爵说。

他叹了口气。

"你有什么说不出口的苦恼吗?"维吉尼亚问,"有人咬你了吗?"

"正是。"卡特汉姆侯爵哀怨地说。

维吉尼亚一脸不解。

"你不会感觉想踹我一脚吧?不会的,我知道你不会。算了,无所谓了。"

卡特汉姆侯爵悲伤地走开了,维吉尼亚则从旁门走进花园。

她在那里站了一会儿,呼吸着清新的空气。十月份的那种气息让她稍觉疲惫的身体觉得非常爽快。

她猛然一惊,因为忽然发现巴特尔警长就站在她的身边。这个人似乎总有一种神不知鬼不觉从天而降的特异功能。

"早呀,瑞福太太。身体还好吗?不太累吧?"

维吉尼亚摇摇头。

"这一夜太刺激了,"她说,"牺牲一点睡眠也是值得的,唯一遗憾的就是今天似乎有些无聊。"

"那株杉树下有一块阴凉地儿,"巴特尔说,"我在那里给你搬一把椅子吧?"

"你觉得好就好。"维吉尼亚严肃地说。

"你很机灵,瑞福太太。这是真心话,我想和你谈谈。"

他将一把柳条椅搬到草坪上,维吉尼亚胳膊下夹着座垫跟在他后面。

"那个平台太危险了。"巴特尔说,"我是指,假如想私下里谈谈的话。"

"巴特尔警长,我又兴奋起来了。"

"没什么重要的事,"他掏出一只大怀表,看了一眼,"十点半,还有十分钟我才出发去魏芬修道院给罗麦克斯先生做汇报,时间很充裕。我就是想听你多说一点凯德先生的情况。"

"凯德先生?"维吉尼亚大吃一惊。

"嗯。比如,你们是在什么地方认识的,认识多久了。"

巴特尔警长表现得从容亲切,甚至都没有看着她。可他越是这么做,越是让维吉尼亚隐约觉得忐忑不安。

"没有你想得那么简单。"最后她这样说,"有一次他帮了我一个大忙——"

巴特尔打断她的话。

"瑞福太太,我先插一句。昨天晚上,你和埃弗斯莱先生回房休息以后,凯德先生已经把信件和在你府上遇害者的事都告诉我了。"

"他告诉你了?"维吉尼亚屏住呼吸。

"嗯,这才是明智的,可以澄清很多误会。只有一件事他没和我说,就是你们认识多久了。关于这点,我倒是有点想法,你只要告诉我对不对就行了。他去庞德街你家的那天,是你们第一次见面。看来我猜对了,果然是这样。"

维吉尼亚没有说话,这个面无表情、有些迟钝的人第一次让她感到害怕。她终于明白为什么安东尼会说巴特尔警长这个人非常精明了。

"他有和你说过他到南非以前的生活吗?"巴特尔继续说,"我是说,在加拿大的时候。或者再之前,在苏丹的时候,甚至他小时候的事?"

维吉尼亚只是摇摇头。

"我敢打赌,他肯定是个有故事的人。他的脸上一看就写满了勇敢冒险的经历。要是他愿意,肯定能讲很多有意思的事。"

"你要是想知道他过去的经历,怎么不给他那个叫麦格拉斯的朋友发封电报呢?"维吉尼亚问。

"发过了,但是他好像在内陆呢。凯德先生说他曾经在布拉瓦约待过,确实是真的。但是,不知道他去南非以前在做什么。旅行社的工作他只干了大约一个月。"他又掏出怀表,说,"我得走了,车在等我。"

维吉尼亚看着他走回别墅,却一直坐在那里没有动。

她特别希望这时候安东尼可以出现,陪她待一会儿,结果来的却是呵欠连连的比尔·埃弗斯莱。

"谢天谢地,终于有机会和你说会儿话了,维吉尼亚。"他抱怨道。

"亲爱的比尔,和我说点好听的吧,否则我就要哭了。"

"有人欺负你了?"

"不是欺负我,而是钻进我的脑子里,把那里翻个底朝天。我觉得就像有只大象在我身上踩来踩去。"

"不会是巴特尔警长吧?"

"就是巴特尔警长,那个人太可怕了。"

"好啦,别管巴特尔。维吉尼亚,我实在是太爱你了……"

"比尔,今天别说这个了,我实在是没有精力了。而且,我不是一直告诉你,最知趣的人不会在午餐之前求婚吗?"

"哎呀,"比尔说,"那我可以在早餐之前向你求婚呀。"

维吉尼亚觉得非常厌恶。

"比尔,你理智点,也动动脑子。我需要你替我出个主意。"

"如果你下定决心,说你愿意嫁给我,你就会感觉好多了。会比现在更快乐、更安心。"

"听我说,比尔。向我求婚只不过是你偏执的想法。男人在觉得无聊、不知道说什么的时候就会求婚。别忘了我的年龄,而且我还是寡妇。你应该找一个纯洁的少女求爱。"

"我亲爱的维吉尼亚……啊,该死!那个法国蠢货过来了。"

正是列蒙先生,蓄着小黑胡子,像往常一样端正威严的仪态。

"早啊,夫人。我想,你不累吧?"

"一点儿也不累。"

"好极了。早,埃弗斯莱先生。"

"我们三个一起散散步吧,怎么样?"那个法国人建议道。

"你觉得呢,比尔?"维吉尼亚说。

"好吧。"比尔在她旁边满脸不乐意地回答。

比尔从草地上爬起来,三个人沿路慢慢地走着。维吉尼亚走在两人中间,立刻就感到那个法国人心里潜伏着一种奇怪的兴奋劲,至于是什么原因,她却一无所知。

很快,她就通过惯用的技巧让他放松下来,她向他提出问题,倾听,然后再渐渐引出他的话题。不一会儿,他就开始讲述著名的维克多王的各种轶事。尽管聊到维克多王是如何千方百计骗过警察局的时候,他语气里带着一些怨恨,但讲得很有趣。

虽然列蒙一直在全神贯注地讲故事,但是维吉尼亚总是觉得他另有其事。

而且,她发现列蒙在讲故事的明修栈道下,正暗度陈仓地设计着穿过院子的路径。他们并不只是在闲逛,他在故意引领着他们朝一个方向走去。

突然,故事停住了,他向周围打量了一圈。

这个时候他们正站在院子中间的车道上,前方就是树丛旁边的急转弯。列蒙正在目不转睛地瞧着从别墅那个方向驶过来的一辆车。

维吉尼亚顺着他的目光望过去。

"那是行李车,"她说,"正在把艾萨克斯坦的行李和贴身男仆送去火车站。"

"是吗?"列蒙说道。他瞥了眼自己的手表,开口说,"太抱歉了,没想到我待了这么久,和你们在一起可真好。你们觉得我可以搭他们的车去村里吗?"

列蒙走上车道,举起胳膊示意,于是行李车停了下来。他解释了几句,便从后面爬上了车。他礼貌地扬起帽子向维吉尼亚挥别,便乘车离开了。

另外两个人一头雾水地看着车渐渐远去。车刚刚转过拐角,一个手提箱掉到车道上,但车却没有停下来。

"走,"维吉尼亚对比尔说,"有意思的事来了,手提箱被扔出来了。"

"居然没被人发现。"比尔说。他们朝着那个掉下来的行李跑下车道。正当他们马上到箱子旁边的时候,列蒙从路的转弯处走了过来,因为走得太快,他看起来有点热。

"我不得不下车,"他愉快地说,"我发现我落了一件东西。"

"这个吗?"比尔指着那个手提箱问。

那是一个很漂亮的厚猪皮箱子,上面印着"H.I."的简写。

"太遗憾了!"列蒙轻声说,"它肯定是掉出来的,我们得把它从路中间搬走吧?"

还没等二人回答,他就捡起箱子,把它提到路边那排树的旁边。他俯下身,手里闪过什么东西,箱子的锁就被打开了。

他开口说了一句话,但声音与之前迥然不同,语速变得很快,又充满威严:

"轿车很快就到了。"他说,"过来了吗?"

维吉尼亚回头朝别墅看着。

"没有。"

"很好。"

他快速将箱子里东西一一翻出来:金盖子的瓶子,丝绸睡衣,各色各样的袜子。突然,他僵住了。他抓到一包像是绸缎内衣的东西,连忙打开。

比尔忍不住地轻轻叫了一声。在包裹的中心,是一把很有分量的手枪。

"我听见喇叭声了。"维吉尼亚说。

列蒙飞速地整理好手提箱,用自己的丝帕包上手枪,塞进口袋。然后"啪嗒"一声把箱子锁上,转身对比尔说:

"拿着，你和夫人一起。把车拦住，告诉他们这个手提箱从行李车里掉出来了。别提我。"

比尔快步走下车道，那辆兰卡斯特小轿车正好开到转弯处，里面坐着艾萨克斯坦。司机将车减速，比尔朝他扬了扬手提箱。

"这个箱子从行李车里掉出来了，"他解释说，"碰巧被我们看到了。"

他看见那个财政家的黄色面孔一下子呆住了，目不转睛地盯着他。然后，那辆车继续前进开走了。

他们回身找到列蒙，他正沾沾自喜地站在那里，手里拿着那把手枪。

"踏破铁鞋无觅处，"他说，"真是踏破铁鞋无觅处，终于找到了。"

第二十二章　红色信号

巴特尔警长正站在魏芬修道院的图书馆里。

乔治·罗麦克斯坐在一张堆满了公文的书桌前皱着眉头，一脸盛气凌人的神情。

巴特尔警长先是简短有序地把情况报告了一番，接下来的对话就完全是乔治的主场了，警长只需用一两个字对问话做出回应。

乔治面前的书桌上正摆放着安东尼在梳妆台上发现的那包信件。

"我一点都不明白，"乔治抓起信纸，暴躁地说，"你说这些信是用密文写的？"

"是的。"

"那他说他是在哪里找到的？他的梳妆台上？"

巴特尔一字一句地把安东尼的描述重讲了一遍。

"那他立马就把信拿给你了？那样做倒还算妥当，很妥当。但，谁会把这些东西放到他的房里呢？"

巴特尔摇摇头。

"你应该明白，"乔治抱怨地说，"这种事听起来很可疑，实在非常可疑。不管怎样，我们了解凯德这个人什么呢？他的出现本来就很奇怪，还是在那种高度可疑的情况下，我们对他一无所知。恕我直言，我本人对他那一套很看不惯。你应该调查过他的背景吧？"

巴特尔保持着耐心，挤出了一抹微笑。

"我们第一时间就给南非发了电报，证实了他所言非虚。他和麦格拉斯先生在布拉瓦约的时间也和他自己说的一致。他们两人会面前，他在佳色旅行团工作。"

"果然和我想的差不多，"乔治说，"他那种厚颜无耻的气质就适合这类职业。但是，对于这些信，得马上采取行动，不能耽搁。"

那个大人物自我膨胀起来。

巴特尔警长刚要开口，乔治抢先说道："刻不容缓，必须立即破译这些信。我想想，那个人叫什么来着？就是和大英博物馆有关系的那个人，所有密码的事他都了解。战争期间就管理那个部门来着。奥斯卡小姐在什么地方，她应该知道。叫温……温什么的。"

"温伍德教授。"巴特尔说。

"就是这个，我都想起来了，马上给他发电报。"

"罗麦克斯先生，一小时之前我已经发过了，他预订了十二点十分的那班车过来。"

"啊，很好，很好。谢天谢地，那我就放心了。我今天得去趟伦敦。我不在，你自己可以吧？"

"应该没问题。"

"好吧，尽力而为，巴特尔，你就尽力而为，我最近真是忙到不行。"

"我明白。"

"对了，埃弗斯莱先生怎么没和你一起来？"

"他还在睡觉,先生。刚才和您说了,我们一夜都没睡。"

"哦,这样。我也是经常整宿地熬夜,在二十四小时之内要做三十六小时的工作,那就是我的常态。你回去的时候叫埃弗斯莱先生马上过来,好吧?"

"我会转告的。"

"多谢,我很明白,你过去一直很信任他。但是,你不觉得我的表妹瑞福太太也是绝对可靠的吗?"

"罗麦克斯先生,从那些信上的签名看来,我也这样认为。"

"实在是厚颜无耻。"乔治喃喃地说,他看着那些来信,神色黯淡了下来。

"我想起了赫索斯拉夫已故的国王,他人很好,就是有些软弱,软弱得可怜,所以才会被寡廉鲜耻的皇后利用。这些信怎么会落到凯德先生手里,你有什么想法?"

"我觉得,"巴特尔说,"当人用一个方法得不到一种东西的时候,他们就会尝试其他的方法。"

"我不太明白你的意思。"乔治说。

"维克多王那个骗子,他深知现在议事厅有人把守。所以,他就把信还回来,让我们破译密码,找到藏匿钻石的地方。然后……再制造麻烦!不过,我和列蒙会留意这件事。"

"你已经有计划了,是吗?"

"我还不敢说有计划,只是一个想法。想法有时候是很管用的。"

巴特尔警长随即就告辞了。

他可不打算再对乔治吐露一丁点秘密。

回去的路上,他看到了安东尼,于是停下车来。

"准备让我搭车回别墅吗?"安东尼问,"那就太好了。"

"你去哪儿了,凯德先生?"

"到火车站去打听了一下火车的时刻表。"

巴特尔的眉毛一扬。

"又想要抛下我们了吗?"他问。

"目前还不会,"安东尼哈哈大笑,"对了,什么事让艾萨克斯坦那么烦恼?我要离开车站的时候,他正好刚到,看起来好像特别惊慌。"

"艾萨克斯坦先生?"

"对。"

"我说不准。我觉得确实得有很大的事才会使他惊慌。"

"我也这么觉得,"安东尼赞同地说,"他可是一个强大又沉默寡言的黄种人财政家。"

巴特尔突然将身子向前一探,拍拍司机的肩膀。

"停一下车,可以吗?在这等我一会儿。"

出乎安东尼的意料,他一下子跳出车外。过了一两分钟,安东尼就看见列蒙走了过来,他才明白也许是他刚才发出的信号引起了巴特尔的注意。

那两人匆匆交谈了几句,然后巴特尔便回到车上,吩咐司机继续开车了。

但他的神色完全变了。

"手枪找到了。"他突然简短地说。

"什么?"

安东尼惊愕地看着他。

"在哪儿找到的?"

"艾萨克斯坦的手提箱里。"

"啊,不可能!"

"没有什么是不可能的,"巴特尔说,"我早就应该想到这个。"

他一动也不动地坐在那里,用手敲着膝盖。

"谁找到的?"

巴特尔猛然转过头,说道:"列蒙,那个聪明的家伙。法国安全局方面对他可是赞不绝口。"

"可是,这不是把你的想法全部推翻了吗?"

"不,"督察长慢慢地说,"我不这么认为。我承认,一开始这件事确实出乎我的意料。但其实和我一个想法非常符合。"

"什么想法?"但是,巴特尔却岔到了一个迥然不同的话题。

"你能不能替我去找一下埃弗斯莱先生?罗麦克斯先生有话要带给他,让他马上到修道院去。"

"好的。"安东尼说。这时候车在大门口停了下来。

"他也许还在睡呢。"

"我可不这么认为,"探长说,"看,他正和瑞福太太在树下散步呢。"

"你的眼力真了不起。"安东尼一边说,一边下车去履行他的使命了。

他把乔治的话转达给比尔,比尔表现出厌烦的情绪。

"真该死!"比尔一边走回别墅,一边自言自语地抱怨,"为什么不能让我清静会儿?这些该死的殖民家为什么不留在他们的殖民地?他们到这里来是要干吗?还把最好的女孩子都挑走?我真是受够了。"

"手枪的事你听说了吗?"比尔离开后,维吉尼亚屏住呼吸问。

"巴特尔和我说了,太不可思议了。昨天艾萨克斯坦急着要离开，我还以为那只是他觉得这里气氛太紧张了。他可能是在这些人当中我觉得最没有嫌疑的。你能理解他想除去迈克尔亲王的动机吗？"

"当然想不通。"维吉尼亚若有所思地表示赞同。

"怎么都说不通。"安东尼不平地说，"一开始我一度以为自己是个业余的侦探，到目前为止，我所做的就是克服了很多困难，花了一点钱，弄清了一个法国家庭女教师的人品。"

"你去法国就是为这件事？"维吉尼亚问。

"嗯，我去迪纳尔会见德·布瑞杜列伯爵夫人。当时我还沾沾自喜，满以为她会说从未听说过白兰小姐其人。结果，她却告诉我，那位小姐过去七年间一直是她家庭的骨干。所以，除非那位伯爵夫人也是个骗子，否则我的奇思妙想简直就是一败涂地。"

维吉尼亚摇摇头。

"德·布瑞杜列伯爵夫人没有可疑之处。我和她很熟，而且我觉得我在她家里应该碰到过白兰小姐，我看她很面熟，就像见过的别人家的家庭教师、陪伴和火车上坐在我们对面的人一样，总觉得似曾相识。挺奇妙的，但我却从未清楚地看过她们的眉眼。你有没有这样的感觉？"

"除非她们特别好看。"安东尼承认他也如此。

"既然这样……"她突然止住本来要说的话，"怎么了？"

安东尼正目不转睛地盯着树丛外面一个一板一眼立正站好的身影，那人就是那个赫索斯拉夫仆人——包瑞斯。

"稍等我一下，"安东尼对维吉尼亚说，"我去和我的'狗'说句话。"

他走到包瑞斯身边。

"怎么了？有什么事吗？"

"主人。"包瑞斯向他鞠了一躬。

"很好,但你不要总是这样跟着我,看起来很奇怪。"

包瑞斯一言不发,拿出一张污损的纸片,显然是从一张信纸上扯下来的,递给安东尼。

"这是什么?"安东尼说。

上面只有用潦草的字迹写着的一个地址。

"他掉的,"包瑞斯说,"我拿过来给主人您。"

"谁掉的?"

"那个外国先生。"

"为什么拿给我?"

包瑞斯用谴责的眼光望着他。

"好吧,别管了,你走吧。"安东尼说,"我现在很忙。"

包瑞斯敬礼致意,利落地一个转身,大步走开了。安东尼将纸片塞进口袋,回到维吉尼亚那里。

"他要干什么?"她好奇地问,"你为什么叫他狗?"

"因为他的举动像只狗。"安东尼先回答了她的后一个问题。

"他上辈子肯定是只猎狗,他刚才给了我一张纸片,说是那位外国先生掉的。我猜他说的是列蒙。"

"大概是吧。"维吉尼亚勉强表示同意。

"他总是跟着我,"安东尼接着说,"就像一只狗。也不说话,只是用他那圆溜溜的大眼睛望着我。我搞不清楚他究竟是一个什么样的人。"

"他说的也可能是艾萨克斯坦。"维吉尼亚建议道,"艾萨克斯坦的样子看着也像个外国人,天知道他说的到底是谁。"

"艾萨克斯坦。"安东尼有点不耐烦地说,"他和这件事到底有什么关系?"

"你有没有后悔卷到这件事里面来?"维吉尼亚突然问。

"后悔?当然没有。我很喜欢。我这辈子一直在寻找麻烦。也许这次的麻烦比我渴求的更加麻烦。"

"但你现在已经脱险了。"维吉尼亚说,安东尼不同寻常的严肃语气让她觉得有点奇怪。

"不算吧。"

两个人默默无语,漫步了几分钟。

"有一些人,"安东尼打破沉默,"从不遵守信号灯的指示。平常守规矩的驾驶员看到红灯会减速或者停车。可能我天生就是个色盲,看见红灯就禁不住往前冲。到最后,你也知道,便闯下大祸。那是必然的,也是活该。总的来说,那样对交通并不好。"他说这些话的时候依然保持着严肃的态度。

"我猜,"维吉尼亚说,"你这一生冒过不少险吧?"

"几乎所有危险都经历过了,除了婚姻。"

"有点玩世不恭啊。"

"我并不是有意那样。婚姻,我指的是那种婚姻,应该是最大的冒险。"

"这话我爱听。"维吉尼亚热切得涨红了脸。

"我想娶的只有一种女人,就是和我的生活有天壤之别的那种。我们会怎么面对呢?是她引领着我,还是我引领着她?"

"如果她爱你的话……"

"那是感情用事,瑞福太太,你很清楚。爱并不是令人眩目的毒药,你可以把它变成那样,但那样就太遗憾了。爱的意义比那个多得多。如果国王娶了一个乞丐,过一两年,你觉得他们的婚姻生活会怎么样?她会不会怀念当初衣衫褴褛、无忧无虑的生活?毫无疑问肯定会的。那么,如果他为了她放弃王位,会有什么好处吗？也是一点都没有。他肯定会变成一个糟透了的乞丐，没有一个女人会尊敬做事很差劲的男人。"

"凯德先生，你爱上过乞丐吗？"维吉尼亚轻声地问。

"恰恰相反，但是道理是一样的。"

"没有解决之道吗？"维吉尼亚说。

"总会有的，"安东尼沮丧地说，"我有一个理论，就是一个人只要肯付出代价，总会得到想要的东西。通常情况下，你知道那个代价是什么吗？妥协。妥协是个很残忍的东西。但等人到中年，总是会用这个办法解决问题。我现在就是这样了。为了得到我想要的女人的芳心，我甚至开始做起正规工作了。"

维吉尼亚哈哈大笑。

"知道吗？我过去做的都是买卖。"安东尼接着说。

"后来放弃了？"

"是的。"

"为什么？"

"原则问题。"

"哦！"

"你是个很特别的女人。"安东尼突然说，转过脸来望着她。

"为什么？"

"你能忍住不问问题。"

"你是指我没问你的买卖是什么吗？"

"正是。"

两个人再次陷入沉默，静静地往前走。他们经过芳香的玫瑰园，离别墅越来越近。

"我想，你已经很清楚我的意思了。"安东尼打破了沉默，"当一个男人爱上了你，你心里很清楚。我想你大概一点都不喜欢我，也不喜欢别人。但是，我想让你喜欢我。"

"你觉得你能做到吗？"维吉尼亚低声问道。

"也许不能，但我一定要试试。"

"你后悔认识我吗？"她突然问。

"不后悔！这又是一个红灯信号。那天在庞德街第一次看见你，我就知道我要面临一件痛并快乐着的事。仅仅看到你的脸，我就感觉到了。你从头到脚都散发着一种魔力。有的女人也会这样，但是，我从没见过一个女人有你这么大的魔力。我知道你终究会嫁给一个高尚的成功人士，而我却要回到并不体面的生活。但是，在我离开前，我发誓一定要吻你。"

"现在可不行，"维吉尼亚轻声说，"巴特尔警长在图书室的窗口看着我们呢。"

安东尼看着她。

"维吉尼亚，你真是个恶魔。"安东尼冷静地说，"但是，也的确是个可人儿。"

然后，他若无其事地向巴特尔警长挥挥手。

"巴特尔警长，今天早上抓到罪犯了吗？"

"还没有。"

"这话听起来充满希望。"

巴特尔从图书室的落地窗跨上平台，来到他们两个旁边，一个木讷的人做出这么敏捷的动作，还有点令人惊奇。

"我把温伍德教授叫来了，"他低声宣布，"人刚到，正在破译信上的密文。你想去看一眼吗？"

他的语调就像一个主持人在谈论得意的展览会。在得到肯定的答复后，他便把两人带到窗边，让他们朝里窥探。

坐在桌边的是一个身材矮小的红头发中年男人。他把信件摊在面前，正在一大张纸上奋笔疾书，一边写、一边急躁地发出咕噜的声音，还不时用力地摩挲着自己的鼻子，鼻头已经被揉得跟他的头发一样红红的。

过了一会儿，他抬起头来。

"是巴特尔吗？你把我叫到这里，就是来弄这个无聊的玩意儿吗？就连会走路的小孩都能做到，这东西对两岁的孩子都没有难度。这个也能叫破译吗？老兄，这简直一目了然！"

"教授，这样我就放心了。"巴特尔温和地说，"但是我们可没您这么聪明。"

"这个跟聪明根本没关系，"教授厉声说，"这就是个常识，你是想让我把这包信都弄完吗？这可得有会儿工夫。得埋头苦干，还得全神贯注，但是绝对不需要智慧。我已经把那封标注了'烟囱别墅'的信弄完了，你说那封最重要。其余的我带回伦敦找个助手去处理吧，我自己实在抽不出时间，我是放下手上一个真正的难题过来的，现在可要回去继续工作了。"

他的眼里微微露出光芒。

"好吧，教授。"巴特尔表示同意，"很抱歉，我们让您大材小用了。我会和罗麦克斯先生解释清楚的。我们急于了解的就是这一封信。卡特汉姆侯爵正等着您共进午餐呢。"

"我从来不吃午餐。"教授说，"吃午餐是个坏习惯。一个心智健全、身体健康的人在中午需要的不过是一根香蕉和一片薄饼干。"

他拿起搭在椅背上的外套就走，巴特尔把他送到别墅门口。过了几分钟，安东尼和维吉尼亚便听到汽车开走的声音。

巴特尔回来的时候，手里攥着教授给他的半张纸。

"他就这样。"巴特尔指的是刚刚离开的那位教授，"总是匆匆忙忙的。不过，他非常聪明。好了，这就是皇后陛下那封信的要点。要看看吗？"

维吉尼亚伸手把信接过来，安东尼隔着她的肩膀开始读。他记得那是一封很长的书信体诗文，文中夹杂着热情与失望的情绪。天才的温伍德教授却把它译成了商务信笺：

> 一切进展顺利，但"S"把我们都骗了。钻石已由藏匿处转移，不在其室。搜索后，发现以下纪要，恐即指此物：里士满，七直八左三右。

"S？"安东尼说，"当然，是指斯泰普提奇。那只狡猾的老狐狸，他居然转移了钻石。"

"里士满，"维吉尼亚思索着说，"钻石是藏在里士满的什么地方吗？"

"那是皇室最喜欢的地方。"安东尼赞同地说。

巴特尔摇摇头。

"我还是觉得应该是这座别墅里面的什么地方。"

"我知道了。"维吉尼亚突然叫了出来。

两个人都转头看着她。

"议事厅那幅霍尔拜因的肖像画。他们那天夜里在敲那幅画下面的嵌板，而那就是里士满伯爵的画像。"

"就是这样。"巴特尔说，一面拍着大腿。

他的语调中带着少有的生气。

"那张画像就是起点。那些盗贼和我们一样，不知道这些数字是什么意思。那两个盔甲人像就在那幅肖像正下面，他们最初的想法是钻石藏在那两个人像中的一个里面。那串数字可能是英寸。搜索失败之后，他们的另一个想法就是有一个密道或者楼梯，或者是活动的嵌板。瑞福太太，你知道有这样的东西吗？"

维吉尼亚摇摇头。

"别墅里有一间教士的小屋，还至少有一条密道，这个我是知道的。"她说，"他们带我看过一次，但我现在记不清了。班德尔来了，她应该知道。"

班德尔正沿着平台快步走过来。

"午餐后我要开这辆潘哈德去伦敦。"她说，"有人要搭车吗？凯德先生，你去吗？晚饭之前会回来。"

"不了，谢谢。"安东尼说，"我在这里很好，而且还有事要忙。"

"他怕我，"班德尔说，"要么就是怕我开车的技术，要么就是怕我致命的魅力。你怕的是哪一个呀？"

"后者，"安东尼说，"一直如此。"

"班德尔，亲爱的，"维吉尼亚说，"这里有通往议事厅的密道吗？"

"当然有啦。但是都发霉了。本来是从烟囱别墅通到魏芬修道院的。那是很久以前的事了，已经都堵住了，现在从这一头往那头也就能走大约一百码，楼上白画廊的那个密道比那个有趣多了，还有那个教士小屋也不错。"

"我们不是从艺术性上来观察那些地方，"维吉尼亚解释说，"是有正事。怎样才能进到议事厅的那个秘道呢？"

"有一块带铰链的嵌板，午餐之后我带你们去看看。"

"谢谢你。"巴特尔警长说，"两点半可以吗？"

班德尔眉毛一扬，瞧了他一眼。

"是盗贼的事吗？"她问。

这时候特雷德韦尔出现在平台上，宣布道："小姐，该吃午饭了。"

第二十三章　玫瑰园的相遇

两点半，班德尔、维吉尼亚、巴特尔警长、列蒙先生和安东尼·凯德一小群人聚在议事厅里。

"只是等着罗麦克斯先生没什么意义。"巴特尔警长说，"这种事宜早不宜迟。"

"你如果以为是有人从这条路进来杀了迈克尔亲王，你就错了。"班德尔说，"这是办不到的，因为另外那头已经完全堵死了。"

"不是那个问题，侯爵小姐。"列蒙赶紧说，"我们是在找其他线索。"

"你们是在找一件东西，是不是？"班德尔立即问道，"该不会是那个史上有名的某物吧？"

列蒙一脸不解。

"解释一下你的话，班德尔。"维吉尼亚鼓励着说，"试试，应该能说明白。"

"那个什么东西，"班德尔说，"就是王子的那块历史悠久的钻石，在我还不懂事的时候就被人偷走了。"

"你是听谁说的，爱琳小姐？"巴特尔问。

"我一直都知道。我十二岁那年，家里的一个侍从告诉我的。"

"侍从,"巴特尔说,"我的天!真应该让罗麦克斯先生听听。"

"这是乔治严守的一个秘密吗?"班德尔问,"太不可思议了!我从没想到这是真的。乔治真是蠢,他肯定知道侍从们什么都知道。"

她走到霍尔拜因肖像画的前面,按了下旁边藏着的一个弹簧。瞬间,一块嵌板咔嚓一声向里打开,露出一个昏暗的通道。

"诸位女士和先生,请进。"巴特尔模仿着法语话剧的台词,"往前走,亲爱的各位,往前走,往前走。这可是本季最好的一出戏,而且只要六便士。"

列蒙和巴特尔两个人带着手电筒,率先进入通道,其他人紧随其后。

"这里的空气很好,很新鲜。"巴特尔说,"肯定有通风的地方。"

他走在最前面。地上是崎岖不平的粗石子路,但是墙壁是砖砌的。班德尔说得没错,这个暗道只通了一百码,便被落下的砖瓦堆挡住去路。巴特尔确认了前面没有出口才放心。然后转过头说:"我们回去吧。可以说,我们就是来侦察一下地形。"

没几分钟,他们就回到了嵌板那里的入口。

"我们由这里出发,"巴特尔说,"七直,八左,三右。把这些数字当作步数。"

他认真地向前走了七步,然后弯下身去检查地面。

"我觉得差不多应该是对的。这里有一道画了几次的粉笔印。下面是八左,应该不是步数了,这个通道的宽度只够一个人通行。"

"假设是砖呢?"安东尼建议。

"凯德先生,太对了。左手边从底下或者顶上数八块砖。先从底下数试试,这样容易一点。"

他往上数了八块砖。

"现在再往右数三块砖。一,二,三……你好……你好……这是什么?"

"我简直要叫出来了,"班德尔说,"我肯定会的,这是什么?"

巴特尔警长用刀尖挖着那块砖。他凭借着丰富的经验一眼就发现这块砖和其余的不太一样。一两分钟后,那块砖就可以拉出来了。在它后面是一个小小的黑洞。巴特尔把手伸进去。

所有人都屏住呼吸,满心期望地等待着。

巴特尔把手抽出来。

然后,他发出又吃惊又生气的叫声。

其他人都围了过来,不明所以地盯着他手里的三个物件。好一会儿,他们似乎都不敢相信自己的眼睛。

一板小珍珠纽扣,一块粗针织布,还有一张上面写了一排E的纸条。

"啊,"巴特尔说,"我的天。这是什么意思?"

"我的天,"法国探长喃喃地说,"这个可太难了。"

"那到底是什么意思啊?"维吉尼亚困惑地喊道。

"什么意思?"安东尼说,"只有一个意思。已故的斯泰普提奇伯爵想必颇有幽默感,这就是一个示例。不过,我个人一点都不觉得这个有什么好玩儿。"

"先生,你能说得再清楚点吗?"巴特尔警长说。

"当然可以。这就是伯爵开的一个小玩笑。他想到写在信笺上的暗示会被人看到。等那些窃贼来找珠宝的时候，拿到的却是这个极聪明的谜语。这就是玩游戏时别在身上的东西，好让别人来猜你是谁。"

"那么，这种东西总有一个意思了？"

"肯定的。如果伯爵只想让你碰个钉子，他就直接放一张'售罄'的纸牌，或者是画只驴什么的就行了。"

"一块针织布，大写的E，还有一堆纽扣。"巴特尔忿忿地咕哝着。

"太奇怪了。"列蒙生气地说。

"这是二号密码。"安东尼说，"不知道温伍德教授能不能解开。"

"侯爵小姐，这条密道上次使用是什么时候？"法国探长向班德尔问道。

班德尔思索片刻。

"最近两年多都没人进来过了。一般美国人和游客都会去那个教士小屋参观。"

"不对劲。"法国探长低声说。

"怎么不对劲？"

列蒙弯腰捡起地上的一个小东西。

"这根火柴，"他说，"可没有两年，甚至两天都不到。"

"诸位有人丢过这根火柴吗？"他问道。

大家都表示没有。

"那么，"巴特尔警长说，"该看的都看了，我们也该出去了。"

所有人表示同意。那块嵌板已经关上了，但班德尔向大家说明只是从里面固定住了。她把嵌板闩打开，轻轻地推开。从暗道口往外一跳，于是，便扑通一声跳进议事厅。

"吓死我了！"卡特汉姆侯爵一下子从安乐椅上跳起来，他好像正在那里打盹儿。

"可怜的老爸，"班德尔说，"我吓到你了吗？"

"真是想不明白，"卡特汉姆侯爵说，"怎么没有一个人能在饭后安安静静地坐一会儿，这种生活艺术都失传了吗？烟囱别墅那么大，就找不到一个能安静一点的地方。哎呀，你们有多少人？让我想到小时候看过的哑剧，那里面就总会演很多怪物从活板门里出现。"

"七号怪物。"维吉尼亚一边说着，一边走到他身边，轻轻拍了拍他的头。"别生气啦。我们只是到暗道里看看，没别的。"

"今天怎么都流行进密道了。"卡特汉姆侯爵咕嘟着说，还带着一丝怒气，"今天我就带那个费希转了一上午。"

"什么时候？"巴特尔紧接着问道。

"就在午饭前。他好像听谁说了这里的密道，我就带他去看了看，然后又带他去了白画廊，最后又去看了教士小屋。不过那时候他就没什么兴致了，看起来相当无聊的样子。但是，我还是带他看完了。"卡特汉姆侯爵想到这个，咯咯地笑了起来。

安东尼拉了一下列蒙的胳膊。

"出来一下，"他轻声说，"我和你说点事。"

两人从落地窗出去，一直走到离别墅很远的地方。安东尼从口袋里掏出包瑞斯上午给他的那张纸片。

"看看这个，"他说，"是你掉的吗？"

列蒙接过去，饶有兴致地仔细看了看。

"不是，"他说，"我从来没见过，怎么了？"

"你肯定？"

"绝对肯定,先生。"

"那就怪了。"

他把包瑞斯的话告诉列蒙,列蒙专注地听着。

"不,不是我掉的。你说他是在那树丛里发现的?"

"我当时是这么以为的,但是他没直接这么说。"

"那就只可能是从艾萨克斯坦先生的手提箱里掉出来的。你再问问包瑞斯。"他把那张纸片递给安东尼。过了几分钟,他说:"你对这个包瑞斯到底了解多少?"

安东尼耸耸肩。

"我只知道他是迈克尔亲王的忠仆。"

"也许是,但是你还是认真查一下。问问认识他的人,比如洛洛普赖特耶奇尔男爵。也许这人只是在几周前才雇用的呢。我个人相信他是诚实的。但是,谁说得准呢?维克多王也能在顷刻间装扮成一个忠仆。"

"你真的以为——"

列蒙打断他的话。

"坦白对你说。维克多王就像我的一个魔咒,我觉得他无处不在。甚至此时此刻,我都在想,这个和我说话的凯德先生到底是谁?也许他就是维克多王呢?"

"天啊,"安东尼说,"你走火入魔了。"

"我关心那个钻石干什么?寻找杀害迈克尔亲王的凶手又有什么?那些事,伦敦警察厅的人去办就好了,那是他们的事。我到英国来有一个目的,而且只有一个目的:就是逮捕维克多王,而且要当场抓到。别的什么都不重要。"

"你觉得你能办到吗?"安东尼问,同时点起一支烟。

"我哪知道。"列蒙突然泄了气。

"唉!"安东尼说。

他们回到平台,巴特尔警长正站在落地窗旁,一脸木然。

"看看可怜的巴特尔,"安东尼说,"过去给他打打气吧。"他踌躇片刻,然后说,"列蒙先生,在某些方面你挺怪的。"

"哪些方面?"

"这个……"安东尼说,"我要是你,我就会记下刚才那张纸上的地址。虽然很有可能没什么用,但也有可能很重要呢。"

列蒙沉着地看了他一会儿,然后面露微笑。他把上衣左面的袖口翻过来,在那雪白的衬衫袖口上赫然用铅笔写着"赫斯特米尔多佛,兰利路。"

"我向你道歉,"安东尼说,"我败下阵来。"

他走到巴特尔警长身边。

"你看起来有一肚子心事,巴特尔警长。"他说。

"我有好多事得想。"

"我明白。"

"事情都对不上,一点儿都对不上。"

"是很抓狂。"安东尼同情地说,"没关系,巴特尔。逼到最后一条路,你还可以逮捕我啊。到了最后关头,你还有我的那些有犯罪嫌疑的脚印呢。"

但是,巴特尔并没有笑。

"凯德先生,你有什么敌人吗?"他问。

"餐厅里的第三个仆人不喜欢我,"安东尼轻松地说,"他总是千方百计地不肯给我上好的蔬菜。怎么这么问?"

"我开始收到匿名信了。"巴特尔警长说,"确切地说,我收到了一封匿名信。"

"关于我的?"

巴特尔没有说话，只是从口袋里掏出一张折着的廉价信纸递给安东尼。上面带着错别字潦草地写着：

提方［防］凯德先生，他可和外表不一样。

安东尼轻轻地笑了一声，把信纸还给他。
"就这个？别沮丧了。我其实是个微服私访的国王。"
他吹着口哨走进别墅。但是，当他走进房间，关上房门之后，他的脸色就变得凝重刻板起来。他坐在床沿，情绪低沉地凝视着房门。
"情形越来越严峻了。"安东尼想，"得做点什么，现在这样太糟了……"
他在那里坐了片刻，然后慢慢踱到窗口，漫无目的地望着窗外。过了一会儿，他的眼睛突然落在一个地方，于是，他的表情又轻松起来。
"就这里了。"他说，"玫瑰园！就是玫瑰园。"
他匆匆走下楼，从侧门走到外面的园子里。他绕路走到玫瑰园，这座玫瑰园两侧都有门。他从远的那一侧进来，朝日晷的方向走去。那个日晷就在玫瑰园正中心的一个小丘上。
安东尼刚到那里，就突然停了下来。那里已经有了另一位客人，安东尼目不转睛地盯着他，那人也表现出同样的惊讶。
"费希先生，没想到你对玫瑰花有兴趣。"安东尼客气地说。
"先生，"费希先生说，"我对玫瑰相当感兴趣。"
他们戒备地看着彼此，都在心中暗暗掂量对手的实力。
"我也是。"安东尼说。
"真的吗？"

"事实上，我简直是沉迷于玫瑰。"安东尼故作轻松地说。

费希先生的唇边露出微笑，同时安东尼也笑了。紧张的气氛似乎一下子轻松了下来。

"来看看这个美人胚。"费希先生俯下身指着一朵特别好看的花，"我猜这朵是'阿贝尔·夏特奈夫人'。果然，我猜对了。在战前，人们管这种白玫瑰叫'卡尔·德鲁斯基夫人'，现在已经改名了。或许太敏感了，但实在是一种爱国情绪。那个法兰西品种一直很受欢迎。你喜欢红玫瑰吗？这里就有一枝鲜红的玫瑰……"费希先生慢慢悠悠、拖着长音的言谈突然被打断了。班德尔正从二楼的一个窗口探出头来。

"费希先生，想去伦敦兜兜风吗？我正准备动身。"

"谢谢，爱琳小姐，我在这里很好。"

"凯德先生，你现在改变主意还来得及。"

安东尼笑了，摇摇头。于是，班德尔就消失了。

"现在睡觉对我更合适，"安东尼打着呵欠说，"痛快地睡个午觉！"他掏出一支烟，"你没有火柴吧？"

费希先生递给他一个火柴盒。安东尼抽出一根，然后将火柴盒还回，并道了谢。

"玫瑰，"安东尼说，"固然很好，但是，今天下午我并不是很想研究园艺。"

他露出一个和解的微笑，畅快地点点头。

这时别墅外面响起一阵如雷贯耳的噪声。

"她车的引擎还真猛。"安东尼说，"好了，她走了。"

班德尔的车沿着长长的车道疾驶而下。

安东尼又打了一个呵欠，慢慢向别墅走去。

他走进别墅，一进门，就完全变了一个人。他飞快地越过大厅,从较远一边一个窗子溜出去,然后穿过院子。他知道班德尔得绕一大圈,从小屋旁边的门出去,穿过村子。

他拼命地跑,这是和时间的比赛。他刚跑到院子的墙边,就听见外面的汽车声了。他翻过墙去,跳到马路上。

"嗨!"安东尼大喊。

班德尔大吃一惊,在马路上一打转向,然后平稳地停下来,安东尼从车后面赶上来,打开车门,纵身一跃,坐到班德尔旁边。

"我和你一起去伦敦,"他说,"我是指一路。"

"你这人好特别啊,"班德尔说,"你手里拿的什么?"

"就是一根火柴。"安东尼说。

他若有所思地端详着那根火柴,粉红色的火柴棍,黄色的火柴头。他把手里还没点着的烟丢掉,小心翼翼地将火柴放进了口袋里。

第二十四章　多佛的房子

"我要是，"过了一两分钟，班德尔说，"开快点，你没意见吧？我启程的时间有些晚了。"

安东尼本以为车的速度已经够惊人了，但很快就意识到比起班德尔版潘哈德的车速，那简直不值一提。

"有些人，"他们穿过乡村的时候，班德尔短暂地降了速，"不敢坐我的车，比如我那可怜的老爸。无论如何也不肯来坐我这辆老爷车。"

安东尼心里暗暗赞同卡特汉姆侯爵的做法。对于容易紧张的中年人，坐班德尔的车可不是好玩儿的。

"但你就一点都不紧张，"班德尔赞许地继续说道，说话的工夫，半个车身就扫过了一个拐弯。

"我是受过训练的，"安东尼郑重地向她解释，"而且，"他补充道，"我也赶时间。"

"那我再快一点？"班德尔好心地问道。

"天啊，别了。"安东尼赶忙说，"我们已经有五十迈了。"

"我特别好奇，你为什么突然就要走了。"班德尔把喇叭按得震耳欲聋，然后问道，"但是我不应该问吧？你不会是在逃脱法网吧？"

"说不准,"安东尼说,"一会儿就知道了。"

"那个苏格兰场的人不像我想的那么弱。"班德尔思索着说。

"巴特尔是个好手。"安东尼表示赞同。

"你应该去外交部,"班德尔说,"你从不多嘴。"

"我还以为我很唠叨呢。"

"哎呀呀!你不是要跟白兰小姐私奔吧?"

"欲加之罪!"安东尼激动地说。

两人沉默了几分钟,在这段时间里,班德尔超了三辆车。然后,她忽然问道:

"你和维吉尼亚认识多久啦?"

"这个问题有点难。"安东尼实实在在地说,"我们见面不多,但是我感觉已经和她认识很久了。"

班德尔点点头。

"维吉尼亚很有头脑,"她有点生硬地说道,"虽然总说些无聊的话,但她确实很有头脑。她在赫索斯拉夫表现得非常优秀。蒂姆·瑞福如果还活着,他的事业会特别成功,主要得归功于维吉尼亚。她一直全力以赴地帮他,为了他做了所有她能做的。我也知道她是为了什么。"

"因为她喜欢他吗?"安东尼一直目视着前方。

"不,因为她不喜欢。难道你不明白吗?她不爱他,她从来没爱过他,所以她才愿意做所有的事情来弥补。维吉尼亚就是这种人。但是,千万别弄错,维吉尼亚从来没有爱过蒂姆·瑞福。"

"你似乎很肯定。"安东尼说,同时转过脸看着她。

班德尔小巧的双手紧握着方向盘,扬着下巴,露出坚毅的神情。

"这件事,我略知一二。她结婚的时候我还是个小孩,但是我听到大人谈起过一两件事。我了解维吉尼亚，所以很容易就能把这些事情串联起来。蒂姆·瑞福完全拜倒在维吉尼亚的石榴裙下。他是个爱尔兰人，长得很英俊，表达能力超棒。维吉尼亚当时很年轻，只有十八岁。无论她到哪里，蒂姆都阴魂不散，表现出一副痛苦不堪的样子。他还发誓如果娶不到维吉尼亚，他就自杀或者酗酒消愁。女孩子都会相信这样的话，至少在那个年纪的女孩都会信，最近八年我们可成长不少。蒂姆的激情让她有点忘乎所以，于是就嫁给了他。她在他面前一直表现得像个天使一样。假如她爱他，那么，她连那样的一半都做不到。维吉尼亚的心里住了很多小恶魔。但是我可以告诉你一件事，她喜欢自由。没有人能让她放弃自由。"

"我很纳闷你为什么要和我说这个。"安东尼慢慢地说。

"了解别人是件很有意思的事，只是一些人。"

"我确实是想了解。"他承认道。

"你从来没听别人说过维吉尼亚，但是你可以信任我，我是有内幕消息的。维吉尼亚是个可人儿，甚至连女人都喜欢她，因为她一点儿也不狠毒。"班德尔模棱两可地结束了这个话题。"人都得讲交情，对吧？"

"当然了。"安东尼赞同地说。但是他仍然一头雾水。他不明白班德尔为什么自顾自地和他说了这么多。但是不可否认，他很开心。

"电车来了，"班德尔叹了口气，"我得小心驾驶了。"

"我也这么想。"安东尼表示同意。

他和班德尔对小心驾驶的定义完全不同。甩下了愤愤不平的郊区人群后，他们终于来到了牛津街。

"还不错哟。"班德尔瞄了一眼手表，说道。

安东尼连连点头称是。

"你在什么地方下车?"

"哪儿都可以,你走哪条路?"

"骑士桥路。"

"好,那就把我放在海德公园转弯处。"

"再见,"班德尔在他指定的地点停下车,"回去的时候怎么办?"

"我自己想办法回去,非常感谢。"

"我把他吓坏了。"班德尔说。

"我可不建议神经衰弱的老太太坐你的车提神,但是我本人还是觉得很有意思的。我上次像这样身处险境还是被一群大象攻击。"

"你这人真无礼,"班德尔说,"我们今天一路上连颠簸都没有呀。"

"如果是因为我的原因,你今天才有所克制,我很抱歉。"

"你们男人太不勇敢了。"班德尔说。

"真是讨厌啊。"安东尼说,"我只好羞愧地告辞了。"

班德尔点点头,继续往前开。

安东尼叫了一部出租车。"维多利亚车站。"上车后,他对司机说。

到达目的地后,他付了车费下车。然后询问了下一班开往多佛的列车时间。很不幸,他刚刚错过了一班。

他只好再等一个小时。安东尼来回踱着步,眉头紧锁,时不时不耐烦地摇摇头。去多佛的路上,一路无事。到站后,安东尼迅速地往车站外面走去。突然,他好像想起了什么,又转身往回走。只有在向站台服务员寻问怎么去兰利路的赫斯特米尔时,他的脸上才挂上一点点笑。

兰利路很长,一直通到城外。按照刚才那个服务员的说法,赫斯特米尔是最后一栋房子。他紧锁着眉头稳步一直往前走,却隐约露出一种全新的欢欣鼓舞的劲头,这是他感受到近在眼前的危险时常有的状态。

果不其然,赫斯特米尔正是兰利路尽头的一座房子。屋子离马路很远,四周是宅院,已经破旧不堪,长满了荒草。安东尼推断这里已经闲置了许多年。大铁门已经生锈,挂着铰链,摇摇晃晃。门柱的门牌上面的字也已经磨损得模糊不清。

"这片偏僻的地方,"安东尼自言自语地说,"是个不错的选择。"

他犹豫了一下,向路的周围迅速瞄了几眼,路上一个人影都没有。他悄悄地溜进那扇吱呀作响的铁门里,宅院里的车道上都长满了杂草。他又往前走了一小段路,然后停下来留心听着周围的动静,这时候他离房子还有一段距离。四周一点声音都没有。头顶那棵大树落下几片变黄的树叶,发出轻轻的飒飒声,在这片死寂中竟有种不祥的感觉。安东尼打了一个寒战,然后就笑了。

"神经过敏。"他喃喃地自言自语,"都不知道我还有这毛病。"

他沿着车道继续往上走,很快,就到了转弯的地方。他溜进灌木丛中继续前行,这样不会被房子里的人看见。突然,他停了下来,透过树叶向外窥探。远处传来了狗叫声,但安东尼注意到就在附近还有一个声音。一个又矮又壮的男人从房子的拐角快步走出来,看起来像个外国人。他没有停留,一直稳步往前走,绕过房子,又不见了。

安东尼暗自点头。

"是警卫，"他喃喃自语，"干得还不错。"

警卫一走过去，安东尼便左转再往前走，紧跟着那个警卫。

房子的墙在他的右边，很快他便来到一片敞亮的区域，大片的阳光直接照射在砂石道上。然后，他清晰地听见几个男人的谈话声。

"我的天！真是太蠢了！"安东尼暗想，"真应该好好吓吓他们。"

他悄悄来到窗边，稍微弯着身子，好让自己不被发现。过了一会儿，他小心翼翼把头抬到窗台的高度，向里窥探。

房子里有六个人，正无序地围在一张桌子前。其中有四个人体格粗壮，高颧骨，有一双马札尔人特有的斜视眼，另外两个人像老鼠一样，矮小敏捷。他们说的是法语，但那四个大个子说得略有些生疏，而且带着粗哑的喉音。

"老板呢？"其中一人咆哮着说，"他什么时候过来？"

一个小个子的人耸了耸肩膀。

"随时可能来。"

"也该到了。"第一个说话的人大喊，"你们的这个老板，我从来没见过。但是，白白等了这些天，要不能干多少大事！"

"傻子！"另外那个小个子尖酸地说，"你们那群人能干的大事也就是被警察抓了。就是一群惹祸的大猩猩！"

"嘿！"其中一个粗壮的汉子嚷起来，"看不起我们同志党？我现在就在你的脖子上留个红手印。"

他怒视着那个法国人，就要站起身来，被他一个同伴拉着坐下了。

"吵什么！"他不耐烦地说，"我们要合作。我听说这个维克多王最忍不了别人违抗他的命令。"

黑暗中,安东尼听到警卫又走过来的脚步声,他赶紧退缩到灌木丛后边。

"是谁?"里面一个人问。

"是卡罗在巡逻呢。"

"哦!那个被关着的人怎么样了?"

"他没事,很快就醒过来了。我们在他脑袋上开的口子已经愈合了。"

安东尼轻轻地走开了。

"天!乌合之众!"他喃喃自语地说,"居然开着窗子讨论那些事,还有那个傻蛋卡罗巡逻时的脚步声跟大象一样,还有双蝙蝠眼。更糟的是,赫索斯拉夫人和法国人都要打起来了。维克多王的大本营岌岌可危啊。要是能给他们一个教训,那才有意思呢!"

他踌躇不定地在那儿站了一会儿,不觉暗笑。突然从他头顶不知道什么地方,传来了一声压低的叹息声。

安东尼抬头张望,又听见一声叹息。安东尼迅速左右环视,还不到卡罗巡逻回来的时候。他抓住粗大的藤枝,敏捷地爬上窗台。窗子是锁着的,安东尼从口袋里拿出一个工具,很快就把那个窗闩撬开了。他停住片刻听听动静,然后轻盈地跳进屋里。在房里远处的角落摆着一张床,上面躺着一个人。但灯光太暗,无法辨认出是谁。

安东尼走到床边,把手电筒的光打到那人脸上。那是一个外国人的面孔,苍白憔悴,头上包着厚实的绷带。

那人的手脚都被捆着。看到安东尼时,惶恐地瞪大了眼睛。

安东尼刚刚俯下身子,就听见背后有声音,便猛地转身,同时把手伸进衣袋。

但他立马听到一声严厉的命令。

"举起手来,小子!没想到在这儿会看到我吧,我在维多利亚站碰巧和你搭的同一班火车。"

站在门口的正是海勒姆·费希先生。他面带笑容,手里握着一把大大的蓝色自动手枪。

第二十五章　星期二晚上的烟囱别墅

晚餐后,卡特汉姆侯爵、维吉尼亚和班德尔都坐在书房里。这是星期二晚上,自从安东尼戏剧性地离开,已经过去了大约三十个小时。班德尔把安东尼在海德公园转角说的话已经重复了至少七遍。

"我自己想办法回去。"维吉尼亚若有所思地重复着这句话。

"他应该没有想到会在外面待这么久,而且,他所有的东西都还在这里。"

"他没说他要去哪儿吗?"

"没有。"维吉尼亚一直目视前方。

"他什么都没和我说。"

然后,大家都不说话了。大约过了一两分钟,卡特汉姆侯爵先开了口:

"总之,"他说,"开旅馆可比管理乡间别墅好多了。"

"这是什么意思?"

"旅馆的房间里都会挂着那个小提示:贵客若欲退房,请于十二时前通知柜台。"

维吉尼亚笑了。

"也许,"他接着说,"我是有点守旧和无理。但现在这个家里，所有人进进出出都蔚然成风了。这不是和住旅馆一样吗？行动自由。到最后，连账都不付！"

"您可真是不知足的老太爷，"班德尔说，"您都有了我和维吉尼亚，您还想要什么？"

"够了，够了。"卡特汉姆侯爵赶紧安抚她们，"但这完全不是一码事，这是原则问题。这样让人很不安心。我真心实意地觉得过去的这二十四小时几乎就是理想的生活。安宁，绝对的安宁。没有小偷，没有暴力，没有警察，也没有美国人。如果我能觉得安全稳妥，我简直高兴至极。我抱怨的就是我不能，我无时无刻不在想，'他们很快就会再露面。'这样一想，就什么都完了。"

"那么，现在所有人都不露面了。"班德尔说，"我们就被残忍地抛弃了，无人理睬。很奇怪的是费希也不见了。他有说过什么吗？"

"什么都没说。我昨天下午还看见他了，那时候他正在玫瑰园里溜达，抽着他那种难闻的雪茄。然后他就人间蒸发了。"

"可能是被人绑架了。"班德尔抱有希望地说。

"搞不好过不了几天，苏格兰场就从湖里捞出他的尸体。"卡特汉姆侯爵忧伤地说，"我真是咎由自取。我这个年纪，就该安安静静地到国外玩玩，好好保养身体。就不应该卷到乔治·罗麦克斯这种不靠谱的计划里。我——"特雷德韦尔走进来打断了他的话。

"怎么了？"他不悦地问，"什么事？"

"爵爷，那个法国探长到了，问您能不能抽出几分钟接见他。"

"我刚才怎么说的？"卡特汉姆侯爵说，"就知道好景不长。

看来，他们已经在鱼塘底找到费希泡肿的尸体了。"

特雷德韦尔恭恭敬敬地把他引导到目前的问题上来。

"我可以说您要接见他吗，爵爷？"

"好，好的，请他过来吧。"

特雷德韦尔离开后，没几分钟就回来了，用沉郁的声音宣布道：

"列蒙先生到。"

那个法国人迈着敏捷轻盈的步子走了进来。虽然他面无表情，但他的步伐已经将他的兴奋劲儿暴露无遗。

"晚上好，列蒙先生。"卡特汉姆侯爵说，"喝点什么？"

"不用了，谢谢。"他一丝不苟地向两位女士鞠了个躬，"事情终于有进展了。照目前的情形，我觉得应该和各位报告一下我的发现，这是我在过去二十四小时中最重大的发现。"

"我早就猜到肯定在哪儿发生了什么重要的事。"卡特汉姆侯爵说。

"爵爷，昨天下午，府上的一位客人用一种非常奇怪的方式离开了。我必须告诉您，从一开始我就觉得这个人非常蹊跷，他来自蛮荒之地，两个月前到了南非。那再之前，他在哪儿？"

维吉尼亚猛抽一口气，法国人用狐疑的眼神看了她好一会儿。然后，他接着说下去：

"再之前，他在哪儿？没人知道。他和我心心念念在找的人如出一辙——放荡、冒险、不计后果、无所畏惧。我发了好多通电报，却找不到他过去的一丁点儿信息。的确，十年之前，他在加拿大，但打那之后，就杳无音信。我的怀疑越来越重。有一天，我捡到一张他最近传递过的纸条，上面记着一个地址，是一栋在多佛的宅子。后来，我假装无意地把那个纸片掉在地下。我在一旁观察,看见那个叫包瑞斯的赫索斯拉夫人把它捡了起来,交给了他的主人。一直以来,我都可以肯定这个包瑞斯是红手同志党的间谍。我还知道在这件事上红手党人和维克多王串通一气。如果包瑞斯认出安东尼·凯德就是他的主子,他不就正好有这样的反应,归顺于他吗?否则的话,他为什么会归从一个无关紧要的陌生人呢?我告诉你,这很可疑,非常可疑。

"但是,我的怀疑几乎已经消除了,因为安东尼·凯德立刻拿着那张纸条来问是不是我丢掉的。我说了,我是几乎消除了怀疑,而不是完全。他能那样做,也许因为他是清白的,也可能是因为他非常聪明。我当然说那张字条不是我的,也不是我掉在地上的。同时,我也派人在暗中调查。今天我得到消息:多佛的那所房子突然弃用了,但是到昨天下午,那里还一直聚集着一帮外国人。毋庸置疑,那就是维克多的大本营。现在我们把这些要点串一下看看:昨天下午凯德先生突然离开。自从他掉了那张纸条之后,他就知道大势已去。他去了多佛,那帮人马上就撤离了。下一步怎么办,我还不知道。但可以肯定的是凯德先生不会再回来了。我了解维克多王,我敢打包票说,他不会这样善罢甘休,一定会为那枚钻石再铤而走险。到时候我就可以把他人赃并获!"

维吉尼亚突然站起身,走到壁炉前面,用冷若冰霜的声音说:

"列蒙先生,我想你漏了一件事。昨天突然离奇不见的并不止凯德先生一个人。"

"夫人,您的意思是?"

"你刚才所说的也完全符合另外一个人的情况。那费希先生呢?"

"哦，你说费希先生！"

"对，就是费希先生。你不是在第一天晚上就告诉我们维克多王最近刚从美国来的英国吗？海勒姆先生恰好相符。的确，他带了一封大人物的介绍信。但这种事对维克多王来说，就是小菜一碟。他的外表都是假装的。卡特汉姆侯爵还提到过，虽然他来这里的目的是为了参观初版书，但每次聊到这个话题，他都只听不说。还有好几件可疑的事。命案那晚，他的窗户里有灯光。还有在议事厅出事的那天晚上，我在廊台遇到他的时候，他穿戴整齐。纸条也可能是他掉的，你又没亲眼看见是凯德先生掉的。凯德先生也许是去多佛了，如果他是去调查，也许在那里已经被人绑架了。我认为费希先生可疑的地方比凯德先生多得多。"

那个法国人严厉地说：

"从你的角度看，也许是的，我不跟你争。我也同意，费希先生和他的表面并不一样。"

"那么，然后呢？"

"但这无关紧要。夫人，你要明白，费希先生是平克顿的私家侦探。"

"什么？"卡特汉姆侯爵大叫。

"是的，卡特汉姆侯爵。他到这儿来是为了跟踪维克多王，我和巴特尔警长都知道这件事，已经有一阵子了。"

维吉尼亚一言不发，慢慢地坐回座位上。她精心构建出的一套设想，被他的寥寥数语打击得粉碎。

"你明白，"列蒙继续说，"我们都知道维克多王一定会到烟囱别墅来，这是唯一能抓到他的地方。"

维吉尼亚用奇特的眼光抬头看着他，然后突然笑起来。

"你还没捉到他呢。"她说。

列蒙好奇地看着她。

"是还没有,夫人。但是,我会的。"

"他应该特别擅长以智取人,是不是?"

那法国人气得面色发黑。

"这次会不同往时。"他咬牙切齿地说。

"他是个很有魅力的家伙。"卡特汉姆侯爵说,"很有魅力。但是,确实……啊,维吉尼亚,你说过他是你的朋友,是吗?"

"所以,"维吉尼亚沉着地说,"我认为列蒙先生一定是搞错了。"

于是,她和法国探长对视了一眼。她的眼神里充满坚定,他也丝毫没有让步。

"拭目以待,夫人。"他说。

"你还想说是他杀了迈克尔亲王吗?"她反击道。

"当然。"

但是维吉尼亚摇摇头。

"不。"她说,"不可能!这件事我打一百个包票,安东尼·凯德绝对没有杀害迈克尔亲王。"

列蒙专注地看着她。

"也可能你是对的,夫人。"他慢慢地说,"只是一种可能性。也可能是包瑞斯那个赫索斯拉夫人。他违抗命令,然后开了枪。谁知道呢,迈克尔亲王可能以前对他做了不少错事,那人想要报仇。"

"他看起来就杀气腾腾的。"卡特汉姆侯爵赞同地说,"家里的女仆看见他经过的时候,都想尖叫。"

"好了,"列蒙说,"我得走了。爵爷,我只是觉得你应该知道事情的进展。"

"你很周到。"卡特汉姆侯爵说,"真的不要喝点东西吗?好吧,那么晚安!"

"这人真是讨厌,留着小黑胡子,戴着眼镜,摆出一本正经的样子。"他一关上门离开,班德尔立马说道,"真希望安东尼能够好好整整他,气死他!维吉尼亚,你怎么想?"

"我不知道。"维吉尼亚说,"我累了,想上楼去睡了。"

"也是,"卡特汉姆侯爵说,"已经十一点半了。"

维吉尼亚穿过宽敞的大厅时,看见一个宽阔的背影正小心翼翼地从侧门走出去,那个背影让她觉得很熟悉。

"巴特尔警长!"她急切地叫了一声。

果然是他。巴特尔有些勉强地退回房间。

"瑞福太太,怎么了?"

"列蒙先生来过了。他说费希先生是美国侦探?请你务必告诉我,这是真的吗?"

巴特尔警长点点头。

"不错。"

"你一直都知道?"

巴特尔警长又点了点头。

维吉尼亚转身向楼梯走去。

"我知道了,"她说,"谢谢。"

这一刻之前,她一直不愿意相信这是真的。

那现在呢?

她回到自己的房间,坐在镜台前,冥思苦想这个问题。安东尼对她说过的每一句话都带上了新的意义,这让她忧心忡忡。

这就是他说的那笔"买卖"吗?

就是他已经放弃的那笔"买卖"。但是,以后……

一个异常的声音扰乱了她沉思默想的平静,她吃惊地抬起头来。她的小金表上,时间指向了一点多。她已经坐在那里想了将近两个小时。

那个声音又响了一遍,是窗玻璃上传来的拍打声。维吉尼亚走到窗边,打开窗户。在楼下的通道上有一个高大的身影,当她往外张望的时候,那人正弯下身去捡起一撮沙土。

维吉尼亚的心跳得更快了。很快,她认出那个魁伟有力、身材结实的轮廓,正是包瑞斯。

"我在呢!"她低声说,"什么事?"

都这个时候了,包瑞斯竟然往她的窗户上扔沙土,这让她觉得非常奇怪。

"什么事?"她不耐烦地又问了一遍。

"是主人让我来的。"包瑞斯的声音虽然很低,却仍听得清清楚楚,"他让我来请你去。"

他一字一句地说。

"让你请我去?"

"对,他要我带你去找他,这有一张字条,我扔给你。"

维吉尼亚往后退了一点,一个用小石子压着的字条正好落在她的脚下。她打开字条,上面写着:

> 亲爱的(安东尼这样写),我正处于险境,在奋力脱险。你愿意相信我,来找我吗?

维吉尼亚一动不动地站在那里,足足有两分钟,反反复复地看着那短短的几句话。

她抬起头来,环视了一周这间卧室里配备齐全的奢侈品,感觉仿佛一切都不一样了。

然后,她再次探出窗外。

"我要怎么做?"她问。

"那些侦探都在别墅另一边议事厅的外面。你下楼,从侧门出来。我在那里等你,我去把车子开到路边停着。"

维吉尼亚点点头,她很快换下裙子,套上一件浅黄色的针织衫,又戴上一顶浅黄色的皮帽子。

然后,她微笑着写了一张短笺,留给班德尔,把它钉在针垫上。

她偷偷摸摸地走下楼,打开旁门的门闩。她犹豫了片刻,英勇地一个甩头,像足了她的祖先投靠十字军时的样子,然后走出门去。

第二十六章 十月十三日

十月十三日,星期三,上午十点。安东尼·凯德走进哈瑞吉大酒店,求见洛洛普赖特耶奇尔男爵,他就住在这里的一间套房里。

经过适当的、符合主人气派的耽搁,安东尼被领到男爵的套房。男爵正端端正正地站在炉边地毯上。那个安卓西上尉也在,同样是端端正正的,不过微露敌意。

一如既往地深鞠躬,后脚跟一碰,以及其他繁文缛节的接见仪式。到现在,安东尼已经深谙此道。

"请恕我这么早来拜见您,男爵。"他一边将帽子和手杖放在桌上,一边愉快地说道,"其实,我有一笔买卖想和您谈谈。"

"哈!真的吗?"男爵说。

安卓西上尉始终保持着对安东尼的戒备,看起来一脸怀疑的样子。

"买卖,"安东尼说,"基于众所周知的供求关系原则。您需要一样东西,另外一个人有这样东西,剩下唯一要谈的就是价钱。"

男爵聚精会神地看着他,一言不发。

"在一位赫索斯拉夫贵族与一个英国绅士之间,协议应该很容易达成。"安东尼接着说。

他说这话的时候有点脸红，英国人是不会轻易说出这种话的。但是，他之前见识过男爵对这句话产生的巨大的心理反应。果不其然，魔力显灵了。

"不错。"男爵赞许地点点头，"一点也不错。"

安卓西上尉听到这句话，甚至态度都变得缓和了些，也跟着点点头。

"很好。"安东尼说，"那我就不拐弯抹角了。"

"什么？你说什么？"男爵打断他的话，"拐弯抹角？我没明白。"

"男爵，那只是开场白。说简单点，就是您需要货，我们有货。这只船万事俱备，但是缺个船长。所谓船，就是赫索斯拉夫的保皇党。眼前，你们的政治计划中少了主心骨，你们失去了一位亲王！现在，假设说，只是假设，我能给你们提供一位亲王，如何？"

男爵瞪大了眼睛。

"我一点都听不明白。"他说。

"先生，"安卓西上尉恶狠狠地捻着胡子，说，"你这是在侮辱我们！"

"绝对没有。"安东尼说，"我只是想帮忙。供与求，您明白，都是光明正大的。得看商标，宁缺毋滥。只要我们谈好条件，您就会发现绝对物超所值。我提供给你们的是真货，上等货色。"

"我还是，"男爵又说，"一点儿都听不明白。"

"不明白其实也没关系。"安东尼贴心地说，"我只是想让您习惯这个想法。通俗地讲，我有一张王牌。您只要把握住就好了。你们需要一位亲王，在某种条件之下，我可以供应现货。"

男爵和安卓西目不转睛地看着他。安东尼拿起帽子和手杖,准备告辞。

"好好考虑一下。男爵,此外还有一件事。今晚请您务必移步烟囱别墅,安卓西上尉也要来。那里可能有些奇怪的事情会发生。我们定个时间吧?譬如说,九点,在议事厅见,怎么样?谢谢。晚上我就恭候二位光临了。"

男爵向前一步,用探究的眼光看着安东尼的脸。

"凯德先生,"他说,却依然保持着尊贵的姿态,"我希望,你不是在愚弄我。"

安东尼坚定地回看着他。

"男爵,"他说,带着一种奇怪的腔调,"过了今天晚上,您就会第一个承认这个买卖是认真的,而不是开玩笑。"

他向两人鞠了个躬,然后走出套房。

他的下一站是伦敦,在那里,他把名片呈递给了赫尔曼·艾萨克斯坦先生。

耽搁了片刻之后,一个面色苍白、衣着优雅的军人部下,彬彬有礼地接见了安东尼。

"你要见艾萨克斯坦先生?"那个年轻人说,"他今天上午恐怕非常忙,一大堆董事会之类的事。有什么事我可以效劳吗?"

"我得见他本人。"安东尼说,然后故作不经意地补充了一句,"我刚从烟囱别墅过来。"

听见烟囱别墅的字眼,那个年轻人表现出微微的吃惊。

"哦!"他不敢肯定地说,"那么,我去看看。"

"告诉他事关紧要。"安东尼说。

"您有卡特汉姆侯爵的推荐信吗?"那年轻人问。

"有这类的东西。"安东尼说,"但是,我必须得马上见到艾萨克斯坦先生。"

两分钟之后，安东尼被人带进一间奢华的内室，那里宽大的皮面扶手椅让他印象深刻。

艾萨克斯坦先生起身欢迎他。

"这样冒昧的造访，请您谅解。"安东尼说，"我知道您很忙，所以我不会过多浪费您的宝贵时间。我只是有一桩买卖要和您谈谈。"

艾萨克斯坦用他那晶亮如珠的黑眼睛聚精会神地看着他。

"抽支烟。"他冷不丁地说道，同时掏出一个打开的雪茄烟盒。

"多谢。"安东尼说，"请给我一支。"

他自己动手，取出一支雪茄烟。

"这桩买卖和赫索斯拉夫有关。"安东尼一边接过火柴，一边说道。他看见艾萨克斯坦坚毅的眼睛瞬间亮了一下。

"迈克尔亲王的命案想必把整个计划都搞砸了。"

艾萨克斯坦先生扬起眉毛，低声发出一声"啊？"的疑问，然后把视线转向天花板。

"石油。"安东尼若有所思地打量着光滑的桌面，"石油，真是了不起的东西！"

他感到那个财政家微微一惊。

"开门见山吧，好吗？"

"当然。艾萨克斯坦先生，如果那些购油权给了另一家公司，我想您不会高兴吧？"

"你有什么建议？"对方直视着他的眼睛。

"找一个合适的王位人选，态度完全是亲英的人。"

"你去哪儿找？"

"那是我的事。"

艾萨克斯坦微微一笑表示认同,他的眼光变得严厉锐利起来。

"是真货吗?要是拿这事开玩笑,我可忍不了,明白吗?"

"绝对货真价实。"

"现货交易?"

"现货交易。"

"一言为定。"

"我似乎不需要说太多话来说服您?"安东尼好奇地看着他。

赫尔曼·艾萨克斯坦笑笑。

"如果我连一个人说话的真伪都分不清楚,我就不会有今天的地位了。"他简短地说,"说说你的条件?"

"和您提供给迈克尔亲王的一样,一样的贷款,一样的条件。"

"那你本人呢?"

"目前,什么都不用,只要您今晚可以到烟囱别墅来一趟。"

"不行,"艾萨克斯坦决绝地说,"这个肯定不行。"

"为什么?"

"我要外出吃饭,我有个很重要的饭局。"

"虽然如此,您最好还是取消饭局,这样对您更好。"

"你这话是什么意思?"

安东尼足足看了他一分钟,然后慢慢地说:

"阁下知道吗?手枪已经找到了,就是杀害迈克尔亲王的那把枪。您知道是在哪里找到的吗?在您的手提箱里。"

"什么?"艾萨克斯坦几乎从椅子上跳了起来,面带愠色地问:

"你在说什么？这是什么意思？"

"我讲给您听。"

安东尼将发现手枪的事一五一十地讲给他听，艾萨克斯坦脸上一阵青一阵白，异常惊恐。

"都是假的。"安东尼说完后，艾萨克斯坦尖声叫起来。

"手枪不是我放的，我对那件事一无所知，这肯定是个阴谋。"

"别激动，"安东尼安抚着他的情绪，"如果真是这样，您很容易自证清白。"

"自证清白？怎么证？"

"要是我的话，"安东尼温和地说，"我今晚就到烟囱别墅去。"

艾萨克斯坦难以抉择地看着他。

"你建议我这样做？"

安东尼把身体前倾，在艾萨克斯坦耳边说了几句话。那位财政专家惊愕得向后一仰，目不转睛地看着他。

"你真的打算……"

"来了您就知道了。"安东尼说。

第二十七章　十月十三日（续）

议事厅的钟敲了九下。

"唉，"卡特汉姆侯爵深深叹了一口气说，"这群人又回来了，就像羊群似的，摇着尾巴一只跟着一只，都回来了。"

他悲伤地环顾一圈房间。

"街头歌手领着猴子，"他盯着男爵喃喃地说，"还有思罗格莫顿街上好管闲事的八婆……"

"您这么说男爵可不太友好，"班德尔听完他的牢骚，抗议地说，"他和我说过，您可是他心中英国贵族热情好客的完美体现。"

"我觉得，"卡特汉姆侯爵说，"他跟谁都这么说，也不嫌累。但是，我如今已经不是往年那个好客的英国绅士了。等我把烟囱别墅卖给美国企业家，就搬到旅馆去住。住在那里，有人来烦你的话，你就能马上结账走人。"

"高兴点，"班德尔说，"我们可能再也见不到费希先生了。"

"我一直觉得他是个很有趣的人。"卡特汉姆侯爵的情绪起起伏伏，"都是你们这些年轻人非让我掺和这些事。为什么要让他们在我的家里开董事会呢？他们为什么不去拉弛庄园、何姆赫斯特庄园或者去斯特里特姆找栋好的别墅，在那儿举行会议呢？"

"那些地方氛围不对。"班德尔说。

"不会是有人要捉弄我们吧?"她的父亲紧张地说,"我一点都不信列蒙那个法国佬,法国警察什么花样都要得出来。他们先给你的胳膊绑上橡胶带,把犯案经过讲一遍,让你触目惊心,再用体温计把你的体温都记录下来。他们要是冲我大喊,'是谁杀了迈克尔亲王?'我的体温可能得是一百二十二度,甚至更吓人。于是,他们就会马上把我拖进监牢。"

门开了,特雷德韦尔上报:

"乔治·罗麦克斯先生,埃弗斯莱先生。"

"柯德斯到了,还带着他忠实的走狗。"班德尔喃喃地说。

比尔直接走到班德尔身边,乔治走到卡特汉姆侯爵跟前热情地打招呼,在公众场合,他都是摆出这一套。

"亲爱的卡特汉姆,"乔治一边同他握手,一边说,"我收到您的口信就过来了。"

"你真好,真的好。见到你我真高兴。"

卡特汉姆侯爵唯恐失礼,所以总是无意识地表现得过于殷勤:"其实,不是我的口信,但是也无所谓了。"

同时,比尔低声和班德尔攀谈着。

"怎么回事啊?听说维吉尼亚半夜跑掉了,这是怎么了?她不会是让人绑架了吧?"

"不会,"班德尔说,"她留了一张字条,钉在了针垫上,这是她的风格。"

"她是一个人走的吧?不是跟那个美国殖民地的约翰一起吧?我一直都不喜欢他,而且还有传言说他就是那个超级骗子。但是我觉得不像。"

"为什么不像?"

"那个维克多王是个法国佬,而凯德是十足的英国人。"

"你没听过维克多王是个语言高手吗?何况,他还有一半爱尔兰血统。"

"我的天!就因为这样,他才再也不露面吗?"

"他露不露面我不清楚,反正他前天是不见了。但是,今天早上他发来了一封电报,说今晚九点钟会过来.并且让我们把柯德斯请过来。其他人也来了,都是凯德请的。"

"真是群英荟萃,"比尔环顾四周,说道,"坐在窗边的是法国侦探,壁炉旁边的是英国侦探。真是浓郁的异国风情啊。星条旗的代表没来吗?"

班德尔摇摇头。

"费希先生消失得无影无踪。维吉尼亚也不见了。但是其他人都在。比尔,我有种预感,水落石出的时刻马上就要到了,很快就会有人大喊'是詹姆斯,那个侍从!'现在只等凯德的到来。"

"他不会再出现了。"比尔说。

"那干吗还要召开这个'公司会议'呢?这是我父亲起的名字。"

"这背后肯定另有玄机。毫无疑问的是,他让我们聚到这里来,他肯定人在别处,你知道这一类的花样。"

"你是认为他不会来咯?"

"当然不会,难道他还会羊入虎口吗?这个议事厅里坐满了侦探和高级官员。"

"如果你这么想,那你就太不了解维克多王了。据说,这可是他最喜欢的场面,而且每次他都能虎口脱险。"

埃弗斯莱质疑地摇摇头。

"这可是逆天而行。他不会……"

这时门开了,特雷德韦尔通报道:

"凯德先生。"

安东尼径直走到主人面前。

"卡特汉姆侯爵。"他说,"真是给您添了不少麻烦,实在过意不去。但是,我相信今天晚上,所有的秘密都会真相大白了。"

卡特汉姆侯爵显得很宽慰,他对安东尼一直有种莫名的喜欢。

"没什么麻烦的。"他热诚地说。

"您真是太好了。"安东尼说,"大家都到了,那么我就开始了。"

"我不明白,"乔治·罗麦克斯装模作样地说,"我一点也不明白。这样是不合规矩的。凯德先生是什么身份?现在的局势很艰难,也很微妙。我强烈建议——"

乔治口若悬河的演讲被打断了。巴特尔警长悄悄地走到他身边,附耳低语了几句。片刻,乔治忽然面露疑惑。

"你要是这么说,那好吧。"他勉强地说。然后,他大声地加了一句话,"那我们就听听他能说出什么来。"

安东尼并没有把他明显的鄙视放在眼里。

"这只是我一点小想法,仅此而已。"他爽朗地说。"在座的各位应该都知道,前几天我们得到了一份密文,上面提到了里士满和一些数字。"他停顿片刻,接着说,"我们曾经尝试解密,但是失败了。现在我们用已故的斯泰普提奇伯爵的回忆录(我碰巧看过)来解答下这个难题。回忆录里提到了一个以'花'为主题的晚宴,参加宴会的人都穿戴表示花的标记。伯爵本人佩戴的徽章正是我们在秘道的墙洞里找到的奇怪纹样,它代表玫瑰的意思。你们应该还记得，还有一排排的东西：纽扣、字母E和编织物。诸位想想看，这座别墅里有什么是一排排的东西呢？书，对不对？而且，卡特汉姆侯爵图书室的目录卡里还有一本书题目就是'里士满伯爵'。这样一来，各位就对那个隐藏珠宝的地方心知肚明了。从那本书开始，用那些数字去查找书架和书本数，我们一直苦苦找寻的东西应该就藏在一本假书里，或者是在某本书后面的洞穴里。"

安东尼谦虚地环视四周，很明显是在等着听众们的掌声。

"这真是太巧妙了！"卡特汉姆侯爵说。

"非常巧妙，"乔治谦逊地承认，"但是，事实如何尚待证实。"

安东尼哈哈大笑。

"实践是最好的检验，对吧？我就证实给大家看。"他一跃而起，"我去书房……"

还没等他再往前走，列蒙先生就从窗前走过来。

"等一下，凯德先生。卡特汉姆侯爵，请您允许？"

他走到书桌前面，迅速潦草地写了几笔，装进信封，然后按响唤铃。特雷德韦尔应声而来。

列蒙将信递给他。

"请你立刻送去。"

"是，先生。"特雷德韦尔说。

他像平常一样，仪态庄重地退下了。

一直站在那里踌躇不定的安东尼，又坐下了。

"你有什么想法，列蒙？"他温和地问。

空气里突然弥漫着一种紧张的氛围。

"如果钻石在你说的地方，反正已经藏了七年多了，不在乎再多这一时半刻。"

"你继续说,"安东尼说,"你肯定还没说完。"

"是的,还没说完。在这个时候,让房间里的任何一人出去都是不明智的行为。尤其是来历不明的那个人。"

安东尼的眉毛一扬,然后点上一支香烟。

"我想,流浪的生活是不太体面。"他思索着说。

"凯德先生,两个月之前,你在南非。这是毋庸置疑的。那再之前呢,你在什么地方?"

安东尼往后把身体靠在椅背上,悠闲地吐着烟圈。

"加拿大,荒野的西北。"

"你确定,你没坐过牢吗?法国牢房?"

巴特尔警长不经思索地向门口移近了一步,仿佛要挡住退路似的。但是安东尼没有一丝反击的迹象。

反而,他注视着那个法国侦探,哈哈大笑起来。

"可怜的列蒙,你真是着魔了!你真是看谁都像维克多王。所以,你以为我就是那位引人注目的人物?"

"你否认吗?"

安东尼将衣袖上的烟灰拂掉。

"我从来不否认我觉得有意思的事。"他轻松地说,"但是,这个指控实在太可笑了。"

"你是这么认为的?"那个法国人将身子向前一倾,他的脸正在痛苦地抽搐,看起来似乎很不解,仿佛安东尼的反应让他非常迷惑。

"先生,如果我告诉你,这一次,我就是来逮捕维克多王的,什么都不能阻止我,你要怎么办?"

"非常钦佩,"安东尼评论说,"为了逮捕他,你以前也出来过吧,列蒙?他的本领在你之上,难道你就不怕悲剧重演吗?大家都知道,他很狡猾!"

法国侦探与安东尼之间的谈话已经发展成一场博弈,房间里的其他人都感受到了空气中的紧张。这是两人之间的博弈:一方的法国侦探剑拔弩张,而另一方则抽着烟泰然处之。

"如果我是你,"安东尼接着说,"我会非常紧张。步步为营。"

"这一次,"列蒙冷酷地说,"不会有丝毫闪失。"

"你看起来胸有成竹,"安东尼说,"但是有些东西非常重要,譬如说,证据。"

列蒙笑了笑,这反而让安东尼有了兴趣。他坐直身体,捻灭了香烟。

"你看到刚才写的字条了吧?"法国侦探说,"那是给部署在旅社的人写的。我昨天已经收到法国寄来的指纹卡和贝迪永① 人体尺寸测定表,这些都是维克多王的,也就是那个欧尼尔上尉的。我让他们马上拿过来。再过几分钟,我们就可以知道你是不是那个人了。"

安东尼目不转睛地看着他,然后脸上露出浅浅的微笑。

"列蒙,你真是相当聪明,我从没想到这个。那些文件一到,你就会让我把手指蘸满墨汁,还有其他难堪的事。你会量我的耳朵,找寻我的识别特征,假若这一切都和文件描述吻合的话……"

"是啊,假若一切都吻合呢?"

---

① 贝迪永:阿方斯·贝迪永,十九世纪法国巴黎大区的鉴证科办事员;他开发了第一个现代制度的刑事鉴定系统。这套系统被称为"贝迪永法"(Bertillonage),由三部分组成:人体测量、准确描述犯人体貌特征的文字以及标准化的面部照片。

安东尼坐在椅子上,身子前倾。

"是啊,假若一切都吻合,"他轻轻地问,"那又怎么样?"

"怎么样?"侦探似乎吃了一惊,"那么,我就证明了你就是维克多王!"

但是,第一次,他闪过了一丝不确定。

"无疑,你会心满意足。"安东尼说,"但是我没想出来这对我有什么伤害?我并不是在承认我是维克多王。但就是为了辩论,假设我是维克多王,我可能正在努力痛改前非呢。"

"痛改前非?"

"只是个假设。假如你是维克多王,运用你的想象力。你刚刚出狱,正准备开始新的生活,已经没有了冒险的那股冲劲儿;甚至你还碰到了一个美丽的姑娘,打算安家娶妻,退隐山林。从此安分守己地过日子。如果你是维克多王,你能体会到那种感觉吗?"

"我不会那么想。"列蒙脸上露出讥讽的笑意。

"也许你不会,"安东尼承认,"但,你并不是他?"

"你的那些话,都是胡说八道。"

"一点也不是胡说。列蒙,说说看,假如我就是维克多王,你究竟可以指控我什么罪名?很久很久以前的那些犯罪证据肯定是找不到了。我已经坐过牢,就一笔勾销了。你或许可以按照'有犯罪意图的街头滞留罪'的标准找一条法国法律,那你还是会心有不甘,对不对?"

"你忘了,"列蒙说,"美国!你冒充尼古拉·奥保罗维其殿下诈骗,这事怎么说?"

"没用的,列蒙,"安东尼说,"那个时候,我和美国八竿子都打不着,我不费吹灰之力就能证明这一点。如果维克多王在美国假扮尼古拉殿下,那么,我就不是维克多王。你确定是假扮的吗?而不是尼古拉殿下本人?"

巴特尔警长突然插话说道:"凯德先生,不错,那个人是个骗子。"

"巴特尔警长,我不会跟你唱反调的。"安东尼说,"你一贯都是正确的。那也就是说你相信尼古拉殿下死在刚果咯?"

巴特尔警长好奇地看着他。

"这个我就拿不准了,但大家都这么说。"

"真是谨言慎行。你的箴言是什么来着?多行不义必自毙,对吧?我从你的箴言里偷师了一招,让列蒙先生爱说什么就说什么,我都不去否认。但恐怕他会很失望。你知道我总是有王牌的。我早就预料到今天会发生一些不愉快的事,所以我带来了一张王牌。这东西,确切地说,这个人,就在楼上。"

"在楼上?"卡特汉姆侯爵兴致盎然地说。

"对,那个可怜的家伙最近过得很艰难,脑袋被人打得特别惨。我一直都在照顾他。"

突然传来艾萨克斯坦先生深沉的声音:"我们能猜出是谁吗?"

"随你。"安东尼说,"不过——"

列蒙气急败坏地打断了他的话茬:

"都是蠢话!你以为你又比我聪明了。你所说的或许是对的,你那时候确实不在美国。你那么精明,如果这点是假的,你就不会那么说。但还有另外一件事,命案!是的,命案!迈克尔亲王的命案。那天夜里当你找钻石的时候,他撞破了你的诡计。"

"列蒙,你听说过维克多王杀人吗?"安东尼的声音十分尖锐,"你比我还清楚,他从不杀人。"

"除你之外，还有谁会杀他？"列蒙大喊，"你告诉我！"

他的话音刚落，走廊便传来一声尖锐的口哨。安东尼把之前的若无其事抛诸脑后，一跃而起。

"你不是问我谁杀了迈克尔亲王吗？"他叫道，"我不用告诉你，我会展示给你看。那哨声就是我一直在等待的信号，杀害迈克尔的凶手现在就在图书室。"

他从窗户一跃而出，其他人跟在后面，绕过平台，一直来到图书室的窗口。他推了推，窗子开了。

他轻轻地把厚窗帷拉到一边，所有人都能看到房间内的场景。

书柜前面站着一个黑影，正全神贯注地把书一本一本地迅速抽出来，又放回去，完全没有留意到外面的声响。

那个人影手中拿着一只手电筒，手电筒的光模糊地映出他的轮廓，所有人都站在那努力辨认他的样子。这时候，有一个人忽然从他们身旁跳过去，发出一声野兽般的咆哮。

手电筒掉到地下，不亮了，房间里充满恐怖的搏斗声。卡特汉姆侯爵摸着找到开关，打开电灯。

两个人正扭作一团，等众人围上去，一切都结束了。一声急促的枪声，接着，那个个子矮小的人身子一弯，便倒到地上。另外一个人转过身面向大家，是包瑞斯。他的双眼充满愤怒。

"她杀了我的主人，"他咆哮起来，"现在又想打死我，我把手枪抢过来指着她，但是枪在打斗的时候走火了。这是迈克尔殿下的旨意，这个恶女人死了。"

"是个女人？"乔治·罗麦克斯大喊。

他们走到尸体近处，那人躺在地板上，手里握着手枪，脸上露出恶毒的样子，而她正是白兰小姐。

第二十八章　维克多王

"我从一开始就怀疑她,"安东尼说,"命案的那天晚上,她的房间里有灯光。后来,我有点拿不准了。我去布瑞杜列调查了她,回来之后便相信她就是白兰小姐。我当时真傻。因为布瑞杜列伯爵夫人确实雇了一位白兰小姐,而且对她赞不绝口。我就完全没有想到,真正的白兰小姐在赴职的途中被人绑架,换了个人来替代她。我反倒去猜疑费希先生。直到他跟我到了多佛,我们才彼此把话说开。到那时候我才开始看清楚是怎么回事。当我明白他是平克顿的人,正在跟踪维克多王,我的猜疑对象便又转回到原来那个人。

"最令我焦虑不安的是瑞福太太确实认得那个女人,后来我想起来是在我提到那个女人是布瑞杜列伯爵夫人的家庭教师后,瑞福太太才认出来,而且她只是说她觉得那个女人很面熟。巴特尔警长一会儿会向大家说明,有人精心策划了一场阴谋,设法阻止瑞福太太到烟囱别墅来。其实,不过就是一具死尸而已。虽然那人是红手党为了惩罚叛徒除掉的,但整个行动的谋划,以及没有红手党标记这个事实,都可以看出肯定有一个幕后的智囊团。最开始,我以为这件事与赫索斯拉夫有关系,因为瑞福太太是别墅宾客中唯一去过那个国家的人。我先是怀疑有人假扮迈克尔亲王,但事实证明是无稽之谈。后来我想到白兰小姐可能是个冒牌货,再联想到瑞福太太说她很面熟的这件事,我才能拨开云雾见青天。很明显,有一件事非常重要,就是她绝对不能让人认出来,而瑞福太太是唯一可能认出她的人。"

"她是谁?"卡特汉姆侯爵说,"是瑞福太太在赫索斯拉夫认识的人吗?"

"我想,男爵可以向我们揭开谜底。"安东尼说。

"我?"男爵看看他,又看看地上一动不动的尸体。

"仔细看看,"安东尼说,"别被化妆迷惑了,得记着,她曾经可是个演员。"

男爵又仔细端详了一会儿,突然,他变得异常惊愕。

"我的天,"他深吸一口气,"这不可能。"

"什么不可能?"乔治说,"她是谁?男爵,您认识她?"

"不,不,不可能。"男爵继续嘟囔着说,"她被人打死了。他们俩都死了。就死在皇宫的台阶上。她的尸首还被找到了。"

"但面目全非,"安东尼提示道,"她瞒天过海,应该逃到美国去了,在那里隐匿了许多年,生怕被红手党人发现。他们发起了革命,而且对她的恶行大肆渲染。维克多王被释放后,他们便计划一起去找回那颗钻石。那天夜里她正在找钻石,不巧被迈克尔亲王撞到了,还认出了她。正常情况下,她并不需要担心会遇见他。皇族贵客是不会和家庭教师碰头的。而且,她总是用偏头痛的借口躲开。亲王来的时候就是如此。

"然而,她万万没有料到会和迈克尔亲王面对面地碰个正着。她眼看着就要身份暴露,颜面扫地,只好开枪把他打死了,还把那把手枪放进艾萨克斯坦的手提箱。归还那些信件的也是她,就是为了混淆视听。"

列蒙往前走了几步。

"你说,她那天晚上是来找钻石的。"他说,"难道就不可能是她和外面的同谋维克多王会面吗?"

安东尼叹了口气。

"亲爱的列蒙,你还是咬住我不放?你是多么锲而不舍啊!你还是不相信我有王牌吗?"

乔治总是反应慢半拍,这时突然插进嘴来。

"我还是一头雾水。男爵,这个女人是谁?您似乎认得她?"

男爵挺直身子,僵直地站着。

"您弄错了,罗麦克斯先生。我从来没有见过这位夫人,她对我来说完全是个陌生人。"

"但是……"

乔治一脸不解地看着他。

男爵把他拉到房间的角落,附耳低声说了几句话。安东尼饶有兴致地望着他们。乔治的脸慢慢变红,两眼外凸,显露出中风的初期症状。然后,他听到乔治用沙哑的嗓音低声说道:

"当然……当然……无论如何……完全没这个必要……情况太复杂了……得非常谨慎。"

"啊!"列蒙把桌子拍得直响,"所有这些我都不关心,迈克尔亲王的命案也与我无关。我只要维克多王。"

安东尼轻轻地摇摇头。

"列蒙先生,很遗憾。你很能干,但是,你还是失手了。我就要亮出我的王牌了。"

他穿过房间,按响唤铃,特雷德韦尔应声而入。

"特雷德韦尔,有一位先生今晚和我一起来的。"

"是的,先生,那位外国人。"

"不错。你请他赶快过来好吗?"

"是,先生。"

特雷德韦尔退下了。

"我的王牌,神秘的 X 先生上场。"安东尼宣布,"有人能猜出来他是谁吗?"

"据我推断," 赫尔曼·艾萨克斯坦说,"根据你今天上午神秘的暗示,和你今天下午的态度,我想,答案已经毫无悬念了。你肯定是用了什么方法,找到了赫索斯拉夫的尼古拉亲王。"

"男爵,你也这么认为?"

"是的,除非你推举出来的也是一个骗子,但我相信你不会的。在我看来,你的行为磊落。"

"谢谢您,男爵,我不会忘记这些话的。那么,你们大家都同意吗?"

他向静候好戏的人群扫视一圈。只有列蒙毫无反应,双眼阴沉地盯着桌子。

安东尼机灵的耳朵已经听到外面过厅里的脚步声。"不过,"他露出诡异的笑,"你们都错了!"

他迅速地走到门口,打开门。

一个男人正站在门口,蓄着整齐的黑胡子,戴一副眼镜,一副公子哥的派头,美中不足的是脖子上缠着一圈绷带。

"请容我给诸位引见真正的列蒙先生,法国秘密警官。"

顿时一阵混乱。然后窗口传来海勒姆·费希先生的平和而令人安心的声音:

"别妄想了,小子,这里无路可逃。我都在这守了一晚上了,就是防备你脱逃。我的枪已经瞄准你了。我是来逮捕你的,现在终于逮到了。你的确是个聪明的家伙!"

第二十九章　进一步说明

"凯德先生，我觉得你应该给我们说明一下情况。"赫尔曼·艾萨克斯坦在某天晚上这样说道。

"没有太多可说明的。"安东尼谦虚地说，"我去了多佛，费希以为我是维克多王，所以尾随了我。在那里，我们发现了一个被囚禁的神秘人，听他讲完事情的经过，就明白是怎么回事了。还是老套路，正品被绑架，换成了赝品，不过这次是维克多王自己上场了。好像巴尔特警长一直认为他这个法国同行有些猫腻，已经向法国方发了电报申请他的指纹和其他身份证明了。"

"啊！"男爵大叫，"指纹！那个无赖还提到了贝迪永人体尺寸测定表，是吧？"

"他真是聪明啊，"安东尼说，"我佩服到必须得给他煽风点火才行。而且我这么做才能尽可能迷惑住列蒙。我一提到'那一排排的东西'，以及珠宝的藏匿处，他便迫不及待地把消息传达给自己的同谋。另一方面，他还把我们大家都留在那个房间里。那张字条是写给白兰小姐的。他让特雷德韦尔马上去送信，特雷德韦尔就照办送到了楼上的教室。同时，列蒙指控我是维克多王，好使我们分心，让所有人都不会离开房间。等到一切都说明白，我们再去图书室的时候，宝石早就不翼而飞了。"

乔治清了清喉咙。

"凯德先生,我得告诉你,"他虚张声势地说,"你在这件事情上的做法是要受到谴责的。如果你的计划出现了一丝丝纰漏,我们就会损失一件国宝,而且再也无望找回。凯德先生,你真是极其鲁莽,不可原谅。"

"罗麦克斯先生,我觉得你还没有明白这个想法,"费希先生拉长语调说道,"那件历史文物压根就不在图书室的书后面。"

"不在?"

"绝对不在。"

"其实,"安东尼解释说,"斯泰普提奇伯爵的那个小玩意儿代表的就是它的本意:玫瑰。星期一下午,我想到这个之后就马上去了玫瑰园。费希先生和我想的一样。背向着日晷,向前走七步,再向左走八步,然后再向右走三步,就会走到红玫瑰丛,那种红玫瑰的名字就是里士满。别墅里面已经都搜遍了,却没一个人想到去花园看看。明天早上可以组织一支小发掘队。"

"这么说来,图书室里书的那个故事……"

"就是我捏造出来为了引那位小姐入瓮的。费希先生一直在阳台上看着,等时机一到就吹声口哨。我可以告诉诸位,我和费希先生在多佛那个房子里设置了军事管制,以防红手党人与那个假列蒙联络互通。他发了指令让他们撤离,那边就回传消息说已经照办。这样一来,他便欢天喜地开始执行计划,公然抨击我。"

"好啦,好啦。"卡特汉姆侯爵高兴地说,"现在一切都澄清了,终于有了满意的结果。"

"还有一件事。"艾萨克斯坦说。

"什么事?"

那个财政家定定地看着安东尼。

"你为什么非要让我过来?就是做个旁观者热热场吗?"

安东尼摇摇头。

"不,艾萨克斯坦先生。您是个大忙人儿,您的时间就是金钱。你本来到此是为了什么呢?"

"商议一笔贷款的事。"

"和谁?"

"赫索斯拉夫的迈克尔亲王。"

"这就对了。迈克尔亲王已经死了,那您是准备把贷款以同样的条件提供给他的堂弟尼古拉吗?"

"你能引见他吗?我还以为他已经在刚果遇害了呢。"

"他是被人害了,是我害的。哦,可不是说我是杀人凶手,我的意思是,我散布了他的死讯。艾萨克斯坦先生,我答应给您一个亲王。你看'我'怎么样?"

"你?"

"对,就是我。尼古拉·塞觉斯·佛迪南·奥保罗维其。这个名字对于我想过的生活来说,实在太长了。所以,我在刚果的时候就简单地自称安东尼·凯德。"

安卓西上尉吓了一跳。

"不可思议,太难以置信了。"他脱口而出。

"先生,你说话可要谨慎才好。"

"我有很多证据,"安东尼镇定地说,"我觉得我可以说服男爵。"

男爵举起了手。

"我肯定会检查你的证据,但是我不需要那些。单单你的几句话就够了。而且,你很像你的英国籍的母亲。我一直都说'这个年轻人,肯定来自名门'。"

"您总是对我很信任,男爵。"安东尼说,"我不会忘记您的恩德。"

他看了一眼旁边的巴特尔警长,对方仍然保持着毫无表情的扑克脸。

"你明白,"安东尼笑笑说,"我的处境一直都极其危险。在我看来,别墅里的所有人都有十足的理由希望迈克尔·奥保罗维其出局,就因为我是王位的下一个继承人。我一直都害怕巴特尔警长,我始终觉得他在怀疑我,只是还没找到合理动机才没采取行动。"

"先生,我从没怀疑过你杀了人。"巴特尔警长说,"对于这种事,我们有我们的直觉。但我知道你始终在害怕点什么,这让我很不解。假若我早一点知道你的真实身份,我估计就依照证据,将你逮捕了。"

"真庆幸我瞒住了这个心虚的秘密。你把我的其他事都挖出来了。巴特尔警长,你真是你们这行的一把好手。我会对苏格兰场保持敬畏之心。"

"太不可思议了,"乔治喃喃地说,"我从没听过这么不可思议的事,实在难以置信。男爵,您真的相信……"

"亲爱的罗麦克斯,"安东尼语气严肃地说,"在未提出有力的书面证明前,我无意请求英国外务部支持我的诉求。我建议现在散会,我同男爵和艾萨克斯坦先生讨论下那笔贷款的协议条件。"

男爵站起身来,双脚并拢。

"能见到赫索斯拉夫的国王殿下,"他庄严地说,"是我一生中最光荣的时刻。"

"对了,男爵,"安东尼钩住对方的胳膊,漫不经心地说,

"我忘了告诉您,还有个重要的相关信息,我已经结婚了。"

男爵向后退了几步,脸上布满了失望。

"我就知道肯定会出乱子,"他低沉地说,"天啊!他在非洲娶了个黑人!"

"好啦,好啦!没有那么糟。"安东尼大笑起来,"她够白了,从头到脚都是白的。"

"好吧。那就是一场体面的贵庶通婚。"

"也不对。她可是要成为我这个国王的皇后呢。您不用摇头,她完全可以胜任。她是一位英国贵族的小姐,她的家族可以回溯到英皇威廉一世的时代。皇族与贵族通婚现在很流行的,而且,她对赫索斯拉夫的事也略知一二。"

"哎呀!"乔治·罗麦克斯一反平常咬文嚼字的习惯惊叫起来,"该……该不会……是维吉尼亚·瑞福吧?"

"对,"安东尼说,"正是维吉尼亚·瑞福。"

"老兄,"卡特汉姆侯爵大喊,"我的意思是……阁下,恭喜您!她可是个尤物。"

"谢谢你。"安东尼说,"她远不止于此。"

但是艾萨克斯坦先生正在好奇地端详着他。

"对不起,请问阁下,你们是什么时候结的婚?"

安东尼冲他一笑。

"其实,"他说。"我们今天上午才结婚。"

第三十章　安东尼上任新职位

"诸位请先行，我随后就来。"安东尼说。

其他人陆续走出房间，他见巴特尔警长正看着墙上的嵌板出神，便转身走到他身边。

"巴特尔警长，你是有事情要问我吧？"

"是的，先生。虽然我不知道你怎么知道的，但你一直悟性很高，与众不同。我想死去的那位女士是法拉佳皇后吧？"

"不错。我希望这件事不要宣扬，你明白，家丑不可外扬。"

"这方面罗麦克斯先生非常谨慎周到，谁也不会知道。我的意思是，会有不少人知道，但是，不会宣扬到外面。"

"你想要问我的就是这个吗？"

"不，先生。我只是顺嘴一提。我很好奇你为什么要舍弃自己的本名呢？这话问得不知道会不会太冒昧？"

"不会，我会知无不言。我把自己弄死，动机其实再单纯不过。我的母亲是英国人，我是在英国受的教育，我对英国比赫索斯拉夫更关心。我觉得顶着一个滑稽歌剧式的头衔漫游世界实在太蠢了。年轻的时候，我主张的是民主思想，我觉得理想一定要纯粹，人人一律平等。我尤其排斥君主制度。"

"之后呢？"巴特尔刁钻地问。

"之后我就去环游世界了,发现世上几乎没有平等可言。不过,我仍然相信民主。但是要实行民主主义,必须得填鸭式地强势推行。人们不愿意成为兄弟,将来有一天,他们就愿意了。但是,现在还不行。上星期到达伦敦的那天,我发现站在地铁里的人决不肯挪动几步,给那些刚上车的人腾出一些地方。那一刻,我的四海之内皆兄弟的信念终成幻影。依靠本性把他们变成天使不太现实,只能用明智的方式强迫大家友善相处。我仍然相信四海之内皆兄弟的理念,但是现在还不是时候。比如说再过一万年。得有耐心,进化是一个缓慢的过程。"

"先生,你的这些观念让我很感兴趣。"巴特尔的眼睛里闪着光,"你会成为一位贤明的国王,希望我这么说不会冒犯你。"

"谢谢你,巴特尔警长。"安东尼叹了一口气说。

"你看起来并不是很开心。"

"我也不知道,或许会很有趣。但是,固定的工作难免令人厌烦,我以前总是避之不及。"

"但是,你认为这是你的责任,对吗?"

"哎,不是!太异想天开了。是为了一个女人,我总是离不开女人。我为了她,不要说当国王,做什么都行。"

"不错。"

"我都安排好了,这样男爵和艾萨克斯坦都不会反对。他们一个需要国王,一个需要石油,都可以得偿所愿,而我……巴特尔,你有过爱的感觉吗?"

"我很爱我太太。"

"很爱你太太……哦,你没明白我的意思,我指的不是这个。"

"不好意思。你那个仆人正在窗外等着你。"

"包瑞斯吗？啊，是他。他是个了不起的家伙，幸亏搏斗的时候手枪走火，把那位女士打死了。否则，他一定会掐死她。这样一来，他就要被你送上绞刑台。他对奥保罗维其王朝忠心耿耿，奇怪的是，迈克尔一死，他就来跟着我，那时候他不可能知道我的真实身份。"

"本能。"巴特尔说，"狗一样的本能。"

"他的这种本能当时让我特别尴尬，我害怕会在你面前露出马脚。我还是去看看他要干什么吧。"

他从落地窗走出去，巴特尔警长留在原地，望着他的背影看了片刻。然后，他对着墙上的嵌板说："他会是个好国王的。"

窗外，包瑞斯正在说明自己的来意。

"主人。"他说，然后沿着廊子带路往下走。

安东尼跟在他后面，不知道前面有什么。

走了一会，包瑞斯便停下脚步，指着前方。

在月光之下，前面的石凳上坐着两个人。

"他还真是一只狗。"安东尼暗想，"而且是一只指示犬！"

他大步走过去，而包瑞斯已经消失在黑暗中了。

那两个人站起身和他打招呼，其中一个是维吉尼亚，而另一个……

"你好，乔。"再熟悉不过的声音，"你的这个姑娘可真棒。"

"吉米·麦格拉斯！太棒了！"安东尼叫起来，"什么风把你吹来了？"

"我的内地之旅告吹了，后来来了几个南欧人撒泼耍赖，非要和我买那部文稿。然后，一天夜里，我就被人在背上砍了一刀。我一下子想到，我交给你的是个大麻烦。你可能需要帮忙，于是我就搭下一班船，跟着你来了。"

"他能这样做真是太难得了。"维吉尼亚说,同时,她挽住吉米的胳膊。"你怎么从没跟我提过他这么好呢?吉米,你真是太好了!"

"你们两个好像谈得很投机嘛!"安东尼说。

"当然了,"吉米说,"我正四处打探你的消息,就碰上了这位小姐。她和我想的那种把眼睛放在头顶上的贵族小姐完全不一样。"

"他把信的事都和我说了。"维吉尼亚说,"他真是侠义之举。一想到那些信并没有给我带来麻烦却让他白白担心,我就觉得很惭愧。"

"如果当初我知道你长得这么美,"吉米献殷勤地说,"我就不会把信交给他了,我肯定亲自上场。喂,老兄,这场好戏已经结束了吗?还有什么我能做的吗?"

"啊,"安东尼说。"真有!等一下。"

他回到别墅里。不一会儿工夫,又拿着一个纸包出来了,扔给吉米。

"去车库,挑一辆你喜欢的车。开到伦敦,把这包东西送到爱佛点广场十七号。那是包德森先生的秘密住址,收到以后,他会给你一千镑。"

"什么?这不会是那个回忆录文稿吧?我听说已经烧掉了。"

"你当我是什么人?"安东尼问,"你知道我肯定不会上那种故事的当。当时我立刻就给出版社打了电话,知道我接到的那个电话是假的,于是顺水推舟,照出版社的指示,做了一包假文稿,把真迹存在了酒店经理的保险柜里。然后,把那包假的交出去,回忆录的文稿一直在我手里。"

"老兄,难为你了。"吉米说。

"啊，安东尼。"维吉尼亚叫道，"你不会真让他们出版吧？"

"没办法，总不能让吉米这样的好朋友大失所望啊。但是，不必担心。我趁有时间翻了一下。我终于明白，为什么大家都说权贵之士从不自己写回忆录，而是找人代笔。斯泰普提奇实在是个沉闷至极的作者，他一直在强行推销自己的治国之道，完全不写一丁点生动引人遐思的轶事。他的那些秘密从头到尾只字不提，通篇没有一个字会冒犯那些难缠政治家的敏感神经。我今天给出版社打过电话，约好了明天凌晨之前会把文稿送过去。既然吉米来了，就让他自己去做这份苦差吧。"

"那我走啦。"吉米说，"能拿到那一千英镑可真开心，尤其我本来还以为任务已经失败了，现在是失而复得。"

"稍等。"安东尼说。"维吉尼亚，我有一件事要向你坦白。虽然这件事别人都知道了，但是我还没告诉你。"

"我不介意你曾经爱过多少个女人，只要别告诉我就行了。"

"女人！"安东尼底气十足地说，"什么女人！你正好在这里问问詹姆斯，上次我俩见面的时候，我都跟什么样的女人在一起。"

"特别邋遢的一群女人。"吉米严肃地说，"简直太邋遢了！没有一个是四十五岁以下的。"

"吉米，谢谢。"安东尼说，"你真够朋友。不是这个，比这事更糟糕。我一直没有告诉你我的真实姓名。"

"是一个很可怕的名字吗？"维吉尼亚说，很关心的样子。"不会是像'怕婆氏'这种蠢名字吧？被人叫'怕婆氏夫人'，实在是太滑稽了。"

"你总是把我往最坏的地方想。"

"我承认，我确实曾经以为你是维克多王，但那只是一念之间。"

"顺便说一句,吉米,我帮你找了份很好的工作:到赫索斯拉夫的多岩石地带去勘探金矿。"

"那里有金矿吗?"吉米热切地问。

"当然有。"安东尼说,"那是一个了不起的国家。"

"所以说,你要听从我的建议到那里去吗?"

"是的,"安东尼说,"你的建议很有价值,超乎你的想象。现在,该我坦白从宽了。我不是在襁褓之中被狸猫换太子,也没有其他那种离奇的遭遇。但是,我却是实实在在的赫索斯拉夫的尼古拉·奥保罗维其亲王。"

"啊,安东尼。"维吉尼亚叫道,"太不可思议了!而且,我还嫁给了你!那我们以后怎么办?"

"我们要到赫索斯拉夫去出任国王和皇后。吉米·麦格拉斯曾经告诉我,那里的国王和皇后平均只有四年好活。希望你不会介意吧?"

"介意?"维吉尼亚叫道,"我太喜欢了。"

"她是有多么了不起?"吉米说。

然后,他悄悄地在夜色中消失了。几分钟后,传来了汽车马达的声音。

"让一个人去干他自己的脏活累活,简直再好不过了。"安东尼心满意足地说,"还有,我也实在想不出别的辙甩掉他。自从结婚以后,我们还没有时间单独在一起呢。"

"我们的生活会充满乐趣。" 维吉尼亚说,"教育土匪不要做土匪,教育刺客不要当刺客。并且提高全民的道德水准。"

"我就喜欢这些纯粹的理想主义。"安东尼说,"让我觉得我的牺牲不是徒劳。"

"废话，"维吉尼亚镇静地说，"你会喜欢当国王的感觉的。你可是有着帝王的血统。你自幼受的教养就是要继承帝业，而且你有与生俱来的帝王才能。"

"我从来没想过这些。"安东尼说，"但是，去它的，我们不要把时间浪费在讨论血统问题上了。这个时候，我本来应该和艾萨克斯坦及洛利普开会的，他们想和我谈谈石油的事。哎呀，石油！让他们等本王高兴的时候再说吧。维吉尼亚，你还记得有一次我和你说过，我会用尽全力让你喜欢我吗？"

"我记得。"维吉尼亚温柔地说，"但是警长正向窗外看着呢。"

"好了，他现在不看了。"

他一把把她抱进怀里，亲吻她的眼皮、嘴唇和闪闪发亮的金发……

"我真的好爱你，维吉尼亚。"他低声说，"我好爱你，你爱我吗？"

他低头望着她，对她的答案了然于心。

她把头靠在他的肩膀上，用颤抖着的声音甜美地低声回答：

"一点也不！"

"你这个小恶魔，"安东尼一边吻着她，一边说道，"我知道我会一直爱你，至死不渝……"

第三十一章　一些细节

场景：烟囱别墅；时间：星期四上午十一点

警员约翰逊，卷起袖子，正在奋力挖掘。

空气里弥漫着丧葬的气氛，亲朋好友们都站在约翰逊正在挖掘的"墓穴"周围。

乔治·罗麦克斯带着一副遗嘱主要受益人的神气。巴特尔警长仍是面无表情，但他看起来很高兴，因为丧礼的安排都进展得很顺利。作为承办人，他觉得脸上有光。卡特汉姆侯爵则是摆出英国人在宗教仪式中一贯庄严肃穆的神色。

费希先生不太严肃，与整个画面格格不入。

约翰逊一直弯着腰挖掘，突然他挺直身体，让周围的人不禁紧张起来。

"这样就可以了，小伙子。"费希先生说，"对我们已经够了。"

一眼就能看出，他是位家庭医生。

约翰逊退下了。费希先生，带着适当的严肃，弯下身对着"墓穴"。医生就要动手了。

他取出一个小小的帆布包，郑重其事地把它递给巴特尔警长。巴特尔接着再递给乔治·罗麦克斯。所有的礼节都在循规蹈矩地进行。

乔治·罗麦克斯打开那个小包，又打开里面的防水油绸，仔细查阅了更里层的东西。他把一件东西放在手掌上，过了片刻，又迅速地用棉花裹起来。

他清了清喉咙。

"在这个吉星高照的时刻……"他开始演讲，吐字清晰，完全一副训练有素的演说家的腔调。

卡特汉姆侯爵赶紧逃之夭夭。在平台上，碰到他的女儿。

"班德尔，你的车子能开吗？"

"能啊，怎么了？"

"那马上送我去伦敦。我要赶紧到国外去，就今天。"

"可是，爸爸……"

"班德尔，别再跟我争辩了。今天早上，罗麦克斯跟我说，他要和我私下谈一件非常棘手的事。他还补充说，蒂巴克图国的国王很快要来伦敦。班德尔，我可受不了了。你听见没？就是有五十个乔治·罗麦克斯来劝我都不行。如果这座烟囱别墅对国家那么重要，就让国家买下好了。不然的话，我就卖给一个财团，让他们改成酒店。"

"柯德斯现在在哪儿？"

班德尔要出场应付了。

"这个时间，"卡特汉姆侯爵看看手表，"他那篇畅论大英帝国的宏论至少还得十分钟。"

另一个场景：

比尔·埃弗斯莱，并没有收到葬礼的邀请，正在打电话。

"不，其实，我是认真的……喂，别发脾气……那么，无论如何,今天和我一起吃晚饭,好吗?……没有,我还没有。我一直在埋头苦干。你不晓得柯德斯是什么样的人……喂,多多,你明白我对你怎么样……你知道的,除了你,我从来没喜欢过别的女孩子……是的,我会先去看戏。那个老笑话怎么说来着?'小妹妹,试一试,解开铜扣子'……"

埃弗斯莱用异常的声调背出那些叠句。

现在,乔治口若悬河的讲演就要结束了。

"……大英帝国和平繁荣,绵延万代!"

"我想,"费希先生对自己也对全世界宣布道,"真是多姿多彩的一周。"

The Secret of Chimneys
Copyright © 1925 Agatha Christie Limited. All rights reserved.
© 2013 Letter for Chinese Reader, New Star Edition by Mathew Prichard.
www.agathachristie.com
AGATHA CHRISTIE, *Agatha Christie* and the AC Monogram Logo are registered trade marks of Agatha Christie Limited in the UK and elsewhere. All rights reserved.
Published by agreement with ACL.
Simplified Chinese edition copyright: 2025 New Star Press Co., Ltd.

图书在版编目（CIP）数据

烟囱别墅之谜 /（英）阿加莎·克里斯蒂著；高喻鑫译．——北京：新星出版社，2018.10（2025.8 重印）

ISBN 978-7-5133-3226-2

Ⅰ.①烟… Ⅱ.①阿… ②高… Ⅲ.①侦探小说－英国－现代 Ⅳ.① I561.45

中国版本图书馆 CIP 数据核字（2018）第 214207 号

午夜文库
谢刚 主持

烟囱别墅之谜

（英）阿加莎·克里斯蒂 著；高喻鑫 译

责任编辑：曹晓雅
统筹编辑：王　欢
责任校对：刘　义
责任印制：李珊珊
封面插图：宣　和
装帧设计：周伟伟

出版发行：新星出版社
出 版 人：马汝军
社　　址：北京市西城区车公庄大街丙3号楼　　100044
网　　址：www.newstarpress.com
电　　话：010-88310888
传　　真：010-65270449
法律顾问：北京市岳成律师事务所

读者服务：010-88310811　　service@newstarpress.com
邮购地址：北京市西城区车公庄大街丙3号楼　　100044

印　　刷：北京天恒嘉业印刷有限公司
开　　本：910mm×1230mm　　1/32
印　　张：9.375
字　　数：216千字
版　　次：2018年10月第一版　　2025年8月第三次印刷
书　　号：ISBN 978-7-5133-3226-2
定　　价：42.00元

版权专有，侵权必究；如有质量问题，请与印刷厂联系调换。